Chantal Schreiber

Friends & Horses

Sommerwind und Herzgeflüster

EGMONT

1. Auflage
© 2017 Schneiderbuch
verlegt durch Egmont Verlagsgesellschaften mbH,
Alte Jakobstr. 83, 10179 Berlin
Alle Rechte vorbehalten
Umschlaggestaltung: Designomicon | Anke Koopmann, München
Umschlagmotiv: © arek_malang / shutterstock
Satz: Greiner & Reichel, Köln
Printed in Europe (675292)
ISBN 978-3-505-13960-4

Die EGMONT Verlagsgesellschaften gehören als Teil der EGMONT-Gruppe zur **EGMONT Foundation** – einer gemeinnützigen Stiftung, deren Ziel es ist, die sozialen, kulturellen und gesundheitlichen Lebensumstände von Kindern und Jugendlichen zu verbessern. Weitere ausführliche Informationen zur EGMONT Foundation unter:
www.egmont.com

*Dieses Buch ist für EUCH,
die »Friends & Horses«-Fans
der ersten Stunde!*

„Ich hab ihn!" Triumphierend tauche ich aus dem Wasser auf, den mit Sand gefüllten Tennisball in der Hand, den wir immer dabei haben, wenn wir zum Baden in die geheime Bucht fahren. Daniel kommt neben mir an die Wasseroberfläche und schnappt nach Luft.

„Jetzt sind wir quitt!", ruft er und schüttelt lachend seinen Kopf mit den halblangen Haaren, dass die Tropfen nur so spritzen.

„Nicht, wenn ich noch mal gewinne!", rufe ich und werfe den Ball meiner Urgroßmutter zu, die auf unserer Decke sitzt und das Picknick vorbereitet. Der Ball landet in der Schüssel mit dem Eiersalat, und Uma quietscht ziemlich unurgroßmuttermäßig und fährt zurück. Eiersalat ist in ihren Haaren, auf ihrem Badeanzug, auf der Decke und vermutlich auch auf den selbst gebackenen Zimtschnecken, die sie gerade so hübsch auf einen Teller gelegt hat. Eine Schrecksekunde lang halten Daniel und ich den Atem an, dann prustet Uma los, und Daniel und ich müssen so heftig mitlachen, dass ich mich verschlucke und er sich auf die Zunge beißt.

„Ihr könnt den Fischen bestellen, dass es Eiersalat gibt!", sagt Uma, nimmt mit spitzen Fingern den Tennisball aus der Schüssel und steht auf. Sie schaut an sich hinunter. „Und zwar jede Menge!" Sie kommt ins Wasser gewatet. „Hmmm ... wer von euch hat geworfen?"

„Er war's!" quietsche ich und zeige auf Daniel, der gleichzeitig „Rosa war's!" brüllt. Im nächsten Moment sind wir beide lachend und kreischend vor meiner Uroma auf der Flucht, die den gefährlichen Zitterrochen spielt – wen sie als Ersten erwischt, der ist Fischfutter und hat verloren.

„Hey, Schnarchnase!"

Ich hab noch das Lächeln auf den Lippen, das der Traum dahin gezaubert hat, als Ollies Stimme mich aufweckt. „Wir sollten dann langsam zurück, oder nicht?"

„Na klar." Ich rapple mich hoch. „Wie lange hab ich geschlafen?"

„Nur ein paar Minuten!", ruft Daisy vom Ufer und lacht. „Aber wir mussten dich wecken. Dein Schnarchen hat die Pferde erschreckt!"

„Witzig!"

„Ja", schließt Ollie sich bereitwillig an. „Schau mal Chispa an, sie ist noch ganz verstört!" Chispa wälzt sich gerade genussvoll auf dem schmalen Kiesstreifen.

Genau dort war das kleine Lagerfeuer. Und auf dem überhängenden Ast, über den Ollie ihre Satteldecke geworfen hat, hingen seine Kleider zum Trocknen. Die Bucht kommt mir nun, da sie von uns dreien und unseren Pferden bevölkert ist, noch viel winziger vor als damals mit Uma.

Für ihn und mich hatte sie genau die richtige Größe. Sokrates scharrt mit dem Huf und sieht mich an, als hätte er meine Gedanken gelesen. Ich stehe auf und kraule meinen

Wallach auf der Stirn, ganz oben, am Haaransatz, das liebt er. „Du hast völlig recht, mein Süßer", flüstere ich. „Für ihn und mich *und dich* hatte sie genau die richtige Größe."

Sokrates' Kopf schmiegt sich an meine Hand und es sieht aus, als würde er zustimmend nicken.

1. Dienstag 2.0

„Zurück … gut … schön … und noch mal! Zurück …!" Vorsichtig steigt Sokrates rückwärts über die Stangen, ohne eine einzige zu berühren. Er kaut auf seiner und ich auf meiner Unterlippe, beide sind wir hochkonzentriert.

„Super gemacht, Sokrates!", lobe ich ihn, als er die letzte hinter sich gebracht hat. „Mein Guter, mein Hübscher! Suuuper! Fein! Und jetzt den Slalom!"

Ich lasse ihn einmal im Schritt durch den Hütchen-Slalom gehen, damit er Gelegenheit hat, ihn sich anzusehen. Dann traben wir durch, einmal, zweimal, dreimal. Als das perfekt funktioniert, steige ich ab und verknote die Zügel, damit mein Haflo-Araber sich nicht darin verheddern kann. „Sokrates, follow!", rufe ich, greife mit der Hand in meine Leckerlitasche und laufe ein Stückchen von ihm weg. Er folgt zögernd, bleibt dann stehen, dehnt den Kopf nach vorn, schnüffelt am Sand des Vierecks. „Sokrates, follow!", rufe ich erneut. „Leckerli!" Er wirft mir einen schwer zu deutenden Blick zu, streckt den Hals erneut ganz nach unten und beginnt, mit einem Huf zu scharren.

„Hey! Lass das!", rufe ich, als ich endlich schnalle, was er vorhat. „Wälzen kannst du dich später, nicht jetzt!" Ich sprinte zu ihm zurück und ziehe ihn gerade noch am Zügel weiter, bevor er mit den Vorderbeinen einknickt.

„Sokrates, follow!", versuche ich es erneut und belohne seine ersten zwei Schritte in meine Richtung sofort mit einem Leckerli. Als ich jetzt die Hütchen etwas enger stelle, lasse ich nie mehr als zwei Schritte Abstand zwischen uns. Nach jedem Hütchen kriegt er ein Leckerli, und diesmal folgt er mir ganz brav, bis der neue, schwierigere Slalom fertig ist. Allerdings habe ich den Verdacht, dass das Ganze ohne Leckerli nicht halb so gut funktionieren würde. „Das werden wir wohl noch etwas üben müssen!", erkläre ich ihm, als ich wieder aufsteige. Nach einer Runde Trab auf dem Hufschlag lasse ich ihn erneut den Slalom laufen. Er macht es brav, nur ein Hütchen fällt um, beim zweiten Durchgang dann gar keines mehr.

„Du bist der Beste, mein Großer!", erkläre ich ihm, sattle ihn ab und steige dann nochmals auf. Letztes Jahr gab es beim Sommer-Turnier keine Bareback-Aufgabe, aber wer weiß? Es schadet nicht, im Training zu bleiben, sage ich mir und jage im Indianergalopp ein paar Runden durch das Viereck. Dann versuche ich, mich aus dem Galopp vom Pferd zu beugen und den Horseball aufzuheben, den ich in der Mitte des Vierecks abgelegt habe. Die Stallkatze wählt genau diesen Moment, um vor uns quer über das Viereck einer Maus nachzujagen, Sokrates schlägt einen erschrockenen Haken, und ich lande unsanft auf dem Boden.

„Fürs nächste Mal, mein Junge", erkläre ich Soki mit einem Seufzer, „es soll so aussehen, dass der Horseball zu mir raufkommt und nicht ich zu ihm runterplumpse. Aber du kriegst Punkte für den kreativen Lösungsansatz." Sokrates hört mir interessiert zu und beginnt dann erneut zu scharren.

„Na, meinetwegen, mein Alter." Ich nehme ihm Zaumzeug und Trense ab und sehe ihm zu, wie er sich genussvoll im Sand wälzt, vom rosaroten Licht der sinkenden Sonne angestrahlt.

„Das wird schon!", plaudere ich weiter, als ich Sokrates zurück auf den Paddock führe. „Wenn wir zusammenarbeiten, kriegen wir das dieses Jahr hin, du und ich."

Mom sitzt unten in der Küche und lernt, als ich heimkomme, so wie meistens an ihren freien Abenden.

Sie schaut von ihren Büchern auf und lächelt mich an. „Alles gut im Stall?"

„Alles im grünen Bereich."

„Hast du noch Zeit zum Trainieren gehabt?"

Ich nicke. „Wir haben die letzten Sonnenstrahlen ausgenutzt, Sokrates und ich. Gibt's was zu essen?"

„Gazpacho aus der Hotelküche", antwortet sie. „Im Kühlschrank."

Die kalte Gemüsesuppe ist gerade das Richtige nach diesem langen, heißen Tag. Ich esse ein paar Löffel, stelle meinen Teller in die Spülmaschine, schnappe eine Wasserflasche aus dem Kühlschrank und winke meiner Mutter zu. „Ich geh in die Falle."

Sie murmelt irgendwas, schon wieder völlig in ihre Bücher versunken.

Nach dem Zähneputzen und einer Blitzdusche falle ich erschöpft ins Bett.

Morgen ist Dienstag, habe ich gerade noch Zeit zu denken. Ausmisten, Heulieferung in Empfang nehmen, Mittagessen bei Daisy, nach Hause, Duschen.

Und dann Daniel.

„Ida!", sagt meine Urgroßmutter und strahlt mich an.

„Nein, Umalein, ich bin's, Rosa. Und Daniel ist auch hier."

Einen Augenblick lang ist nur Verwirrung in den hellblauen Augen zu erkennen, die unter den schon fast schneeweißen Haaren hervorstrahlen. Immer noch werden Umas Haare jede Woche von einer Friseurin gewaschen und mit Wicklern gezähmt. Meine Urgroßmutter hat immer noch ganz dichtes, gewelltes Haar, genau wie Ida, meine Mutter. Die beiden sehen einander überhaupt sehr ähnlich, nur ist Uma immer schon kleiner und zarter gewesen als Mom.

Ganz selten ist sie auch jetzt noch so. Aber nicht heute. Ihr fragender Blick hängt noch ein paar Augenblicke an meinen Augen, verliert sich dann in der Ferne.

„Rosa …", sagt sie nachdenklich. Mein Herz krampft sich zusammen. Das ist meine Uroma, meine süße Uma, die mit Daniel und mir Kekse gebacken und uns im Fluss Schwimmen beigebracht hat. Die immer fröhliche Frau, die den Garten in Schuss gehalten hat und sich über jede neue Rosenknospe freuen konnte wie ein Kind zu Weihnachten. Zu der ich mit allem kommen konnte, jederzeit.

„Ja, Uma", sagt Daniel und nimmt ihre Hand. Als wir Kinder waren, war er so oft bei uns, sie war genauso seine Uma wie meine. Manchmal kommt es mir vor wie gestern. Manchmal, als wäre es hundert Jahre her. Ich beobachte ihn, wie er sich zu ihr beugt und mit ihr spricht. Er redet mit ganz leiser Stimme, er weiß, dass Uma Ohren wie ein Luchs hat. „Ja, Rosa ist hier, deine Urenkelin. Und ich bin Daniel."

Etwas flackert in ihren Augen auf. „Rosa und Daniel",

wiederholt sie und lächelt. „Natürlich." Für einen Moment ist ihr Blick ganz klar, als sie uns nacheinander ansieht. Mein Herz krampft sich erneut zusammen, aber diesmal ist es nicht wegen meiner Uma. ‚Rosa und Daniel', das war eine Einheit, all die Jahre. Sandkastenfreundschaft, beste Freunde, Seelenverwandte. Und beinahe wäre noch etwas anderes draus geworden. Wenn da nicht plötzlich Ollie gewesen wäre. Die zauberhafte, wunderhübsche, unwiderstehliche Ollie. Die man einfach gernhaben muss. Ja, ich hab sie auch gern. Ja, Ollie ist toll. Alle lieben Ollie. Zu dumm, dass ich Daniel auch liebe. Und noch viel dümmer, dass ich zu spät draufgekommen bin. Vielleicht wäre alles anders gelaufen, wenn ich nur etwas früher ... Hör schon auf!, unterbreche ich diesen Gedankengang entschlossen. Es ist, wie es ist. Daniel ist mit Ollie zusammen, Punkt. Er und ich sind Freunde, basta.

Daniel sieht mich forschend an. Wer weiß, wie lange ich hier schon stehe und innere Monologe führe.

„Wollen wir ein bisschen nach draußen gehen, Uma?", frage ich meine Urgroßmutter. „Es ist schönes Wetter. Du bist doch so gern im Garten."

„Ja, mein Schatz", sagt sie, aber ihr Blick entgleitet mir schon wieder.

Ich sehe mich nach ihrer Strickjacke um, aber Daniel hat sie schon in der Hand. Sie friert leicht, seit sie so dünn geworden ist. Wir helfen ihr aus dem Fernsehsessel, und Daniel bringt sie zur Tür.

Als wir später Richtung Ausgang gehen, ist es kurz vor sieben Uhr abends. Um diese Zeit haben unsere Dienstage früher immer begonnen, nicht geendet. Es war Ollies Idee, mir „meine" Dienstage zurückzuschenken, und allein das zeigt schon, wie toll sie ist. Es hilft mir wirklich, zu wissen, dass Daniel am Dienstag nicht mit ihr zusammen ist und ich ihn theoretisch anrufen könnte, ohne dass sie danebensitzt. Aber natürlich machen wir keine DVD-Abende mehr in seinem Zimmer, nebeneinander auf seinem Bett sitzend, in seine alte Patchworkdecke gekuschelt. Natürlich klettere ich nicht mehr durch sein Fenster, und ich übernachte nicht mehr bei ihm. Aber es ist irgendwie immer noch mein – unser – Dienstag.

„Wollen wir noch was trinken gehen?", fragt Daniel. „Ich bin am Verdursten."

„Stimmt, ich auch. Gern." Ich zögere. Ich bin nicht sicher, ob man das sagen darf, als gute Urenkelin. Dann sage ich es doch. Er ist immer noch Daniel, mein bester Freund. „Es ist verdammt anstrengend mit ihr, ich bin immer völlig fertig nachher."

„Ja", antwortet er. „Es ist anstrengend." Er lächelt mir zu, ein bisschen vorsichtig, nicht mehr ganz so offen wie früher. Aber vielleicht bilde ich mir das auch bloß ein. „Aber ich bin froh, dass ich da war."

„Ich auch", sage ich schnell. „Ich bin jedes Mal froh, wenn ich da war. Ich glaube, sie freut sich über den Besuch, auch wenn sie nachher nicht mehr so genau weiß, wer sie besucht hat."

„Ich würde nächstes Mal gern wieder mitkommen."

Ich sehe ihn überrascht an. Es gibt schließlich Witzigeres, das man mit seiner Freizeit anfangen kann, als eine alte Frau im Pflegeheim zu besuchen. Ist es, weil ihm die gemeinsame Zeit mit mir auch fehlt? Er errötet ein bisschen.

„Sie war wie eine Oma für mich, als ich klein war. Und sie hat Pikachu gerettet."

Pikachu ist der alte Kater von Daniels Mutter – den Namen hat er wegen der schwarzen Ohren. Meine Uma hat ihn, als er ein Kätzchen war, aus dem Fluss gezogen und vor dem Ertrinken gerettet. Ich muss vier oder fünf gewesen sein, das ist also keine zehn Jahre her. Damals war meine Urgroßmutter noch topfit. Ich seufze ganz tief aus dem Bauch heraus.

„Sie ist immer noch da drinnen", sagt Daniel, und sein Blick ist voller Mitgefühl. „Und vielleicht bekommt sie mehr mit, als wir wissen."

„Ja, gut möglich." Plötzlich fühle ich, wie mir die Tränen kommen. „Manchmal ist es auch besser als heute. Ich vermisse sie nur so schrecklich."

Daniel sieht mich an und fährt sich ein wenig ratlos mit den gefächerten Fingern einer Hand über die Stirn – die allertypischste Daniel-Geste überhaupt. Was meinen Tränenpegel in diesem Moment eher noch zu erhöhen droht.

„Du brauchst einen *Sugar Shake*!", sagt er dann und strahlt, als hätte er soeben die Lösung für alle meine Probleme gefunden. Das Pflegeheim, in dem meine Urgroßmutter lebt, liegt mitten im Grünen, vom Grillental eine halbe Stunde mit dem Rad entfernt, in Richtung Fehring, der nächsten Stadt. Das *Sugar* ist ein Food-Truck, eine Milchbar auf Rädern, natürlich wieder mal eine Geschäftsidee von Noahs Vater, der dafür sorgt, dass der Coolness-Faktor unserer Wald- und Wiesengegend gegenüber vergleichbar idyllischen Orten enorm ansteigt. Das *Sugar* ist ein Pop-up-Lokal im wahrsten Sinne des Wortes. Es hat eine Facebook-Seite, auf der immer erst kurz vorher bekannt gegeben wird, wo es als Nächstes Station macht. Und es bleibt nie länger als eine Stunde an demselben Ort.

Daniel hat sein Handy schon aus der Tasche gefischt und tippt, während wir zu unseren Rädern gehen. Eigentlich habe ich bloß Durst, gar keine Lust auf einen Shake. Es ist einer dieser Momente, in denen man auf nichts Lust hat und glaubt, nie wieder auf irgendwas Lust zu haben. Aber dann sieht Daniel mich an. „Bei der Lambacher Mühle!", sagt er. „Aber nur noch fünfzehn Minuten! Wir müssen schnell sein!"

Er schwingt sich in den Sattel und fährt los, ohne eine Antwort abzuwarten. Ich habe null Bock auf einen Fahrradsprint, vor allem, weil es gut möglich ist, dass wir es gar nicht rechtzeitig schaffen, aber was bleibt mir übrig? Ich steige auf mein Rad und trete in die Pedale, so fest ich kann, um Daniel einzuholen. Noch sind wir auf der Hauptstraße, aber etwa fünfhundert Meter weiter biegen wir auf einen Feldweg, und Minuten später höre ich keine Geräusche mehr von der Straße – nur noch die Vögel, den Wind und das gelegentliche Quietschen meiner Bremsen, die ich endlich mal ölen sollte. Daniel ist immer noch vor mir, ich lege einen Spurt hin, um aufzuholen, und ziehe an ihm vorbei, als er sich gerade nach mir umsehen will.

„Das schaffen wir nie!", rufe ich ihm zu und biege in den Forstweg ein, der durch den Wald Richtung Fluss führt.

„Nicht, wenn du in diesem Rentnertempo fährst!", ruft er zurück und überholt mich erneut, obwohl der Weg verdammt eng ist.

„Rowdy!", brülle ich und trete wie eine Verrückte, um mich nicht abhängen zu lassen.

Wir liefern einander ein Rennen, so wie früher, als wir jünger waren und um die Wette zum Badeplatz gefahren sind. Der Weg wird etwas breiter, und als die Brücke, die kurz vor der Mühle über den Fluss führt, endlich in Sichtweite kommt, ist meine trübe Stimmung wie weggeweht – und das nicht nur, weil ich gerade vorn bin. Daniel und ich lachen und schnaufen und duellieren uns nicht nur per Rad, sondern auch mit blöden Sprüchen.

„Schnecke, dein Name ist Rosa!"

„Sagte der Mann, als er die Schnecke von hinten sah!"

„Ich will dir bloß nicht den Spaß verderben, jeder weiß, dass du nicht verlieren kannst!"

„Das kann ich wirklich nicht, sosehr ich mich auch bemühe!"

„Es heißt *Fahr*-Rad, nicht *Steh*-Rad!"

„Ich wäre auf einem *Ein*-Rad schneller als du!"

Die Mühle steht direkt am Flussufer, und nur ein paar Meter dahinter liegt einer der beliebtesten Badeplätze von Fehring. Meine Oberschenkel brennen, und ich bin total verschwitzt, aber ich fühl mich so gut wie schon lange nicht mehr. Sonst schaffen das nur die Pferde, mich so aus einem Tief zu katapultieren, aber Fanny lahmt seit einer Woche, und Sokrates wird daher von den Hotelgästen doppelt in Anspruch genommen. Ich hasse es, dass die beiden nicht *wirklich* meine Pferde sind. Aber gerade jetzt, in diesem Moment, geht es mir gut, und das will ich genießen. Jetzt brauche ich den *Sugar Shake* wirklich – oder noch besser: einen Eisbecher. *Und* eine Riesenlimo. Da vorn steht der Trailer! Offwhite lackiert mit pastellblauem *SUGAR*-Schriftzug und hellblau-weiß gestreiftem Baldachin steht er da wie aus den USA der Fünfzigerjahre hergebeamt. Aber das Verkaufsfenster ist schon geschlossen, der Baldachin eingefahren.

„Heeeey!", brüllt Daniel, aber das hindert den Truck

nicht daran, sich in Bewegung zu setzen. Kein Wunder, es ist halb acht, und langsam geht auch dieser lange, heiße Tag dem Ende zu. Badegäste kommen uns entgegen, zu Fuß und auf Fahrrädern, was das Fortkommen nicht gerade erleichtert. Daniel ist gezwungen, langsamer zu fahren. Der Truck rumpelt bereits über ein Stück Schotterstraße hinauf zum Parkplatz. Wenn er einmal auf der Forststraße ist, haben wir keine Chance mehr, ihn noch einzuholen – und selbst wenn, ist es fraglich, ob der Fahrer für uns stehen bleibt. Um acht muss er an seiner nächsten Location sein, und das *Sugar*-Konzept geht nur auf, wenn der Truck auch einigermaßen pünktlich ist.

Ich steige vom Rad und schiebe es, um nicht mit den Badegästen zusammenzustoßen.

„Gib's auf!", brülle ich Daniel nach. „Den erwischst du nie!"

Statt einer Antwort steht er im Sattel auf und macht Ernst: Im Turboslalom kurvt er an Buggys, Hunden und Liebespärchen vorbei und fängt sich dabei ein paar unfreundliche Blicke ein. Ich schüttle den Kopf und muss grinsen. Eigentlich ist er sehr höflich und rücksichtsvoll. Es scheint ihm verdammt wichtig zu sein, den *Sugar*-Wagen aufzuhalten und mir meinen Shake zu besorgen. Als ich an der Mühle vorbei bin, ist der Truck außer Sichtweite und Daniel ebenfalls. Der Badeplatz hat sich schon weitgehend geleert, die letzten Gäste packen gerade zusammen. Ein kleines Mädchen mit blau gefrorenen Lippen planscht noch im Wasser herum und weigert sich rauszukommen, obwohl die Mutter mit einem Kapuzenhandtuch in der Hand auf dem Steg auf und ab geht und schimpft. Das Mädchen schüttelt unbeeindruckt den Kopf, klappert mit den Zähnen und taucht unter. Ich verbeiße mir ein Grinsen, als ich an der entnervten Mama vorbei auf den Steg hinausgehe: Daniel und ich waren genauso, meine Uma hat es bestimmt auch nicht leicht gehabt mit uns zwei Wasserratten.

Schließlich ist die Mutter gezwungen, ins Wasser zu waten und das Kind an Land zu zerren. Unter lautstarkem Protest wird es zwangsabgetrocknet und abgeführt. Danach habe ich den Steg für mich allein und Minuten später auch den ganzen Badeplatz. Ich lasse die Füße ins Wasser hängen, lausche dem immer leiser werdenden Stimmengewirr und warte auf Daniel – er kann wirklich verdammt stur sein, wenn er sich etwas in den Kopf gesetzt hat. Hier ist der Fluss ziemlich breit und macht eine Biegung, dadurch ist eine natürliche Sandbucht entstanden, und das Wasser wird nicht gleich so tief. Der Platz ist daher besonders bei Familien mit kleinen Kindern beliebt.

Ich strecke mich auf dem Holzsteg aus, schließe die Augen und lasse die letzten Sonnenstrahlen des Tages auf meinen Lidern tanzen. Mir tut jeder leid, der nicht an einem Fluss lebt. Es ist so schön ... so friedlich ...

Beinahe wäre ich eingedöst, da höre ich Daniels Stimme. „Verdammt, zu spät. Sie ist schon verdurstet."

Ich stütze mich auf meine Ellbogen und schirme meine Augen mit der Hand gegen die Sonne ab. Da steht er, triumphierend eine braune Papiertüte mit dem hellblauen *Sugar*-Schriftzug schwenkend.

„Wow. Wie hast du das denn geschafft? Mit vorgehaltener Waffe?"

„Mit meinem berühmten Charme."

Ich werfe ihm einen zweifelnden Blick zu. „Hat Ollie den Truck gefahren?"

„Witzig."

Jetzt habe ich ihm den Spaß verdorben, und das wollte ich wirklich nicht.

Ich greife nach der Papiertüte und packe alles aus, was Daniel mitgebracht hat. Zwei große Papercups mit Deckel, in denen ich Eiswürfel aneinanderschlagen höre – vermutlich Limo. Zwei kleinere Cups, die sich noch kälter anfühlen, also Eis oder Shakes. Und in eine Papierserviette eingeschlagen, zwei fette Brownies. Ich liebe den *Sugar*-Truck.

„Ich bin echt beeindruckt, vielen Dank. Dein Charme rettet mein Leben. Oder was auch immer es war."

Daniel grinst wieder. Erst jetzt bemerke ich, dass je ein großer und ein kleiner Becher gekennzeichnet sind – mit einer aufgemalten Rose. Daniel kann fotografieren, aber er kann überhaupt nicht zeichnen, und ich habe schon so eine Ahnung, wem wir den Picknicksegen zu verdanken haben. Sie wird zur Gewissheit, als ich den Deckel des großen Bechers abnehme.

„Ich wollte dir eigentlich was anderes holen", sagt Daniel entschuldigend, „aber …" Er bricht ab, um das Geheimnis seines „Charmes" nicht zu verraten.

„… aber Noah hat drauf bestanden", beende ich seinen Satz.

„Genau." Daniel runzelt die Stirn. „Holunder-Minze-Limo mit extraviel Eis und extraviel Minze für die *Rose aus dem Grillental*." Daniel sagt die letzten Worte mit so einer affigen Betonung, dass ich lachen muss. „Ich durfte dein Zeug auch nicht bezahlen", fährt Daniel ein wenig missmutig fort. „*Geht aufs Haus*, hat Noah gesagt, und ich glaube, wenn er nicht unter Zeitdruck gewesen wäre, hätte er dir alles selbst vorbei gebracht."

Noahs Vater gehört natürlich der Truck, aber ich wusste nicht, dass Noah ihn schon fahren darf. Er jobbt zwar schon seit ein paar Jahren im Sommer immer bei allen möglichen Events für seinen Vater, aber den Führerschein kann er erst kürzlich gemacht haben. Sein Vater muss ihm also einiges zutrauen. Vielleicht einfach, weil Noah selbst sich einiges zutraut. Er ist der selbstbewussteste Junge, den ich kenne. Nicht eingebildet. Nur selbstbewusst.

Daniel setzt sich mir gegenüber auf den Steg. „Dabei wollte *ich* dich einladen!", murrt er.

Ich sehe ihn verblüfft an. „Das ist doch kein Date!", sage ich, ohne nachzudenken. Gleich darauf werden wir im selben Moment rot, und ich ärgere mich schon wieder, dass ich meine Klappe nicht unter Kontrolle habe.

„Nein, aber ein Termin", antwortet er schnell. „Sozusagen beruflich. Ich brauche deinen Rat."

„Mein Rat ist gratis", antworte ich. „Den kriegst du, auch ohne mich einzuladen."

„Das trifft sich hervorragend, weil dein Freund Noah mir ja zuvorgekommen ist."

Er scheint sich wirklich darüber zu ärgern. Es hört sich sogar ein bisschen so an, als wäre er eifersüchtig. Wenn Iris hier wäre, hätte ihre Diagnose unter Garantie *Eifersucht* gelautet. Aber Iris ist mit ihrer Familie vor ein paar Wochen weggezogen. Vor so kurzer Zeit, dass ich mich erst noch daran gewöhnen muss, sie und Daisy nicht mehr spontan zum Pancake-Essen einladen zu können. Und daran, dass ihre Stute Ginger nicht mehr in der zweiten Box links steht, wenn ich in den Stall komme. Und daran, dass ich auf dem Heimweg nicht einfach bei ihrem Haus haltmachen und ihr brennende Neuigkeiten erzählen kann.

„Ich weiß den edlen Vorsatz genau so zu schätzen wie die Tat", erkläre ich Daniel. „Also, worum geht es?" Ich sehe ihn erwartungsvoll an und beiße genussvoll in meinen Brownie. Vielleicht hat Iris recht, und ich sollte mich wirklich mit Noah verabreden. Er ist witzig, sieht gut aus, und offenbar hat er tatsächlich was für mich übrig. Jedenfalls würde ich an seiner Seite nicht verhungern. Nur schade, dass ich bei seinem Anblick nicht vergesse zu atmen, so wie jetzt gerade, als Daniel wieder einmal mit den Fingern auf diese unverwechselbare Art über seine Stirn fährt. Endlich rückt er mit der Sprache raus.

„Ralph Brandt ... Noahs Vater ...", beginnt er schließlich.

„Daniel. Ich weiß, wer Ralph Brandt ist." Er ist nervös, und vielleicht könnte ich weniger zickig sein, aber irgendwie habe ich keine Lust.

„Ja, schon klar." Daniel holt tief Luft. „Also, er hat einen Fotowettbewerb ausgeschrieben. Für Nachwuchsfotografen unter zwanzig. Das Thema ist *Summer Vibes*."

Irre ich mich, oder wird er gerade rot? Denkt er an die „Vibes" zwischen ihm und Ollie? An die, die plötzlich zwischen ihm und mir waren, bevor Ollie im Grilltental aufgetaucht ist? Jedenfalls sieht er mich nicht an.

„Cool", antworte ich gelassen. „Was kann man gewinnen?"

„Der Gewinn ist kein Geldpreis, sondern ein Fotoworkshop mit einem Top-Fotografen."

Fotografieren ist Daniels Leidenschaft, und ich glaube, dass er mal richtig, richtig gut wird. Er ist jetzt schon sehr gut, finde ich, aber ich bin vielleicht nicht ganz objektiv. Als ich die Fotos gesehen habe, die er von Ollie gemacht hat – das Licht, das er für sie gezaubert hat, wie er sie in Szene gesetzt, ihren Ausdruck eingefangen hat –, da wusste ich, dass ich das mit den beiden akzeptieren musste.

„Gute Idee", antworte ich. „So kommen nicht fünftausend Handyschnappschüsse, sondern bloß Beiträge von Leuten, die ernsthaft fotografieren."

„Genau", sagt er.

Er rückt immer noch nicht damit raus, also frage ich ihn ganz direkt. „Und wie kann ich dir dabei helfen?"

Er seufzt. „Bei der Fotoauswahl", sagt er. „Da könntest du mir helfen! Du hast ein gutes Auge, und du kennst meine Fotos besser als jeder andere."

„Ich fühle mich geehrt", sage ich mit einem Unterton, als würde ich scherzen – aber eigentlich nur, um zu verschleiern, dass ich *wirklich* stolz bin. Und dann kann ich es mir doch nicht verkneifen, den Mund noch einmal aufzumachen und zu fragen: „Und was ist mit Ollie? Stimmt mit ihren Augen was nicht?"

„Mit ihren Augen ist alles bestens." Er klingt etwas genervt, aber die Frage drängt sich doch auf, oder?

„Aber erstens bist du meine beste Freundin, und ich vertraue deinem Urteilsvermögen …"

Es ist eigentlich schön, dass er mich seine beste Freundin nennt, obwohl er eine „richtige" Freundin hat. Eigentlich. Ich versuche, mich auf genau das zu konzentrieren, was er sagt, ohne auf das Gedankenkarussell aufzuspringen.

„Und zweitens …?", frage ich also, als die Pause zu lang wird.

„Zweitens sucht Ollie nicht die besten Bilder aus", sagt er schnell, „sondern die, auf denen sie am besten aussieht."

Summer Vibes. Ollie Vibes. Einen Moment lang bin ich

froh, dass ich die vielen Ollie-Fotos auf seinem Laptop gesehen habe, obwohl ich natürlich kein Recht hatte, zu stöbern. Wenigstens bin ich gewappnet und weiß in etwa, was auf mich zukommt.

Ich gebe so etwas wie ein amüsiertes Schnauben von mir, als wollte ich sagen: „Mädchen …!"

Tatsächlich sage ich: „Schon klar. Lass mal sehen."

Er holt mit einem Griff sein I-Pad aus seinem Rucksack, tippt darauf herum und reicht es mir rüber. „Das ist die Auswahl."

Es ist eine Serie von Ollie und McCartney, ihrem Chihuahua. McCartney ist für einen Chi ziemlich groß – er wiegt über vier Kilo –, und obwohl ich kein Fan von Handtaschenhunden bin, muss ich zugeben, dass er verdammt cool ist: schnell, klug, enorm ausdauernd und dazu auch noch niedlich. Außerdem ist er ein Barometer für Ollies Jungs-Sympathien: Ein Junge, den Ollie mag, wird von McCartney eifersüchtig angeknurrt. Selbst Daniel, den Hunde sonst lieben, hat ein paar Wochen gebraucht, bis er von Ollies Chihuahua akzeptiert wurde.

Ich wische mich durch die Bilder: Ollie und ihr Hund auf einer Luftmatratze im Fluss, Ollie im Bikini am Hotelpool, auf einer Liege, über die sie ein großes gelbes Badetuch gebreitet hat. Auf der Nachbarliege McCartney auf einem winzigen Gästehandtuch in derselben Farbe. Ollie auf Chispa, ihrer wunderschönen falbfarbenen Criollo-Stute, vor ihr im Sattel McCartney. Die Fotos sind alle sehr niedlich. Es sind keine „echten" Momentaufnahmen dabei, aber Ollie ist so natürlich vor der Kamera – vielleicht merke tatsächlich nur ich, dass da Inszenierung und Vorbereitung dahinterstecken. Und sie ist so fotogen, dass sie einfach auf jedem Foto gut aussieht – das strahlende Lächeln, die großen braunen Augen, die dunkelblonden Locken – und dazu noch ihre Figur.

„Die sind alle süß!", sage ich zu Daniel.

„Süß", wiederholt er, so hörbar unzufrieden, dass ich lachen muss.

„Ja, süß, sommerlich, natürlich. Ein bildhübsches Mädchen und ein superniedlicher Hund, mit dem Rezept kannst du gar nichts falsch machen."

„Na toll", sagt Daniel in einem Ton, als hätte ich ihn soeben zutiefst gekränkt.

„Daniel", erkläre ich ihm, ein Grinsen unterdrückend, und fahre in Fotografensprache fort, die ich mittlerweile genauso gut beherrsche wie er. „Du hast das Licht optimal eingesetzt, du hast Bewegungen perfekt eingefangen, die Bilder sind super von der Komposition. Du kannst echt zufrieden sein."

Sein Gesicht hellt sich auf, und um seine Mundwinkel zuckt es, als wollte er sagen: „Na, siehst du, geht doch!"

„Welches hat am meisten Potenzial?", fragt er mich.

Ich gehe die ganze Serie noch einmal durch. „Das hier find ich am besten." Das Bild zeigt Ollie auf dem Bootssteg vor Daniels Haus, den Fluss im Hintergrund. Der kleine Stich, den mir dieser Anblick auch jetzt wieder gibt, ist nichts im Vergleich zu dem, was der Anblick noch vor ein paar Wochen in mir ausgelöst hätte. Ollie trägt knappe, ausgefranste Jeansshorts, ihre unvermeidlichen bestickten Cowboystiefel – ich würde morden für solche Stiefel! – und überhaupt kein Make-up. Trotzdem erinnert sie an eines dieser Victoria's-Secret-Supermodels. Sie lacht, und ihr Arm ist in Kopfhöhe ausgestreckt, die Handfläche nach unten. Das ist ihr Signal für McCartney, zu „fliegen", das heißt, aus dem Stand heraus in die Luft zu springen. Und tatsächlich hat Daniel in dem Moment abgedrückt, als der Hund den höchsten Punkt seines Sprungs – etwas über Ollies Taille – erreicht hat und in der Luft zu stehen scheint. „Hashtag PerfectTiming. Hashtag Sommer. Hashtag Hund. Hashtag BeachBeauty. Hashtag Lebensfreude. Hashtag –"

„Schon gut", sagt Daniel und lacht. „Ich hab's kapiert. Du hast recht, ich finde das auch am besten. Ollie meint nur, dass sie auf dem Bild einen komischen Gesichtsausdruck hat." Ich betrachte es noch einmal genau. Ollies Augenbrauen sind ein wenig hochgezogen, und man merkt, dass sie gerade etwas zu dem Hund sagt. Wenn man schon beobachtet hat, wie sie diesen Trick mit dem Hund vorführt, weiß man, dass sie „Vuela!" ruft, „Flieg!". Das „a" von „Vuela!" mischt sich mit ihrem Lachen, und es ist nicht der perfekte Foto-Gesichtsausdruck, den sie sonst auf allen Bildern hat. Aber genau dadurch hebt das Bild sich in meinen Augen von den anderen ab und macht es natürlicher.

„Ich weiß, was sie stört", sage ich zu ihm. „Aber das ist gerade das Gute an dem Foto. Und sie kann ja wohl nicht ernsthaft behaupten, sie würde nicht gut aussehen?"

Er lacht, sieht das Foto so an, als würde er es zum ersten Mal ansehen, und bekommt dabei einen ganz weichen Ausdruck in den Augen.

„Nein", sagt er. „Kann sie nicht."

Am besten plappere ich einfach weiter, dann tut es nicht so weh, und er merkt nicht, was in mir vorgeht. „Ich behaupte ja, es ist nicht möglich, ein schlechtes Foto von

Ollie zu machen. Sie ist aus jeder Perspektive fotogen, von jeder Seite, von oben bis unten. Man sollte das unter Strafe stellen, es ist diskriminierend dem Rest der Menschheit gegenüber."

Daniel lacht. „Daisy ist auch sehr fotogen."

Danke, Daniel. Ich nehme an, *ich* bin so etwas wie eine Kartoffel mit Beinen? Obwohl er natürlich recht hat. Unsere Freundin Daisy mit ihren fast hüftlangen glatten hellblonden Haaren, den großen blauen Augen und dem elfenhaft zarten Gesicht sieht auch auf jedem Foto gut aus – aber sie präsentiert sich nicht so selbstbewusst, sie ist eher zurückhaltend. Ollie hat ein viel lebhafteres Temperament, und das kommt auch auf den Fotos rüber.

„Aber sie ist noch im Puppenstadium."

„Puppe wie Teddybär oder Puppe wie Schmetterling?"

Er lacht. „Wie Schmetterling."

Und wo bin ich? Noch im Larvenstadium? Oder gar nicht auf dem Weg zum Schmetterling? Vielleicht auf dem Weg von der Kartoffel zur Bratkartoffel?

Ich sehe Daniel dabei zu, wie er sein I-Pad wieder in den Rucksack packt, völlig ahnungslos, wie sehr mich diese Unterhaltung über meine zwei bildhübschen Freundinnen gekränkt hat. Aber wie sollte er das auch mitkriegen? Es ist nicht so, dass ich in seinen Augen schlecht abschneide. Er nimmt mich nur einfach nicht auf diese Art wahr – auch wenn ich einen kurzen Moment lang dachte, das sei anders. Doch dann kam Ollie, und ich bin weder Puppe noch Larve für ihn (das Positive: vermutlich auch keine Kartoffel). Ich bin kein Victoria's-Secret-Model und keine Elfe. Ich bin einfach nur Rosa, seine beste Freundin. Die gute alte Rosa.

Der Shake und die Limo sind ausgetrunken, ich stecke das letzte Stück von meinem Brownie in den Mund und beginne, Servietten und Becher in der Papiertüte zu verstauen. Ich wünschte, ich könnte jetzt zu Iris fahren. Sie fehlt mir. Es ist unmöglich, in Iris' Gegenwart schlecht drauf zu sein. Ich könnte sie anrufen, entscheide mich aber gleich wieder dagegen. Ich will nicht reden und mich erklären, ich will einfach nur Gesellschaft, die mich aufheitert und ablenkt.

Daisy ist zu Hause und bewacht wieder einmal ihre beiden kleinen Schwestern – wahrscheinlich würde sie sich über meinen Besuch freuen. Die Kleinen sind süß, aber auch anstrengend, und es mag selbstsüchtig sein, aber ich habe gerade gar keine Energie für tausend *Warum*-Fragen und Vorlese-Marathons ...

Und sosehr ich Ollie mag, gerade jetzt will ich nicht mit ihr zusammen sein. Außerdem hat sie etwas von einem Vater-Tochter-Date erwähnt, ich glaube, die beiden sind in die Stadt gefahren zum Shoppen und Abend essen.

„Ollies Mutter hat heute Geburtstag", sagt Daniel in diesem Moment.

„Oh." Ollies Mutter ist vor einigen Jahren bei einem Autounfall ums Leben gekommen. „Ist sie deshalb mit ihrem Vater ...?"

Er nickt. „Das machen sie jedes Jahr. Sie gehen gemeinsam aus und erzählen einander Geschichten über sie. Woran sie sich am liebsten erinnern."

„Das klingt traurig", sage ich. Ich habe jede Menge Streit mit meiner Mutter, aber ich kann mir nicht vorstellen, wie ein Leben ohne sie aussähe. Seine Mutter so früh zu verlieren muss schrecklich sein. „Aber auch schön."

Ich bin ohne Vater aufgewachsen, aber das ist anders, ich habe ihn nie gekannt. Es gab immer nur meine Mutter und meine Urgroßmutter. Und natürlich Daniels Familie, deren Haus mein zweites Zuhause war.

Daniel nickt. „Sie hat gesagt, solange sie sich an sie erinnern, ist sie nicht tot."

Es ist wirklich nahezu unmöglich, Ollie nicht gernzuhaben. Sie ist lieb, hübsch, lustig und hilfsbereit. Vor ein paar Wochen hat sie, ohne auch nur eine Sekunde zu überlegen, ihr Pferd einen steilen Abhang hinunter in den Fluss getrieben, um Daisys kleine Schwester zu retten, die durch meine Schuld beinahe ertrunken wäre. Sie hat ihre Mutter verloren, fischt aber deswegen nie nach Anteilnahme. Dass Daniel sich in sie verliebt hat, ist wirklich ihr einziger Fehler. Wenn man das so sagen kann. Und vielleicht noch die Tatsache, dass sie keine Ahnung hat, wie ein Leben ohne das viele Geld aussieht, das ihr Vater hat.

„Ready?", fragt Daniel und hebt sein Rad auf.

„Ready when you are", antworte ich, und wir schwingen uns auf unsere Räder und machen uns Seite an Seite auf den Heimweg, die sinkende Sonne im Rücken. In einer halben Stunde kann ich im Stall sein. Dann schaffe ich noch eine kleine Abendrunde mit Sokrates.

Ich bemerke, dass Daniel mich von der Seite ansieht.

„Du gehst noch reiten?", fragt er.

„Ja, wie kommst du drauf?"

Er lacht. „Dein entrückter Pferdeblick. Und das Sommer-Turnier ist doch auch bald, oder? Und da du einer der ehrgeizigsten Menschen bist, die ich kenne –"

„Bin ich gar nicht!", begehre ich auf. Ich meine, es ist bloß ein Fun-Turnier! Aber jeder gewinnt doch lieber, als zu verlieren, oder? Und zugegeben, letztes Jahr bin ich knapp Zweite geworden und habe mich ein kleines bisschen geärgert …"

„Bist du wohl! Und außerdem ist das doch nichts Schlechtes!"

„*Ehrgeizig* klingt nach Streber."

„Ehrgeizig ist jemand, der weiß, was er will und dafür arbeitet." Daniel grinst mich an. „Übrigens bist du auch einer der empfindlichsten Menschen, die ich kenne."

„Jetzt bin ich also ein Streber *und* eine Mimose!" Ich schubse ihn, sodass er auf seinem Rad kurz aus dem Gleichgewicht gerät. Aber er fängt sich gleich wieder und lacht. „Und einer der kampflustigsten Menschen, die ich kenne."

„Das klingt nach einer überaus sympathischen Personenbeschreibung", bemerke ich trocken. „Sonst noch was?"

„Ja!" Daniel lacht wieder. „Außerdem hast du mir mal gesagt, du reitest am liebsten bei Sonnenaufgang und bei Sonnenuntergang."

Bei Sonnenuntergang zu reiten ist tatsächlich wunderschön. Ich schaue kurz nach Fanny – zum Glück ist ihr Fußgelenk fast ganz abgeschwollen –, hole dann Sokrates von der Koppel und mache ihn zum Reiten fertig. Die Sonne steht nun schon ziemlich tief, und es ist höchstens noch eine Stunde hell.

Der Nachmittag mit Uma hat mich darauf gebracht, den Weg zu der winzigen Bucht zu suchen, in die sie mit Daniel und mir oft gefahren ist, als wir klein waren – sie auf dem damals schon klapprigen Damenrad, das Mom immer noch benutzt, Daniel und ich auf unseren Kinderrädern. Ich weiß noch, wie wir immer gejammert haben, weil der Pfad an manchen Stellen von Brombeerbüschen so zugewachsen war, dass wir uns die nackten Beine zerkratzt haben. „Wer schön schwimmen will, muss leiden!", hat Uma das alte Sprichwort abgewandelt, und tatsächlich waren die paar Kratzer jedes Mal ein sehr geringer Preis für den Spaß, den wir in der kleinen Bucht hatten. Sie ist wirklich winzig, noch kleiner als die Badebucht, zu der die Mädels und ich immer reiten, um die Pferde abzukühlen, und noch viel schwerer zu finden. Hier kam niemals jemand her – vom Land nicht, weil der Beginn des Pfades im Wald völlig versteckt ist. Und selbst vom Wasser her ist die kleine Bucht im Sommer schwer zu entdecken. Das Buschwerk ist dicht, und die Zweige einer am Ufer wachsenden Weide hängen so weit in den Fluss hinein, dass man den kleinen, sichelförmigen Strand leicht übersieht. Hier haben wir die besten Picknicks gemacht, von dem am weitesten überhängenden Ast der Weide sind wir ins Wasser gesprungen. Wir haben *Schatzinsel* gespielt, *Robinson Crusoe* und *Huckleberry Finn*, Bücher, die Uma uns schon vorgelesen hat, als wir gerade erst in die Grundschule gingen. Umso mehr haben sie uns beeindruckt, und ich glaube, Uma hat wesentlich dazu beigetragen, dass Daniel und ich beide solche Leseratten geworden sind.

Hier hab ich mich an einem großen, scharfen Stein verletzt – die Wunde war so tief und hat so stark geblutet, dass Uma mich auf den Gepäckträger ihres Rades gesetzt und zu Rena gebracht hat, einer pensionierten Krankenschwester. Die hat mich verarztet, und ich war sehr stolz auf die lange Narbe, die sich von meiner Ferse auf der

Außenseite des Fußes bis nach vorn zog. Ein bisschen sieht man sie heute noch. Meine „Achillesferse" hat Uma sie genannt, was zur Folge hatte, dass ich schon mit acht die Sagen des klassischen Altertums verschlungen habe.

Zu Pferd ist es einfacher als damals auf dem Kinderrad, denn ich habe meine Shorts gegen Jeans getauscht und Sokrates sind die Dornen der Brombeeren egal. Hier könnte ich nackt baden, ohne dass mich jemand sieht. Warum war ich bloß so lange nicht mehr hier? Irgendwann hab ich wohl angefangen, erwachsen zu werden und die Bucht mit ihren Kindheitsabenteuern vergessen. Dabei ist es perfekt, wenn man mal einfach seine Ruhe haben und ein bisschen nachdenken will.

Jetzt, wo mich nur noch ein paar Büsche von der Bucht trennen, kann ich es kaum erwarten, sie wiederzusehen. Das letzte Stück ist ein bisschen steil, ich muss absteigen, Sokrates führen und Äste wegbiegen, die zu tief über dem Pfad hängen. Zum Glück war gerade erst Vollmond, und der Himmel ist völlig klar. Ich werde also auch nach Sonnenuntergang genug Licht für den Heimweg haben. Es ist traurig, dass Uma sich an all die Dinge nicht mehr erinnern kann, die wir gemeinsam erlebt haben.

Endlich habe ich mich durch die Büsche gekämpft und mache einen Schritt hinaus in die Bucht. Der Kies knirscht unter meinen Turnschuhen, ich höre das Schwappen der kleinen Wellen, die ans Ufer schlagen, und sehe die Sonne in geradezu kitschigen Rosa- und Orangetönen versinken. Es wäre einer dieser perfekten Momente, wenn da nicht in meiner Bucht eine Art Boot läge. Und wenn nicht neben dem Boot-Ding ein Typ im Kies säße, der offenbar auch gerade selbstvergessen den Sonnenuntergang betrachtet.

2. Meine Bucht/deine Bucht

Auf den zweiten Blick ist es kein Boot, sondern eine Art Trash-Floß, zusammengestückelt aus PET-Flaschen und anderem Müll. Der „Typ" trägt sandfarbene Bermudas und ein verwaschenes hellblaues T-Shirt, soweit ich das gegen die sinkende Sonne erkennen kann. Seine Haare sind dunkel. Er hat mich entweder immer noch nicht bemerkt, oder es macht ihm Spaß, so zu tun als ob.

Dieser Fluss hat hundert Biegungen und kleine Buchten, muss er sich ausgerechnet in meiner breitmachen? Ich hatte mich so auf einen friedlichen Abend gefreut! Von wegen nackt baden – den Gefallen tu ich ihm bestimmt nicht. Und überhaupt, wer weiß, was der hier im Schilde führt? Ich werfe meinem Pferd einen Seitenblick zu und überlege, ob es mich wohl gegen einen gewalttätigen Floßfahrer verteidigen könnte.

Sokrates verkostet gerade hingebungsvoll die kleinen hellgrünen Triebe des Busches, von dessen Zweigen wir immer noch halb verborgen werden. Ich seufze. Vermutlich eignet er sich eher weniger als Bodyguard. Vielleicht kann ich mich einfach umdrehen und unbemerkt wieder gehen? Aber selbst wenn *ich* unauffällig verschwinden könnte, die sechshundert Kilo Pferd neben mir lassen sich kaum geräuschlos wenden. Als wolle er meine

Gedanken bestätigen, macht Sokrates in diesem Moment einen Schritt, um noch besser an das Blattgrün zu kommen, und tritt dabei auf ein trockenes Stück Holz, das mit lautem „Knacks" entzweibricht. Und nun dreht der Junge sich endlich zu mir um. Allerdings fährt er nicht zu Tode erschrocken hoch, wie ich es vermutlich an seiner Stelle tun würde. Er sieht bloß über die Schulter zurück, lässt seinen Blick über mich und Sokrates gleiten, lächelt mich an und sagt: „Hey."

„Hey", antworte ich. Es fällt mir einfach nichts Besseres ein.

Er wendet sich wieder dem Wasser zu. „Es ist schön hier. Verdammt cooler Platz."

„Ich weiß", antworte ich. „Ich komme schon hierher, seit ich ein kleines Kind bin."

Vermutlich hat er den vorwurfsvollen Unterton herausgehört, denn er sieht sich erneut zu mir um und sagt: „Ich hoffe, es macht dir nichts aus, die Bucht vorübergehend mit mir zu teilen."

Ich zucke mit den Schultern. Er soll ruhig wissen, dass es mir sehr wohl etwas ausmacht.

Er steht in einer fließenden, geschmeidigen Bewegung auf – wie ein Yogi oder ein Balletttänzer – und plötzlich habe *ich* ein schlechtes Gewissen, weil ich diese friedliche Szene gestört habe. Gleich darauf ärgere ich mich über mich selbst. Es ist *meine* verdammte Bucht.

Im nächsten Moment steht der Junge vor mir, legt Sokrates die Hand auf die Nüstern, sieht ihn lange an und meint: „Schönes Pferd. Passt zu dir."

Er sagt es so nebenher, dass es sich gar nicht richtig wie ein Kompliment anhört. Oder jedenfalls mehr wie eins für Sokrates als für mich, aber das ist sowieso der bessere Weg, sich mit mir gut zu stellen.

Da er gerade Sokrates betrachtet, kann ich *ihn* betrachten. Er ist einen Kopf größer als ich und sicher auch ein paar Jahre älter. Sehr schlank, mit dunklen, etwas längeren Haaren, einer geraden Nase und sehr langen, dunklen Wimpern. Als er jetzt, wo wir kaum einen Meter voneinander entfernt stehen, seinen Blick mir zuwendet, atme ich scharf ein. Seine Augen sind so klar und blau und sein Blick ist so direkt, dass ich ihn einen Moment lang nur fassungslos anstarren kann, als wäre ich eine hypnotisierte Maus. Ich merke, wie mir das Blut ins Gesicht schießt und Sokrates' Zaumzeug erfordert plötzlich ganz dringend meine Aufmerksamkeit. Als ich mich ihm wieder zuwende, sieht er mich immer noch an und lächelt.

„Ich bin Finn", sagt er.

„Rosa", gebe ich zurück.

„Rosa, die Flussprinzessin."

„Nein, nur Rosa", erwidere ich trotzig.

„Ist gut, Nur Rosa." Er lässt sich im Gegensatz zu mir nicht aus der Ruhe bringen.

Ich versuche, missbilligend den Kopf zu schütteln, kann aber nicht verhindern, dass sich ein kleines Grinsen in mein Gesicht stiehlt.

„Dein Name ist wohl Programm?", sage ich und deute auf das Floß.

Er lacht. „Du meinst wegen Huckleberry Finn? Ja, könnte man so sagen."

Ich bemerke zwei dunkle, längliche Pakete, die auf der Erde liegen. Eines sieht aus wie ein zusammengerollter Schlafsack, das andere könnte ein Zelt sein.

„Bleibst du länger hier?", frage ich so neutral wie möglich und nicke mit dem Kopf in Richtung seines Equipments.

„Nur bis ich das Floß repariert habe", antwortet er. „Ich habe unterschiedliche Holzteile vom Müllplatz verwendet statt Bretter, weil es nur aus Recyclingmaterial bestehen sollte. Dadurch ist es nicht so perfekt im Gleichgewicht, und das Navigieren wird schwieriger."

„Heißt das, du hast das Ding selbst gebaut?"

Beinahe ehrfürchtig nähere ich mich dem Floß und betrachte es genauer. Eigentlich ist es ein Mittelding aus Floß und Boot, und die dem Wasser zugewandte Seite besteht komplett aus senkrechten PET-Flaschen, die auf eine Holzkonstruktion montiert sind. Ich erkenne Stuhlbeine, eine größere und eine kleinere Palette. Das Ding hat die Form eines Bootes, ist aber völlig flach, bis auf eine Art Podest – die Sitzfläche eines alten Stuhls mit abgesägten Beinen – das als Ruderbank dient. Das Floß hat einen halbhohen Rand aus kleineren PET-Flaschen, so können Finns Sachen nicht ins Wasser rutschen. Jetzt erst sehe ich das Loch im Boden des Floßes, genau vor der Ruderbank. Einige der Plastikflaschen sehen richtig zerfetzt aus.

„Haiattacke?", frage ich.

Er grinst. „Ein hochliegender Felsen, den ich zu spät gesehen habe. Mit einem normalen Boot hätte ich noch Zeit gehabt, auszuweichen, aber mit diesem ist das Navigieren wie gesagt schwierig. Ich muss also nicht nur das Loch flicken, sondern mir auch die Statik noch mal genau ansehen, bevor ich weiterfahre."

„Weiter wohin?", frage ich, und meine Stimme klingt viel interessierter, als ich es beabsichtige.

„Italien", sagt er.

Im ersten Moment denke ich, ich habe mich verhört. „Wie bitte?"

„Ich werde in diesem Floß aus komplett recycelten Materialien bis nach Italien fahren. Es ist eine Fundraising-Kampagne für eine Umweltschutzorganisation. Ich habe meine eigene Facebookseite, Sponsoren und jede Menge Follower auf Instagram. An manchen Anlaufstellen kriege ich Besuch von Leuten, die sich das Floß genauer ansehen oder die Aktion erklären lassen wollen. Manchmal kommen auch Journalisten. Ich werde fast die ganzen Ferien unterwegs sein."

„Wow." Nun bin ich wirklich beeindruckt. „Und was sagen deine Eltern dazu?" Er mag etwas älter sein als ich, aber mit Sicherheit noch nicht volljährig.

„Mein Vater hat mit mir dieses Floß gebaut", sagt er. „Er hat mich auf meine erste Greenpeace-Demo mitgenommen, als ich drei war. Er ist Meeresbiologe und arbeitet derzeit auf einer Station im Mittelmeer. Meine Mutter ist Professorin an der Uni. Soziologie. Manchmal macht sie sich Sorgen, aber hauptsächlich findet sie cool, was ich mache."

„Wow", wiederhole ich. Was es wohl für ein Gefühl ist, so tolle Eltern zu haben? Korrigiere, so einen tollen Vater? Ich habe selbst eine ziemlich tolle Mutter, auch wenn wir öfter mal aneinanderkrachen. Vielleicht wäre sie jetzt auch Professorin für Soziologie, wenn sie nicht mit achtzehn ein Kind gekriegt hätte.

Was es wohl für ein Gefühl ist, den Satz „Mein Vater ist Meeresbiologe und hat mit mir dieses Floß gebaut" zu sagen? Ich schätze, ein ziemlich gutes.

„Ich habe meinen Vater nie kennengelernt", sage ich, ohne nachzudenken.

Finn sieht mich an mit diesem unglaublich blauen und direkten Blick. „Das tut mir leid für ihn."

Ich lache kurz und trocken auf. „Ja, mir auch. Ich weiß nicht einmal, wer er ist. Das heißt, bis vor ein paar Wochen dachte ich, ich hätte es herausgefunden. Nun bin ich nicht mehr so sicher."

„Das Floß", antwortet er nach einer kurzen Pause, „ist zwar momentan nicht flusstauglich, aber es eignet sich hervorragend als Rückenlehne."

Finn schnappt eines der beiden Pakete, das sich tatsächlich als zusammengerollter Schlafsack entpuppt, und nimmt die Hülle ab. Er öffnet den Reißverschluss ganz, sodass eine Decke entsteht, und wirft sie so über den Rand des Floßes, dass auch die Kiesfläche davor damit bedeckt ist – ein perfektes Instant-Sofa mit Blick auf Fluss und Sonnenuntergang. Ich zögere kurz, aber er ist schon dabei, es sich gemütlich zu machen – die langen Beine von sich gestreckt, die Arme im Nacken verschränkt, als wollte er sich wieder ganz in den Anblick des Naturschauspiels vertiefen.

Was soll ich also machen? Einfach stehen bleiben? Mich zieren und sagen, dass ich jetzt lieber gehen sollte? Finn macht ganz und gar keinen gefährlichen, sondern vielmehr einen sehr coolen Eindruck. Und einen freundlichen. Und na ja, auch einen sehr gut aussehenden. Und ich möchte auch gar nicht gehen.

Sokrates ist am anderen Ende der winzigen Bucht, nur ein paar Schritte von uns entfernt, damit beschäftigt, Himbeeren zu ernten. Er hat also keinen Grund, abzuhauen, und selbst wenn er es täte – das Gebüsch ist hier so dicht und der Pfad, über den wir gekommen sind, so schmal, dass ich ihn schnell wieder eingefangen hätte.

Ich habe also keinen Grund, mich nicht neben Finn auf den Schlafsack zu setzen und mit ihm den Sonnenuntergang zu betrachten.

„Meine Mutter war mit achtzehn mit mir schwanger", fange ich zu erzählen an, als ob es das Selbstverständlichste von der Welt wäre. „Sie hat niemandem gesagt, wer der Vater ist. Aber als die Leute annahmen, dass ‚es' eine einmalige Sache mit ihrem besten Freund war, hat sie nicht widersprochen. Und dann hab ich sie neulich nach ihm gefragt, zum allerersten Mal. Und hab erfahren, dass er gar nichts von mir weiß. Sie will es ihm sagen, wenn er sie demnächst besuchen kommt, aber …"

Ich breche ab und werfe Finn einen Seitenblick zu. Er erwidert den Blick nicht, schaut einfach nur vor sich hin und wartet ab, wie es weitergeht. Und irgendwie macht es das leichter. Ich erzähle es nicht ihm, ich erzähle es dem Fluss, den Wolken, der Bucht. Meine Bucht, meine Geschichte. Wahrscheinlich werde ich Finn nie wiedersehen, aber jetzt ist es gut, jemanden zu haben, der zuhört.

„… aber dann habe ich unabsichtlich ein Gespräch zwischen den beiden mit angehört", fahre ich fort. „Ich wurde nicht ganz schlau daraus, aber es klang, als wäre Mathias gar nicht mein Vater." Ich male mit dem Zeigefinger Muster in den Kies, wische dann mit einer plötzlichen Handbewegung alles wieder weg. „Was auch immer. Vielleicht mach ich mir bloß zu viele Gedanken."

„Vermutlich", sagt Finn, was mich gleich wieder ein bisschen ärgerlich macht.

„Du kennst mich doch gar nicht!", begehre ich auf.

„Nein." Er dreht den Kopf zu mir, und da ist er wieder, dieser blaue, unbeirrbare Blick. „Aber fast jeder macht sich fast immer zu viele Gedanken."

„Wer bist du?", frage ich ihn. „Buddhas dünner Cousin?"

Er lacht laut auf. „Ich *bin* Buddha", antwortet er. „Ich konnte nur auf der Reise meine Figur nicht halten. Aber das sind bloß Äußerlichkeiten, die sich ständig ändern, alles ist immer im Fluss."

„*Am* Fluss ist mir lieber", gebe ich trocken zurück. „Und sag jetzt nicht, ich soll mehr im Augenblick leben, sonst verschwinde ich auf der Stelle!"

Sein Lächeln wird breiter. „Dann werde ich mich hüten." Er lehnt sich zurück, beide Arme auf den Rand des Bootes gelegt. Wenn ich mich jetzt zurücklehnte, wäre es beinahe, als läge sein Arm um meine Schulter. Ich schlinge stattdessen die Arme um meine Knie und blicke wieder hinaus auf den Fluss. „Keine Ahnung, wieso es auf einmal so wichtig für mich ist, zu erfahren, wer mein Vater ist. Ich bin all die Jahre gut ohne ihn ausgekommen. Ich hatte meine Mutter und meine Urgroßmutter und …" Und Daniel. Und Daniels Eltern. Nun fällt Daniel weg und Uma … na ja, ich hab sie unendlich lieb, aber sie ist nicht mehr die Uma, die sie früher war … Vielleicht hängt das ja damit zusammen. Ich räuspere mich und rede weiter: „Es ist nicht so, als wäre da dieses riesige Loch in meinem Leben." Mehr so eine unbestimmte Sehnsucht, denke ich. Aber das ist nichts, was ich vor einem Jungen laut aussprechen kann, auch nicht vor einem, den ich danach nie wiedersehe. Es klingt einfach zu kitschig.

„Manchmal wartet man auf etwas und weiß gar nicht, was es ist", sagt Finn plötzlich. „Manchmal weiß man erst, worauf man gewartet hat, wenn es plötzlich da ist."

„Schon möglich." Ich habe wieder begonnen, im Kies zu zeichnen.

„Was denkst du, was passieren würde, wenn dein Vater plötzlich hier wäre?"

Ich starre ihn an. „Keine Ahnung", sage ich schließlich, den Blick wieder abwendend. Tatsächlich habe ich mir hundertfach ausgemalt, was dann wäre, auf hundert verschiedene Arten. Er würde mich toll finden, so viel steht fest. Er würde es zutiefst bedauern, dass er mich nicht früher kennengelernt hat. Er würde mir das Gefühl geben, perfekt zu sein und enorm wichtig und … plötzlich habe ich einen fetten Kloß in meinem Hals, und meine Augen brennen. Ich beiße die Zähne zusammen und schlage mit der Faust auf meine Kritzeleien, bis stattdessen eine Grube entstanden ist.

Irgendwie habe ich das Gefühl, dass Finn meinen Gedankengang erraten hat und genau weiß, wie ich mich fühle. Wenn er jetzt einen esoterischen Klugscheißersatz loslässt, dann bin ich eine Staubwolke. Und wenn es ihm einfällt, seinen Arm um mich zu legen, dann werde ich … ja was werde ich dann? Vermutlich werde ich losheulen, was ich keinesfalls möchte. Aber Finn rührt sich nicht, und er sagt auch kein Wort. Und langsam wird der Kloß kleiner und lässt sich hinunterschlucken.

„Tust du mir einen Gefallen?", fragt Finn nach einer langen, langen Pause.

Ich räuspere mich. „Klar."

„Okay. Und jetzt einen Fuß auf das Floß! Und jetzt zeig auf das Loch. Ja, so sieht das gut aus."

Finn grinst. „Hashtag *SharkAttack,* ha, ha."

Ich fotografiere ihn noch, wie er mit meditativem Blick über den Fluss schaut. „Hashtag *TheManAndHisMission*!"

Das nächste Foto: Finn und Sokrates von hinten (ich will nicht, dass jemand mein Pferd erkennt und blöde Fragen stellt). „Hashtag *HorsingAround*!", schlage ich vor. Sollen seine Instagram-Follower nur rätseln, woher das Pferd kommt.

Hier in der Bucht ist null Empfang, und Finn muss auf Instagram und Facebook posten, eine Markierung auf Google Earth setzen, wo er sich gerade befindet, und eine kurze Nachricht an seine Mutter schicken. Ich bekomme also alle seine Zugangsdaten und Passwörter, schreibe seine Hashtags zu den ausgewählten Fotos auf, und die Zeilen an seine Mutter tippt er direkt in mein Handy und gibt mir noch ihre E-Mail-Adresse.

„Du hast ja jede Menge Vertrauen zu einer Wildfremden", sage ich, als ich Sokrates wieder zäume, um mich endlich auf den Heimweg zu machen, bevor meine Mutter sich ernsthaft Sorgen macht. Die Fotos haben wir im allerletzten Tageslicht gemacht – inzwischen ist es wirklich dunkel geworden, aber der riesige Vollmond erhellt die Bucht auf beinahe gespenstische Art. Gespenstisch-romantisch. In diesem Licht kann ich die Farbe von Finns Augen nicht mehr wirklich erkennen, aber ihre Intensität ist ungebrochen.

„Ich zähle auf dich, Nur Rosa!", sagt er.

„Ich werde dich nicht enttäuschen, Huckleberry.

Immerhin bist du dabei, die Welt zu retten. Ich werde deine Posts posten, deine Hashtags taggen und dich mit PET-Flaschen versorgen, für die ich mich vermutlich durch eine Müllkippe buddeln muss, weil wir zu Hause so was Umweltunfreundliches nämlich nicht haben."

„Eine Verwandte im Geist. Es ist eben kein Zufall, dass du heute in meine Bucht gestolpert bist."

„Ich möchte dazu mehreres festhalten", antworte ich. „Erstens bin ich nicht gestolpert, sondern habe diese Bucht mit der für mich typischen Anmut betreten. Zweitens ist das Ganze tatsächlich nicht zufällig, sondern durchaus absichtlich geschehen, da es sich nämlich drittens um *meine* Bucht handelt."

Wir flirten, wird es mir plötzlich bewusst. Ich flirte mit einem Jungen, und das Flirten gefällt mir, und er gefällt mir, und wir haben Spaß zusammen. Und es ist nicht Daniel.

„Auf Wiedersehen, Nur Rosa!", sagt Finn.

„Auf Wiedersehen, Huckleberry!", sage ich.

Seine Augen lächeln. Er steht sehr nahe vor mir, und einen Moment lang fürchte ich, er wird mich küssen. Oder vielleicht habe ich es gehofft? Denn als er jetzt einen Schritt von mir wegmacht, um Sokrates Raum zum Wenden zu geben, macht sich so etwas wie Enttäuschung in mir breit.

Ich führe mein Pferd ein paar Schritte und schaue dann noch einmal über die Schulter zurück. Er steht unverändert da, sehr aufrecht, beide Hände in den Hosentaschen, und obwohl sein Gesicht jetzt vom Mond abgewandt ist, weiß ich, dass er immer noch lächelt. Denn ich lächle auch immer noch.

Ich weiß genau, wo ich wieder Empfang habe, und exakt in der Sekunde, als ich diesen Punkt erreiche, klingelt mein Handy. Die breite Forststraße wird vom Mondlicht schön ausgeleuchtet, ich kann also ruhig drangehen.

„Wo *bist* du bloß?", fragt Iris statt einer Begrüßung, als würde sie seit Tagen vergeblich versuchen, mich zu erreichen. Wahrscheinlich ist das gerade erst ihr zweiter Versuch. Ich muss lachen. „Ich hatte keinen Empfang, du Kontrollfreak!" Wie ich meine hyperaktive, hyperkommunikative, hyperspontane und ganz leicht egozentrische Freundin vermisse! „Was ist denn Dramatisches geschehen? Hast du ein Paar Schuhe gekauft oder dich mit Zac Efron verlobt?"

„Plapperdiplapperdiplapper!", unterbricht Iris mich. „Du kannst mich nicht auf eine geheime Mission schicken und dann nicht erreichbar sein, wenn ich Bericht erstatten will!"

Einen Moment lang bin ich verwirrt, dann weiß ich, wovon sie redet. Ich habe im Zimmer meiner Mutter ein zerknülltes Stück Papier gefunden, auf dem der Name *Ulrike Hainbach* mit einer Adresse in der Stadt stand, in der meine Mutter aufgewachsen ist. Da ich den Namen noch nie gehört hatte und meine Mutter normalerweise keine großen Geheimnisse vor mir hat – mit Ausnahme einer Kleinigkeit: der Identität meines Vaters –, dachte ich, es könnte vielleicht mit ihm zusammenhängen. Durch einen verrückten Zufall war die Straße auf dem Zettel genau die Straße, in die meine Freundin Iris mit ihren Eltern und ihrem Bruder gezogen ist. Was lag also näher, als Iris zu bitten, die Augen und Ohren ein bisschen offen zu halten. Dumm nur, dass der Zettel selbst sich in Pappmaché verwandelt hat, als ich in meinen Kleidern in den Fluss gesprungen bin, um Daisys Schwestern vor dem Ertrinken zu retten. Sonst hätten wir nämlich auch die Hausnummer, an die ich mich leider nicht erinnere.

„Was hast du rausgefunden?", frage ich sie.

Statt einer Antwort dringt ein PLING-Ton an mein Ohr. Iris hat mir ein Foto geschickt. Ein Selfie, auf dem sie sich eine aufgeschlagene Zeitung vors Gesicht hält. Ihre grünen Augen leuchten durch zwei ins Papier gerissene Löcher. Ich muss lachen. Iris, die Privatdetektivin.

„Zeitung steht dir!", schreibe ich ihr, da kommt schon das nächste PLING. Noch ein Foto, diesmal von einem messingfarbenen Türschild, auf dem in geschwungenen Buchstaben der Name „Hainberg" steht.

„Da steht aber ‚Hain*berg*'", sage ich. „Und nicht ‚Hain*bach*'! Ich hab dir den Namen doch geschrieben!"

„Hey!" Iris klingt empört. „Jetzt sei nicht undankbar! Hast du eigentlich eine Ahnung, wie lang diese verdammte Straße ist? Ich habe noch nicht mal die Hälfte durch! Und ich finde, mit ‚Hainberg' bin ich schon verdammt nahe dran!"

Ich muss lachen. „Verdammt nahe, Sherlock, das stimmt!"

„Ich habe unsere Straße in einer Richtung komplett bis zum Ende abgegrast!", fährt sie vorwurfsvoll fort. „Ich habe eine Klage wegen Hausfriedensbruch und meinen guten Ruf für dich riskiert! Also sei nicht undankbar!"

„Bin ich nicht, teure Freundin."

„Schließlich bin ich ja auch erst zwei Wochen hier!", fügt sie immer noch mit Empörung in der Stimme hinzu.

„Ja, und schon hast du einen guten Ruf zu verlieren!"

„Der kommt mit mir, wohin ich auch gehe!", erklärt sie würdevoll.

„Also hier hattest du ihn noch nicht. Daran würde ich mich erinnern. Aber mal ernsthaft: Wie läuft's bei dir? Lebst du dich schon ein? Oder vermisst du Daisy und mich so sehr, dass du beschlossen hast, wieder zurückzukommen? Bei uns im Haus wäre ein Zimmer frei."

„In diesem Moment setzt mich ein LKW-Fahrer an der Autobahnraststätte Fehring ab. Fragst du deine Mutter, ob sie mich holen kommt?"

„Ich erinnere mich, meinen Satz mit ,Aber mal ernsthaft' begonnen zu haben!"

„Okay", sagt Iris. „Ich vermisse euch schrecklich. Als ob man mir zwei Schneidezähne gezogen hätte und ich deshalb meine Lieblingswaffeln nicht mehr so essen könnte, wie es im Waffelgesetz steht ..." Iris steht auf diese kleinen Waffeln mit Haselnussfüllung, und das halbe Vergnügen besteht für sie darin, die Dinger vor dem eigentlichen Genießen mit den Zähnen in ihre Einzelschichten zu zerlegen. Für Insider ist das also ein großes Kompliment – aber ... es hängt noch ein Aber in der Luft.

„Aber", fährt Iris fort, „ich muss zugeben, es hat viele Vorteile, in der Stadt zu leben. Es gibt deutlich mehr Cafés, in denen man sich treffen kann ..."

Da hat sie definitiv recht. Bei uns im Dorf gibt es genau *ein* Café.

„Und hast du schon jemanden, mit dem du dich triffst?", frage ich so neutral wie möglich. Ich möchte nicht eifersüchtig klingen. Natürlich ist es für Iris auch hart. Aber für die, die zurückgelassen werden, ist es immer härter als für denjenigen, der geht.

„Noch nicht so richtig", meint Iris. „Aber es sind ja auch noch Ferien. Ein Mädchen hab ich bei meiner Gesangslehrerin kennengelernt, ihre Stimme ist der Hammer, sag ich dir!"

Das ist letztlich der Hauptgrund, warum Iris nicht nur traurig war, aus dem Grillental wegzukommen. Sie will Schauspielerin werden, und in Fehring sind die Ausbildungsmöglichkeiten sehr beschränkt.

„Und dann ist da noch ein Mädchen im Stall ..." Einer der wichtigsten Punkte war für Iris natürlich, dass Ginger, ihre Fjord-Stute, perfekt untergebracht ist. „Ich glaube, sie ist etwa gleich alt wie ich", fährt Iris fort. „Sie hat ein Islandpferd. Ich hab neulich nur ein paar Worte mit ihr gewechselt, aber ich glaube, wir sind auf derselben Wellenlänge. Und irgendwie erinnert sie mich ein bisschen an dich."

Jetzt sticht die Eifersucht ziemlich heftig. Iris hat also schon eine Ersatz-Rosa. „Ja, wir Mauerblümchen sehen alle gleich aus. Leicht zu verwechseln."

„Rosa, du Tröte", sagt Iris lachend. „Stell das Selbstmitleid ab!" Und ich stelle das Selbstmitleid ab, einfach so, und lache auch. Was ich an Iris auch vermisse: ihre Direktheit.

„So, jetzt aber zu dir", erklärt Iris. „Und *auch* ganz ernsthaft: Sitzt du immer noch jeden Tag auf dem Dach und beobachtest Daniel und Ollie mit dem Fernrohr? Oder hast du deine Selbstachtung inzwischen wiedergefunden?"

Dass ich Iris' Direktheit vermisse, nehme ich wieder zurück. Gut, dass es dunkel ist, und gut, dass niemand hier ist außer Sokrates und ein paar Glühwürmchen. So sieht niemand, wie rot ich werde. Es ist wahr. Nachdem die beiden angefangen haben, sich zu treffen, war ich ein wenig neben der Spur. Vielleicht ein wenig mehr als ein wenig.

„Es ist Ferienzeit", fährt Iris fort. „Da verschlägt es doch sogar in unsere Fuchs-und-Hase-Gegend ab und zu mal den einen oder anderen brauchbaren Typen! Tut sich denn rein gar nichts?"

Ich denke an die Bucht, an Finns durchdringenden blauen Blick, daran, wie gut er zuhören kann, und an den Spaß, den wir hatten – ein wildfremder Junge und ich. Ich weiß noch nicht mal seinen Nachnamen oder wie alt er ist. Irgendwie ist Finn gar nicht wirklich, in seiner versteckten kleinen Bucht, mit seiner ruhigen, selbstverständlichen Art und seinem selbst erteilten Auftrag, die Welt zu retten. Und in ein, zwei Tagen, wenn er sein Floß repariert hat, wird er wieder fort sein.

„Gar nichts", antworte ich Iris. „Es tut sich gar nichts."

Aber Iris hat sowieso schon wieder das Thema gewechselt.

„Ich wünschte, ich könnte beim Turnier dabei sein", sagt sie mit einem Seufzer. „Wenigstens, um dir beim Gewinnen zuzusehen, wenn ich schon nicht selbst mitmache."

Ich lache laut auf. Ich habe noch *nie* gewonnen, auch wenn es oft verdammt knapp war. Es ist zwar ein Fun-Turnier, aber das Starterfeld ist trotzdem nicht ohne, es gibt ziemlich viele Reitställe in der Gegend. Und die Konkurrenz aus den eigenen Reihen ist auch nicht zu verachten.

„Daisy könnte auch gewinnen", antworte ich. Tatsächlich haben Daisy und ich uns zweimal den zweiten Platz geteilt. „Sie und Pippin sind ein Dreamteam. Er macht schon, was sie will, wenn sie es nur denkt. Und er ist extrem wendig, das ist super bei den Geschicklichkeitswettbewerben."

„Daisy hat nicht deinen Drive", sagt Iris.

„Wenn du mich sehen könntest", antworte ich, „wüsstest du, dass ich fragend meine Augenbrauen hebe." Ich habe inzwischen den Stall fast erreicht. Alles dunkel. Ich scheine heute wirklich die Letzte zu sein. Es ist jetzt auch schon fast zehn.

„Ach, tu nicht so, Rosa. Du bist viel ehrgeiziger als Daisy. Ihr ist Gewinnen einfach nicht so wichtig, und wenn's drauf ankommt, ist das genau der entscheidende Faktor."

„Ha!", mache ich. Haben Daniel und Iris sich etwa zusammengetan?

„Was ‚ha'?"

„Ach, nichts", antworte ich. „Gewinnen ist mir auch nicht so wichtig. Weiß nicht, wieso das alle glauben. Ich bin völlig cool und gechillt."

Jetzt lacht Iris laut heraus. „Meine heiß geliebte Rosa", sagt sie. „Du bist viel, aber nicht cool und gechillt."

„Ich will aber cool und gechillt sein!", antworte ich, halb im Spaß, halb wirklich verärgert.

„Try again!", sagt Iris und lacht noch immer. „Rosalein, ich muss jetzt los. Meine Oldies warten unten auf mich mit einem sehr späten Abendessen, und heute ist sogar mein Herr Bruder anwesend, der sich sonst ziemlich rar macht."

„Hat Eric je ein Wort gesagt wegen Daisy?" Unsere Freundin Daisy ist schon ewig in Eric, Iris' großen Bruder, verliebt. Genau genommen, seit er vor Jahren irgendwann ins Wasser gesprungen ist, um Daisys Puppe vor dem Untergehen zu bewahren.

Eric ist siebzehn, dreieinhalb Jahre älter als Daisy, und wir dachten eigentlich nicht, dass er Daisys Schwärmerei überhaupt mitgekriegt hat. Aber dann hat sie sich kurz vor der Abreise der Familie ihm gegenüber geoutet und ist weggelaufen, ohne seine Antwort abzuwarten. Und der große Clou: Am Abreisetag ist Eric wirklich und wahrhaftig noch einmal aus dem Auto gesprungen und hat Daisy geküsst! Filmreif, das Ganze! Wir waren alle sprachlos, und Daisy sieht nun wohl endgültig nie wieder einen anderen Jungen an.

„Keinen Pieps. Aber er ist auch nicht gerade eine Plaudertasche, wie du weißt …"

„Vermutlich kommt er nicht mehr zum Reden, seit du auf der Welt bist!"

„Das war billig, Rosa, shame on you! Oh, ich vermisse euch so!" Im Hintergrund höre ich die Stimme von Iris' Mutter. „Komme schon!", brüllt Iris zurück und wendet sich dann wieder mir zu, kein bisschen aus der Ruhe gebracht: „Bleibt's bei unserem Skype-Date morgen?"

Daisy, Ollie, Iris und ich haben uns für morgen Nachmittag zu unserem ersten großen Catch-up-Gruppendate verabredet. „Na klar bleibt's dabei. Um siebzehn Uhr dreißig sind die anderen bei mir. Also sei pünktlich, Chaoskind!"

„Oooooch", macht Iris, das „Chaoskind" überhörend. „Wirst du Pancakes machen? Und Popcorn? Ich wär so gern richtig dabei und nicht bloß über Skype!"

„Keine Angst, wir werden nur abgestandenes Wasser trinken und an trockenem Pappkarton knabbern, um deine Gefühle zu schonen."

„Iris!", höre ich nun die Stimme ihres Vaters im

Hintergrund, bereits eine Spur ungehalten. Ich muss lachen. „Jetzt geh schon endlich!"

„Ja, jetzt muss ich endgültig los", antwortet sie. „Aber ich werde den Rest der Straße auch noch absuchen, versprochen."

„Okay", antworte ich. „Tschüs, Iris. Bis morgen. Miss you."

„Miss you more", ruft Iris noch und legt auf.

Inzwischen habe ich mein Pferd abgezäumt und abgesattelt. Ich verknote Sokrates' Strick und hole sein Müsli, während er schon ungeduldig mit dem rechten Vorderhuf scharrt. Dann setze ich mich auf den Anbindebalken und schicke meiner Mutter eine Nachricht, damit sie nicht auf die Idee kommt, eine Vermisstenanzeige aufzugeben.

„No problem", antwortet sie. „Hab gelernt und dabei die Zeit vergessen."

Ah ja. Meine Mutter, die Studentin. Beinahe bin ich ein bisschen enttäuscht, dass sie sich keine Gedanken macht, wenn ich abends nicht aufkreuze. Andererseits, wenn sie Dienst im Hotel hat, merkt sie ja auch nicht, ob ich heimkomme. Als achtzehnjährige Single Mom, die sich mit ihrer Mutter zerstritten hatte, vom Kindesvater keine Unterstützung bekam (wie auch, wenn der nicht einmal von seinem Glück wusste!) und irgendwie ein Baby durchbringen musste, konnte sie sich nicht leisten, ein Studium anzufangen – die kleine Rente meiner Uroma, bei der sie mit mir eingezogen ist, reichte nicht für uns alle. Also nahm meine Mutter eine Stelle hier im Hotel an, zu dem auch der Reitstall gehört – und in dessen teuersten Suiten jetzt Ollie und ihr Vater wohnen, bis das Haus, das sie gekauft haben, bereit für den Einzug ist. Ausgerechnet das

Haus, das unsere supertolle Pferderanch werden sollte. Natürlich war das nur ein Kleinmädchentraum, wir hätten das sowieso nie bezahlen können. Trotzdem war ich anfangs auch deshalb sauer auf Ollie – sie hatte mir zu viele Dinge auf einmal weggenommen.

Aber zurück zu meiner Mom: Anfangs hat sie als Zimmermädchen gearbeitet, später im Restaurant und an der Bar. Mittlerweile ist sie offiziell an der Rezeption und macht Direktionsassistenz – tatsächlich aber schaukelt sie den ganzen Laden. Ohne sie funktioniert gar nichts, das merkt man schon an den Anrufen, wenn sie mal einen Tag nicht „im Bergwerk" ist, wie sie es nennt. Obwohl sie also eine ziemliche Selfmadekarriere hingelegt hat, will sie jetzt auch noch ein Studium nachholen und vielleicht irgendwann auf ihren Traumberuf umsatteln – sie wollte in der Schule schon Innenarchitektin werden. Wenn das mit meinem überdurchschnittlichen Ehrgeiz stimmt, hab ich den also wohl von ihr.

Nun gibt es also einen Fulltime-Job, jede Menge Skripte und eine Teenagertochter in ihrem Leben – aber keinen Mann. Wenn man von dem möglichen Kindesvater im Anmarsch absieht. Mathias ist Architekt und lebt eigentlich in England, wo er auch studiert hat – ein Bauprojekt in der Nähe bringt ihn in unsere Gegend. Da ist also genug, was ihr derzeit durch den Kopf geht.

Auch mir wirbeln genug Dinge durch den Kopf, selbst wenn ich Finn wegrechne: Mein Vater-oder-nicht-Vater Mathias, meine Uma, meine Mutter, mit der ich nach Monaten voller Streit und Kampf und Kräftemessen jetzt endlich einen vorsichtigen Frieden geschlossen habe, das bevorstehende Turnier, Daniel und Ollie …

„Hey, du Philosophin!" Ollies Stimme reißt mich aus meinen Gedanken. Gerade habe ich überlegt, ob sie wohl je so eine gute Freundin für mich werden kann wie Iris oder Daisy, *obwohl* sie jetzt „meinen" Daniel hat.

„Hey!", antworte ich hastig und fühle mich ertappt.

„Holst du dir auch noch eine Dosis Pferd vor dem Schlafengehen?", fragt Ollie und sieht mich von der Seite an. Sie trägt goldfarbene Römersandalen und ein kurzes weißes, gerafftes Kleid. Nur Ollie kann sich so ein Outfit leisten, ohne darin wie eine Barbiepuppe zu wirken. „Du siehst verändert aus", stellt sie fest. „Gibt's was Neues?"

Vermutlich hat Iris recht, und ich bin wirklich nicht „cool und gechillt". Sonst würde ich nicht wegen jeder Kleinigkeit rot werden.

„Nein, gar nichts. Keine Ahnung, was du meinst." Und ich könnte vermutlich besser lügen.

Aber kann es wirklich sein, dass Ollie mir die Begegnung mit Finn ansieht?

„Wie war dein Abendessen? Daniel hat mir davon erzählt." Plötzlich fällt mir ein, dass das vielleicht ein Vertrauensbruch war und ich gar nichts von diesem „Date zum Geburtstag der toten Mutter" wissen sollte. „Ich hoffe, das ist okay", füge ich hastig hinzu. „Er hat sich bestimmt nichts dabei gedacht."

„Völlig okay", sagt Ollie. „Ich hätte dir selbst davon erzählt, wenn es sich getroffen hätte. Oder sagt man ‚gegeben'?"

Ollies Deutsch ist wirklich perfekt, nur ganz selten merkt man an der Aussprache oder an ihrer Wortwahl, dass sie nicht hier aufgewachsen ist. Ihre Mutter kam aus Fehring und verbrachte die Sommer ihrer Kindheit immer im Grillental bei ihrer Tante – bestimmt hat Uma sie gekannt –, ihr Vater ist aus Mexiko.

„Wenn es sich ergeben hätte, würde ich sagen", antworte ich.

„Ergeben, richtig", sagt sie, und es dauert einen Moment, bis sie weiterspricht. Entweder muss sie diese Information erst abspeichern, oder sie muss den Faden wiederfinden.

„Es war schön, danke. Mein Daddy und ich genießen unsere gemeinsame Zeit immer. Und er steht darauf, mit mir anzugeben, als wäre ich seine Prinzessin ..." Sie lacht. „Vater und Tochter, du weißt ja ..." Erschrocken bricht sie ab und fährt mit der Hand zum Mund. „Entschuldige, ich hab ganz vergessen ..."

Sie sieht so geknickt aus, dass sie mir sofort leidtut.

„Kein Problem", antworte ich, ganz gechillt und cool. „Man kann nicht ständig jedermanns Lebensgeschichte im Kopf haben."

„Nicht jedermanns", sagt Ollie, und einen Augenblick sieht es tatsächlich so aus, als hätte sie Tränen in den Augen. „Aber du bist meine Freundin. So etwas sollte mir nicht passieren."

„Ollie", sage ich beinahe erschrocken und lege unwillkürlich – und ganz gegen meine Gewohnheit – meinen Arm um ihre Schultern und drücke sie kurz. „Es ist okay, wirklich."

Sie fährt mit den Händen über ihre Augen. „Ich schätze, ich bin doch ein wenig angeschlagen wegen heute Abend. Ich vermisse meine Mutter, und an ihrem Geburtstag kann ich das schlechter verdrängen als sonst, und dann werde ich immer ganz gefühlsduselig."

„Das ist doch klar", sage ich.

Sokrates hat fertig gefressen, und ich springe vom Balken, um den leer gefressenen Trog abzuspülen.

„Das Skype-Date morgen steht noch?", fragt Ollie.

„Na klar. Ich hab gerade kurz mit Iris telefoniert. Sie freut sich schon drauf."

Ollie strahlt. „Also dann um halb sechs bei dir wie abgemacht?"

Ich glaube, sie ist immer noch nicht ganz sicher, wie die Dinge zwischen uns stehen. Aber sie gibt sich extrem viel Mühe. Und ich mag sie ja wirklich. Hätte sie sich nicht ausgerechnet Daniel ausgesucht, sie, Daisy und ich wären so nahe an einem perfekten Gespann, wie es möglich ist, wenn man gerade eine Freundin wie Iris verloren hat. Und wenn ich ehrlich bin, hat Daniel sie ja wohl ebenso ausgesucht wie sie ihn. *Und* sie hat mich um Erlaubnis gefragt. Und noch viel wichtiger: Ich hab sie ihr auch gegeben.

„Ich hoffe bloß, dass Daisy morgen nicht wieder ihre Schwestern hüten muss. Es nervt langsam."

„Ja", stimmt Ollie zu und grinst. „Ein Wunder, dass sie die Kleinen noch nicht verkauft hat."

„Vermutlich, weil sie mehr Verantwortungsgefühl hat als ihre Mutter und ihr Vater zusammen."

Ollie lacht. „Da hast du bestimmt recht. Daisy ist so ein Schatz. Genau wie du. Ich habe solches Glück, dass ich euch gefunden habe."

Ich muss auch lachen, Ollies sonnige Art ist einfach verdammt ansteckend. Und ich weiß, dass sie das, was sie sagt, auch genauso meint.

„Das stimmt", sage ich ernsthaft. „Da hast du wirklich verdammtes Glück."

Ollie lacht noch einmal schallend. „Du bist wirklich einmalig. Schlaf gut und bis morgen."

„Bis morgen", antworte ich. „Schlaf du auch gut."

Ich führe Sokrates auf die Koppel, verabschiede mich wie üblich mit einem Leckerli von ihm und sehe noch einmal nach Fanny. Ihr Bein ist vollständig abgeschwollen und fühlt sich auch nicht mehr warm an. Morgen werde ich einen Spaziergang mit ihr machen und sehen, ob sie auch wirklich nicht mehr lahmt. Ich glaube, den Tierarzt werden wir nicht mehr brauchen. Fanny bekommt auch noch ein Leckerli, dann schiebe ich mein Rad aus der Sattelkammer. Das Gespräch mit Ollie holt mich wieder ein. Es muss schön sein, mit seinem Vater ein „Date" zu haben und von ihm wie eine Prinzessin behandelt zu werden. Rosa, du Tröte, ermahne ich mich selbst und muss unwillkürlich lächeln. Stell das Selbstmitleid ab! Iris hat ja recht. Von Selbstmitleid hat keiner was.

Außerdem bin ich auch eine Prinzessin. Ein Lächeln stiehlt sich auf mein Gesicht.

Eine *Flussprinzessin*, um genau zu sein.

3. Date Night

Ich bin verdammt zufrieden mit mir. Gestern Abend hab ich noch auf Finns Facebook-Seite ein Update über sein Missgeschick mit dem Floß gepostet und mit Fotos illustriert. Ein besonders schönes Sonnenuntergangsfoto habe ich auf Instagram hochgeladen – ich denke, Huckleberry kann mit mir zufrieden sein. Heute Morgen, bevor es richtig heiß wurde, hab ich mit Sokrates trainiert, und er war einfach toll drauf. Wieder einmal hab ich mir gewünscht, ich könnte so mit ihm arbeiten, wie ich wollte, ihn richtig aufbauen, vielleicht ab und zu mal auf ein Turnier gehen, nicht stattdessen ständig wieder von vorn anfangen und „reparieren" müssen, was ahnungslose Hotelgäste anrichten. Mit anderen Worten, ich hab mir wieder einmal gewünscht, er wäre *mein* Pferd. Na ja. Ich schätze, ich kann von Glück reden, dass ich ihn überhaupt reiten darf – ihn und Fanny. Fannys Schwellung ist nicht mehr zu sehen, aber sie lahmt immer noch etwas. Nach dem Training habe ich meine Stallarbeit erledigt und mir sozusagen meine heutige Reiteinheit verdient. Dann bin ich zu dem Kiosk am Tennisplatz, zu dem am großen Steg und zu dem am Flussfreibad gefahren und habe große PET-Flaschen gesammelt. Hoffentlich weiß Finn den Aufwand zu schätzen, den ich hier treibe. Andererseits, denke ich mir, selbst wenn er das nicht tut – sein Vorhaben verdient meine bedingungslose Unterstützung, und was mache ich denn schon groß, außer mit dem Rad ein bisschen herumzufahren? Jedenfalls, als ich zu Hause ankomme, zwei Rucksäcke mit PET-Flaschen umgehängt, bin ich verschwitzt und müde, aber erfüllt von dem guten Gefühl, beim Retten der Welt ein wenig mitzuhelfen.

Vor unserem Haus steht ein Auto, das ich nicht kenne, und mein Herz beginnt, schneller zu schlagen. Mathias?

Ich verstaue die beiden Rucksäcke mit PET-Flaschen schnell noch in unserem Holzschuppen, um mir Fragen zu ersparen – was mir auch die Gelegenheit gibt, mich seelisch ein bisschen darauf vorzubereiten, dass ich möglicherweise gleich meinem Vater gegenüberstehen werde.

Ich habe mit Mom nicht mehr darüber gesprochen, wann er nun genau kommt, und bin davon ausgegangen, dass sie es mir rechtzeitig sagen wird. Aber sie hat so viel um die Ohren und wir sehen uns so wenig, dass diese Information auch leicht unter den Tisch gefallen sein kann.

Vorsichtig öffne ich die Haustür und bemerke mit Erleichterung ein paar Damenschuhe in unserem Windfang. Unser Haus ist *strictly no shoes*, was nicht nur den Putzaufwand beträchtlich verringert, sondern zum Glück auch Rückschlüsse auf die anwesenden Personen zulässt.

„Komm rein, Schatz!", ruft meine Mutter aus der Küche – irgendwie landen immer alle in der Küche, sie ist einfach so gemütlich, mit dem uralten Holzofen und dem großen Tisch in der Ecke.

Auf diesem Tisch liegen jetzt Moms alte Schuljahrbücher und ein paar Fotoalben. Die Frau, die neben ihr auf der Eckbank sitzt, scheint in ihrem Alter zu sein, ich tippe also messerscharf auf eine ehemalige Schulkollegin.

„Oh mein Gott, Ida", sagt sie halb im Scherz, halb wirklich geschockt. „Rosa ist *erwachsen*! Wann ist das denn passiert?"

„In den letzten sieben Jahren, schätze ich", antwortet meine Mutter und lacht. „Während du Karriere gemacht hast."

„Hi", sage ich ein wenig verunsichert. „Kennen wir uns denn?"

„Ich bin Gundi", sagt die große dunkelhaarige Frau im lässig-kühlen Leinenoutfit, das perfekt zu den Schuhen im Windfang passt. „Eine Schulfreundin deiner Mutter. Ich hab euch mal besucht, da bist du gerade in die Schule gekommen – und ich hätte schwören können, dass das noch keine zwei Jahre her ist."

„Ich kann mich nicht erinnern", sage ich wahrheitsgemäß. „Aber deinen Namen hab ich schon mal gehört."

„Und ich dachte, sie hätte ihn vergessen", bemerkt Gundi mit einem Grinsen. „Das würde erklären, warum sie meine E-Mails nicht beantwortet hat."

„Das hatte rein gar nichts mit dir zu tun", fällt meine Mutter hastig ein. „Ich war einfach nur sehr mit mir selbst beschäftigt und mit Rosa und meiner Großmutter …" Mom macht eine Pause, und Gundis Augen wandern fragend zu mir.

„Gefäßbedingte Demenz", erkläre ich. „Irgendwann konnten wir uns nicht mehr um sie kümmern, und jetzt wohnt sie in einem Heim nicht weit von hier."

„Es tut mir sehr leid, das zu hören", sagt Gundi mitfühlend.

„Wir haben es wirklich versucht", fällt meine Mutter hastig ein. Irgendwie hat sie bis heute ein schlechtes Gewissen, dass Uma nicht mehr bei uns zu Hause sein kann. Aber es war einfach zu gefährlich – zweimal hätte sie fast das Haus in Brand gesteckt, weil sie vergessen hatte, den Herd auszuschalten. Und die Male, die sie einfach lospaziert ist und dann vergessen hat, wo sie wohnt, haben Mom immer an den Rand eines Nervenzusammenbruchs gebracht. Durch die Nähe zum Fluss war das Ganze noch gefährlicher. Zuletzt konnte man Uma keine Sekunde mehr aus den Augen lassen, und das stellte meine Mutter als voll berufstätige Alleinerzieherin vor immense Probleme.

„Sie ist dort gut aufgehoben", ergänze ich wieder, „und wir besuchen sie oft. Ich war erst gestern dort, mit Daniel."

„Daniel?", sagt Gundi augenzwinkernd, mit vielsagendem Unterton.

„Er ist nur ein Freund", antworte ich schnell, kann aber natürlich wieder mal nicht verhindern, dass ich rot werde.

„Die beiden kennen einander fast von Geburt an", sagt meine Mutter. „Eine klassische Sandkastenfreundschaft."

„Wie bei dir und Mathias", meint Gundi.

Ich sehe meine Mutter an. „So ähnlich", sagt sie, ohne irgendjemanden anzusehen.

Ich versuche, in Gundis Gesicht zu lesen, welche Version der Geschichte sie gehört hat. Dass mein Vater der große Unbekannte ist, der mit meiner Mutter am Tag des Abschlussballs Schluss gemacht haben soll? Oder dass es Mathias ist, der ihr so vertraut war und der sie danach „getröstet" hat? Oder vielleicht gibt es noch mehr Versionen?

„Ich war ja eine sehr junge Mutter", lenkt Mom das Gespräch unauffällig von dem brisanten Thema weg. „Also war Rosas Urgroßmutter eigentlich auch erst im Oma-Alter. Und sie war auch irgendwie Daniels Oma."

„Sie ist unsere Uma", korrigiere ich und füge ein wenig trotzig hinzu: „Immer noch."

„Ja, natürlich, Schatz", sagt meine Mutter, als wäre ich eine trotzige Vierjährige. Aber ich beschließe, das runterzuschlucken. Schließlich weiß ich, dass sie es nicht so meint. „Rosa konnte anfangs ‚Uroma' nicht aussprechen", fügt sie mit einem sentimentalen Lächeln hinzu. „Sie hat ‚Uma' gesagt, und das ist geblieben, auch für Daniel."

„Sie muss euch sehr fehlen", sagt Gundi, die bei unserer Geschichte feuchte Augen gekriegt hat. Ich stelle fest, dass ich sie mag. Meine Mutter hat so wenig über ihre Schulzeit gesprochen, irgendwie hab ich sie immer als Außenseiterin gesehen – ich bin froh, dass sie eine Freundin wie Gundi hatte, auch wenn sie ihr offenbar nicht mehr erzählt hat als mir.

„Ja, das tut sie", sagt meine Mutter. „Aber sie würde nicht wollen, dass wir ihretwegen trübselig werden. Schon gar nicht, wo wir beide uns so lange nicht gesehen haben. Die Fotoalben haben wir durch, willst du die Jahrbücher auch noch sehen?"

Gundi lacht. „Unbedingt. Schon wegen der Frisuren! Ist das unser Abschlussjahr?" Sie greift nach dem zuoberst liegenden Jahrbuch und schlägt es gleich ganz hinten auf, wo die Fotos des Abschlussballs zu finden sind. Ich sehe über Gundis Schulter. Da ist es, das Foto, das ich schon so oft angesehen habe, meine Mutter mit zwei Freundinnen. Die Freundinnen sehen hübsch und sympathisch aus, obwohl die eine vermutlich ihren Friseur verklagen sollte, aber meine Mutter überstrahlt beide. Sie trägt ihre naturgewellten Haare, um die ich sie schon immer beneidet habe, offen. Ihr einziger Schmuck ist eine dünne Goldkette mit einem geschwungenen „I" für „Ida". Aber sie braucht auch keinen Schmuck – sie hat ihre tiefblauen Augen, die von dem Blau ihres schulterfreien, schlichten Kleides noch betont werden.

„Du warst bestimmt das schönste Mädchen der ganzen Schule!", sage ich.

Gundi lacht gutmütig. „Ja, uns andere sieht man gar nicht auf dem Foto, weil deine Mutter gemeinerweise so bildhübsch ist."

Erst jetzt erkenne ich, dass das Mädchen mit den hochtoupierten Haaren Gundi ist.

„Entschuldige", stammle ich verlegen. „Du siehst auch sehr hübsch aus, ich meine, ihr seht alle drei ..."

„Kein Stress, Rosa", sagt Gundi. „Es war uns allen bewusst, dass wir mit deiner Mutter nicht mithalten konnten. Damals war ich zwar manchmal eifersüchtig, muss ich gestehen. Aber heute hab ich ihr großmütig verziehen."

Gundi blättert wieder weiter auf die nächste Doppelseite. „Wir waren alle so fröhlich an dem Abend", meint sie dann nachdenklich. „Die Schüler und die Lehrer, richtig ausgelassen, es war ein so schöner Ball. Deshalb war am nächsten Tag die Nachricht von dem Unfall umso schlimmer."

„Was für ein Unfall?", frage ich.

„Einer der Lehrer", antwortet Gundi. „Frisch von der Uni. Sehr nett und sehr gut aussehend. Er hat in dieser Nacht einen tödlichen Verkehrsunfall gehabt. Verdammt tragische Sache." Sie wirft meiner Mutter einen fragenden Blick zu. „Sag bloß, du erinnerst dich nicht mehr, Ida?"

„Vage", antwortet meine Mutter und klappt das Jahrbuch endgültig zu. „Er hat uns ja nicht unterrichtet, nur Unterstufenklassen, glaube ich."

„Ja", meint Gundi mit einem vielsagenden Lächeln. „Das hat aber die Mädels der Oberstufe nicht davon abgehalten, sich reihenweise in ihn zu verknallen. Wie hieß er noch, ich komm nicht mehr auf den Namen ..."

Meine Mutter wirft über meinen Kopf hinweg einen Blick auf die Küchenuhr. „Wann kommen denn die Mädels heute für euer Date mit Iris?"

„Um halb sechs." Ich sehe ebenfalls auf die Uhr. Zehn nach fünf. „Dann zisch ich mal besser ab, sonst hab ich keine Zeit mehr zum Duschen." Ich sehe meine Mutter mit meinem besten „Bitte-bitte-Blick" an. „Mom, würdest du das Popcorn machen?"

Sie lacht. „Ja, klar. Ich mach für Gundi und mich gleich welches mit. Popcorn ist gut gegen Sentimentalität."

Ich strecke Gundi meine Hand hin. „Hat mich sehr gefreut, dich kennenzulernen! Noch einmal!" Sie lacht, aber statt meine Hand zu nehmen, steht sie auf und umarmt mich.

„Das hat deine Mutter toll hingekriegt mit dir", sagt sie und lässt mich wieder los. Ich sag ja, ich mag die Frau. Und ich mag, wie stolz meine Mutter gerade aussieht.

„Und ich hab das auch gut hingekriegt", erkläre ich. „Obwohl es wirklich nicht immer einfach war mit ihr."

Die beiden lachen, und ich lache mit und sprinte dann nach oben.

Gundi erinnert mich an meine Freundinnen. Sie hat Iris'

Offenheit, aber auch etwas von Daisys Einfühlungsvermögen. Schade, dass sie nicht in der Nähe wohnt, meine Mutter hat sowieso viel zu wenig soziale Kontakte, finde ich.

Daisy ist die Erste, die eintrudelt. „Ich weiß, ich bin zu früh", sagt sie und lässt sich rücklings auf mein Bett fallen. Ihre Haare sehen aus wie ein glänzender goldener Fächer. Daniels Bemerkung darüber, wie gut Daisy auf Fotos aussieht, fällt mir wieder ein. Ich glaube, sie hat keine Ahnung, wie hübsch sie ist. „Als mein Vater heimgekommen ist, hab ich mich augenblicklich verdrückt", erklärt sie, während ich in der Unterwäsche vor meinem Schrank stehe und meine Haare abtrockne, „bevor ihm noch einfallen konnte, dass er ganz dringend an seinem Roman arbeiten muss oder eine Redaktions-Deadline vergessen hat. Meine Mutter ist sowieso schon wieder seit drei Tagen nicht aus ihrem Atelier aufgetaucht."

„Schiebst du wenigstens ab und zu Wasser und Brot durch die Katzenklappe?", frage ich scherzhaft – aber so weit hergeholt ist das gar nicht. Daisys Mutter ist Künstlerin, und wenn sie malt, vergisst sie wirklich alles um sich herum. Leider auch ihre Kinder. Und Daisys Vater hat zwar als Journalist flexible Arbeitszeiten, aber wenn er in seinen Roman eintaucht, ist auch er nicht mehr ansprechbar. Zum Glück haben sie Daisy. Verdammt praktisch, eine große Tochter zu haben, die man ständig als Babysitter einsetzen kann. Und natürlich ist Daisy nicht immer glücklich darüber. Es sind Ferien, und sie kommt nur halb so oft zum Reiten wie ich. Aber jedes Mal, wenn sie sich deshalb bei mir ausweint und ich ihr recht gebe, schwenkt sie um und verteidigt ihre Eltern mit Sätzen wie „Wir leben ja davon" und „So sind Künstler eben" oder „Sie merken das gar nicht".

Also halte ich meine Klappe und höre einfach zu, während ich mir Shorts und ein Top überziehe.

„Mein Vater hat jetzt entdeckt, dass er im Café super schreiben kann. Er fährt also morgens in die Redaktion, schreibt seine Buchkritik oder was auch immer und dann setzt er sich den Rest des Tages ins Café, schaltet sein Handy aus, und das war's dann." Sie seufzt. „Vorgestern war Nini plötzlich verschwunden. Meine Mutter im Atelier, mein Vater nicht erreichbar. Ich bin völlig hysterisch geworden, habe Haus und Garten abgesucht und in der ganzen Nachbarschaft herumgefragt, bevor ich mich getraut hab, meine Mutter zu stören. Sie hatte den typischen Zombieblick drauf, und ich wollte schon anfangen, sie zu schütteln, da hab ich Nini bemerkt."

„Sie war im Atelier?"

Daisy nickt. „Zusammengerollt auf einem Meditationskissen. Tief und fest schlafend. Meine Mutter hat nichts gemerkt. Und Nini hat nur gemurmelt, dass sie bei Mama sein wollte, als ich sie rausgetragen hab."

„Das ist echt traurig", stelle ich fest.

Daisy nickt.

„Aber wir können eine Sache daraus lernen."

Sie sieht mich fragend an.

„Wenn man nicht gestört werden will, schaltet man sein Handy aus."

Sie hebt die Augenbrauen, sichtlich verwirrt.

„Man schaltet sein Handy aus, Daisy."

Jetzt hat sie's. Sie nimmt ihr Handy aus der Gesäßtasche

ihrer Shorts – und zögert. „Aber die Kinder rufen immer mich an, wenn –"

„Die Kinder sind zu Hause mit Papa und Mama. Das muss ja wohl reichen."

„Schön wär's", murmelt Daisy, schaltet aber trotzdem ihr Handy aus.

„Du musst loslassen, Daisy", erkläre ich meiner Freundin mit erhobenem Zeigefinger in meinem besten Esoterik-Tonfall. „Alles ist im Fluss. Du musst mehr im Augenblick leben. Das Universum sorgt schon für uns alle."

Daisy sieht mich an, als wüsste sie nicht, ob sie lachen oder weinen soll. „Beängstigend", sagt sie. „Du bist fast so gut wie Mila. Nur dass sie den ganzen Kram wirklich ernst meint."

„Esoterik" ist gewissermaßen Milas zweiter Vorname – von Astrologie über Schamanismus bis zu Tarot-Karten ist sie Expertin für alles.

„Sie hat ja auch völlig recht", erwidere ich. „Auf die Interpretation kommt es an."

Die Tür zu meinem Zimmer wird aufgerissen, bevor Daisy darauf antworten kann, und Ollie steht im Zimmer, mit beiden Händen eine riesige Schüssel Popcorn haltend. Und sie sieht mal wieder – na ja, ich habe eine Sekunde aufgehört zu atmen, also sagen wir mal – atemberaubend aus. Nicht, dass irgendetwas an ihr sehr verändert wäre, wahrscheinlich hat sie sich bloß ein bisschen mehr zurechtgemacht als sonst, wenn sie sich mit uns trifft. Sie ist nicht so fein angezogen wie gestern Abend für das Date mit ihrem Vater – heute sind es Jeansshorts, ein weißes Top mit Fransen und die bestickten Cowboystiefel – aber Daisy muss es genauso empfinden wie ich, denn sie kriegt große Augen, setzt sich kerzengerade auf und sagt: „*Wow!* Was hast du denn heute noch vor?"

Ollie errötet tatsächlich – ich kann mich nicht erinnern, das schon mal gesehen zu haben. Sie schaut an sich hinunter und fragt: „Ist es zu viel? Ich war nicht sicher, ich habe diese Zeug in meine Haare geknetet und etwas mehr Wimperntusche als sonst ... oder ist es das Top? Sind die Fransen zu auffällig?"

Nun sehe ich Ollie mit großen Augen an, denn sie wirkt tatsächlich irgendwie unsicher, ein Aggregatzustand, der mir nur allzu vertraut ist. Aber ich hätte nicht vermutet, dass *sie* ihn annehmen kann.

„Nein, nein", sagt Daisy. „Du siehst toll aus, megatoll, ich hätte nur nicht gedacht, dass du für ein Mädelsdate bei einer von uns zu Hause ..." Sie lacht. „Ich meine, ich bin bei Rosa auch schon im Pyjama aufgetaucht!"

Ollie sieht von Daisy zu mir und von mir wieder schnell zu Daisy. „Ich treffe mich nachher noch mit Daniel", sagt sie. „Es ist unser ... ich weiß, es klingt albern, aber es ist unser Ein-Monats-Jubiläum."

„Ooooch, wie süß!", ruft Daisy unwillkürlich und wirft mir dann schnell einen entschuldigenden Blick zu.

„Überhaupt nicht albern!", erkläre ich, die Gelassenheit selbst, während es in meinem Inneren zugeht, als hätte jemand einen vollgepusteten Luftballon frei gelassen, der jetzt pfeifend und völlig desorientiert hin und her zischt und überall dagegenfliegt. Ein Monat schon! Die beiden sind schon einen ganzen Monat zusammen! Und Ollie ist *nervös*! Wegen eines Dates mit Daniel, meinem Daniel, mit dem ich Dämme gebaut, Hausaufgaben gemacht und über Furzkissen gelacht habe! Sie muss wirklich verliebt in ihn sein! In dem Moment, als ich das so richtig realisiere, passiert etwas Seltsames: Ich stelle fest, dass es für mich in Ordnung ist. Vielleicht nicht hundertprozentig. Aber jedenfalls ein großes Stück mehr in Ordnung als zuvor.

„Was habt ihr denn geplant?", fragt Daisy, und ich bin froh darüber – ich hätte es nicht mit meinem Stolz vereinbaren können, selbst zu fragen, aber neugierig bin ich doch.

„Ich habe keine Ahnung", sagt sie und lächelt. „Er will mich überraschen. Ich treffe ihn um sieben am Badesteg."

Daniel, der Romantiker! Wer hätte das gedacht? Hätte *ich* das gedacht? Obwohl – warum eigentlich nicht? Er war nie einer dieser Jungs, deren Lebensinhalt aus Fußball, Mutproben und Um-die-Wette-Rülpsen bestand. Was vermutlich auf verstecktes Romantikpotenzial deutet. Aber ich kann ihn mir auch nicht mit einer roten Rose in der Hand vorstellen, wie er verschämt auf Ollie wartet. Tatsache ist, ich habe mir nie Gedanken darüber gemacht, wie Daniel wohl als *Freund* wäre.

Ein Schweigen ist entstanden, das zum Glück durch Iris' Klingeln unterbrochen wird.

Ich nehme den Anruf an, und wir beugen uns alle drei über meinen Laptop.

„Mädels!", jubelt Iris uns entgegen. „Seid ihr alle da?"

„Jaaaaa!", rufen wir wie Vierjährige im Kasperltheater.

„Dann mach ich erst einmal eine Tour mit euch!"

Sie läuft mit uns durch das Haus, zeigt uns ihr Zimmer, ihr Bad, den kleinen Vorgarten, das Haus von außen, die Terrasse, den Garten, das Wohnzimmer mit Kamin, das Schlafzimmer ihrer Eltern, die Küche. Ein hochgewachsener Junge in Shorts mit nacktem Oberkörper kommt ins

Bild. Er steht mit dem Rücken zur Kamera und macht sich gerade ein Sandwich. Ich merke, wie Daisy neben mir den Atem anhält und stocksteif wird. Ich nehme ihre Hand und drücke sie.

„Dieses asoziale Element, das ihr hier typischerweise von hinten seht, ist mein Bruder Eric, der eigentlich gar nicht so übel aussieht, dass er sich verstecken müsste. Eric, gib uns ein ‚Hallo'!" Eric hebt grüßend die Hand und sagt: „Hallo!"

„Genug gequasselt!", schaltet sich Iris wieder ein, dreht den Laptop so, dass wir ihr Gesicht in Großaufnahme sehen: die dunklen halblangen Haare, das herzförmige Gesicht und die unglaublich grünen Augen, die sie mit Eric gemeinsam hat. „Wie ihr sehen könnt, ist hier alles ein bisschen kleiner als in unserem alten Haus, aber voll okay."

Bevor Ollie mit ihrem schwerreichen Vater aus Mexiko aufgetaucht ist, war Iris von uns diejenige, deren Familie mit Abstand am meisten Kohle hatte. Ein Haus mit Garten in einer größeren Stadt – sich so was leisten zu können, ist für Daisys Eltern oder meine Mutter undenkbar. Iris' Vater und Mutter dagegen sind beide gut verdienende Ärzte und haben ihre Kinder immer in allem unterstützt und gefördert.

„Es gibt keinen Fluss", fährt Iris fort. „Ich gebe zu, das ist ein ganz großes Manko. Und euch gibt es auch nicht, das ist das allergrößte Manko. Dafür gibt es hier eine ganze *Stadt* – mit Cafés und Läden und Kaufhäusern und Flohmärkten und Kinos und Theatern und Restaurants und Tanzstudios. Womit ich zum nächsten Punkt komme: Wir haben ein Gästezimmer! Und ich habe schon mit meiner Mutter gesprochen, ihr dürft jederzeit kommen und so lange bleiben, wie ihr wollt! Also kommt bald und bleibt lange!"

„Whooop, whoop!", mache ich, und Ollie brüllt: „Bravo!", und Daisy schlägt sich mit der Handfläche auf die Lippen und gibt so eine Art Indianerschrei von sich.

„Ich sehe, der Vorschlag wird gut aufgenommen", sagt Iris zufrieden. „Dann kommen wir jetzt zum nächsten Punkt, nämlich meinem Social Life. Ratet mal, wo ich die erste Kandidatin für eine eventuelle Freundschaftsanbahnung kennengelernt habe?"

„Im Stall", rufen wir wieder alle drei gleichzeitig.

Iris lacht. „Ihr kennt mich wohl schon länger!", meint sie. „Tatsächlich habe ich im Stall eine Kandidatin kennengelernt, die das Potenzial hätte, in unsere Runde aufgenommen zu werden – euer Einverständnis vorausgesetzt. Sie erinnert mich übrigens an Rosa, und zwar erstens äußerlich, obwohl sie keine Haare hat –"

„Das Mädchen hat eine Glatze?", frage ich ungläubig. Das kann doch nur wieder einer von Iris' Scherzen sein?

„,Glatze' ist zu viel gesagt", antwortet sie. „,Haare' aber auch. Ihre sind raspelkurz. Übrigens wegen einer Wette, die sie verloren hat. Sie ist wirklich cool, ihr werdet sie mögen. Sie hat einen sehr trockenen Humor, das ist das Zweite, was mich an Rosa erinnert hat."

„Du vergisst das Wichtigste", wirft Daisy ein, die sich offenbar inzwischen von der virtuellen Begegnung mit Eric erholt hat. „Was hat sie für ein Pferd?"

„Einen total süßen Isländerwallach – und Ginger *liebt* ihn! Er hat eine tolle Farbe – windfarben nennt sich die – ganz helle Mähne mit dunkelgrauem Fell. Er sieht toll aus!"

„Hat sie nur das Pony?", fragt Ollie. „Oder noch ein anderes Pferd?"

„Kein Pony!", korrigiere ich. „Es ist ein Islandpferd!"

„Jaaaa ...", meint Ollie gedehnt. „Aber diese Isländer sind doch mehr Teddybären mit Mähne ... keine richtigen Pferde!"

„Sagt die Frau mit dem Chihuahua!", kontere ich. „Ist dein Winzling etwa auch kein Hund, nur weil er kleiner ist als andere?"

„McCartney ist *riesig* für einen Chi!", erklärt Ollie beleidigt. „Und außerdem ist das etwas ganz anderes!"

„Setz dich mal auf einen Isländer im Rennpass, und dann reden wir noch einmal darüber!", schaltet Iris sich ein, während Ollie und ich einander böser anfunkeln, als es jemals wegen Daniel passiert ist.

„Wie heißt denn diese Rosa ohne Haare eigentlich?", wechselt Daisy hastig das Thema. Sie *hasst* es, wenn ihre Freundinnen streiten. Ihrer Harmoniesucht hat sie es wohl auch zu verdanken, dass ihre Eltern sie ständig vereinnahmen. Sie kann nicht Nein sagen und will immer alle glücklich machen.

„Sie heißt *Gitti*", sagt Iris. „Von *Marguerite*."

„Hübscher Name", meint Ollie.

„Das auch", gibt Iris zurück. „Aber fällt keiner von euch etwas auf?"

Ollie runzelt die Stirn, Daisys Gesicht ist blank. Ich ziehe die Augenbrauen hoch.

„Mädels, ihr enttäuscht mich. Du, *Daisy*, du, *Violeta*, und ganz besonders du, *Rosa*, meine geliebte Klugscheißerin! Für eure ferne Freundin *Iris* bahnt sich eine erste Freundschaft an, und das Mädchen heißt ..."

„*Marguerite*!" Jetzt ist bei mir der Groschen gefallen. „Natürlich! Sie ist eine Blume, wie wir!"

„Na endlich!", sagt Iris zufrieden. „Ganz genau. Wenn Gitti Gnade vor euren Augen findet, woran ich nicht zweifle, dann haben wir in unserer Runde jetzt ein Gänseblümchen, eine Rose, ein Veilchen, eine Schwertlilie *und* eine Margerite!"

„Wenn du in dem Tempo weitermachst, können wir bald einen Blumenladen aufmachen!" Das ist etwas schnippischer rübergekommen, als ich das beabsichtigt hatte, und ich würde es am liebsten gleich wieder zurücknehmen. Die Bildtelefonie scheint den Tonfall abzuschwächen, denn Iris' Gesichtsausdruck ist nichts anzumerken.

„Ja, ich strebe so etwas wie eine Plantage an", plaudert Iris locker weiter. „Ihr drei seid für mich unersetzlich, aber man kann schließlich nie genug Freunde haben, oder? Und ihr habt immerhin einander, aber ich muss sehen, wo ich bleibe!"

„Genau", bestätigt Ollie.

Und Daisy stimmt heftig nickend ein: „Wir freuen uns für dich, wenn du coole neue Freundinnen findest!"

„Bestimmt werden sie auch unsere Freundinnen!" Na toll, Ollie, der Neuzugang, der Iris grade mal zwei Wochen gekannt hat, bevor sie umgezogen ist, macht sich in der Freundschaftsdiskussion wichtig! *Sie* war mit Iris nicht seit der Grundschule befreundet! Andererseits – Daisy ist schon länger mit Iris befreundet als ich, und sie schafft es auch, ihr neue Freundinnen zu gönnen, ohne eifersüchtig zu sein. Bin ich zu egoistisch? Aber mich mit Daisy zu vergleichen ist mir gegenüber nicht fair, da könnte ich mich gleich mit dem Dalai Lama vergleichen.

Und außerdem bin *ich* es schließlich, die durch eine kurzhaarige Version ihrer selbst ersetzt wird.

„Ich hab das nicht so gemeint, wie es geklungen hat!", sage ich hastig, obwohl ich nicht einmal sicher bin, ob ich Iris wirklich gekränkt habe. „Klar freuen wir uns, wenn du schnell Anschluss findest! Nicht, dass ich mir deshalb je Sorgen um dich gemacht hätte!"

Und dann sagen wir alle drei: „Wir vermissen dich!" Zum Glück müssen wir über diese Gleichzeitigkeit lachen und uns anschließend etwas wünschen, sonst würde die Stimmung jetzt bestimmt ins Sentimentale kippen. In das Spiel haben wir Ollie neulich erst eingeweiht, als sie und Daisy gleichzeitig bei einem Ausritt „Galoppieren wir rauf?" gesagt haben. Sie lernt schnell. Wahrscheinlich, weil jeder Spiele liebt, bei denen man sich etwas wünschen darf. Obwohl – was sollte Ollie sich wünschen? Sie hat doch alles? Da fällt mir ihre tote Mutter ein, und ich muss mich mal wieder selbst wegen meiner Voreiligkeit zur Ordnung rufen.

„Ich vermisse euch auch, meine Blümchen!", sagt Iris. „Ein Glück, dass meine Mutter mich gleich in den Stall fährt, zur Aufheiterung!"

„Grüß Gitti von uns!", ruft Daisy.

„Ja, und schick ein Video von ihrem Pferd im Rennpass!"

Iris lacht. „Mach ich, beides!"

„Sie kann doch bei unserem nächsten Treffen dabei sein!", schlage ich vor und bin froh, dass ich es bin, die diese Idee hat. So kann ich das mit dem Blumenladen wiedergutmachen.

„Superidee!" Ich merke, dass Iris sich richtig freut, und

kann nicht anders, als ihr Strahlen zu erwidern. „Blumenmädchen sind die besten!"

„Blumenmädchen sind die besten!", antworten wir im Chor.

„Tschüs, Iris!"

„Mach's gut, Iris!"

„Bis bald, Iris!"

„Tschüs, ihr drei! Passt auf euch auf! Tut nichts, was ich nicht auch tun würde!"

„Ha, ha!", sage ich. „Das schränkt die Auswahl ja nicht besonders ein!"

Iris lacht schallend. „Wir sind nur einmal dreizehndreiviertel, Rosa! Miss you all!"

„Miss you more!", antworten wir wieder im Chor, und als Iris, immer noch lachend, offline geht, machen wir, diesmal alle drei, unser Kleiner-Finger-Shake-Wunsch-Spiel, und zwischen Ollie und mir ist wieder alles gut, einfach so. Obwohl sie jetzt vor meinem Spiegel steht und ihr Lipgloss neu aufträgt, um sich gleich mit *meinem* Daniel zu treffen. Unter Blumenmädchen zählen eben einfach die Gemeinsamkeiten mehr als alles andere.

Als Ollie gegangen ist, macht Daisy es sich wieder auf meinem Bett gemütlich, knabbert die letzten Popcorn-Kügelchen, die sich noch in der Schüssel befinden, und sieht mich fragend an. „Also?", sagt sie. „Was hast du heute noch vor?"

Das ist etwas an Daisy, das zeitweise ans Unheimliche grenzt. Sie ist so hypersensibel, dass sie einfach mehr mitbekommt als andere Menschen. Sie sagt Dinge, die ich eben aussprechen wollte. Sie beantwortet Fragen, die ich noch gar nicht gestellt habe. Sie weiß *immer*, wie ich mich fühle, auch wenn ich noch so sehr versuche, es für mich zu behalten. Und mit Tieren ist es genauso: Die Kommunikation zwischen ihr und Pippin läuft fast ausschließlich telepathisch. Und wenn ein Pferd nervös ist, nicht in den Hänger will oder das Futter verweigert, wird immer Daisy geholt oder um Rat gefragt. Sie ist die inoffizielle Pferdeflüsterin des Grillentals, aber wehe, jemand spricht das laut aus. Von dem Esoterik-Getue ihrer Mutter ist sie so genervt, dass sie über ihre „Gabe", wie Mila es nennt, nicht reden will. Und jetzt hat sie mich eiskalt erwischt, obwohl ich nicht den Funken einer Andeutung gemacht habe.

„Was meinst du?", frage ich, ziehe die Augenbrauen hoch und gebe die Ahnungslose.

„Du bist unruhig", antwortet Daisy. „Du hast mich noch nicht gefragt, wie lang ich heute Zeit habe. Du machst nicht den Eindruck, als wärst du auf einen chilligen DVD-Abend mit mir eingestellt."

„Möchtest du mit mir abhängen und DVDs gucken?", frage ich Daisy.

Sie lacht. „Sehr clever. Du weißt natürlich, dass ich seit Tagen nicht im Stall war und meine ungewohnte Freizeit zwischen meinen Mädels und meinem Pferd aufteilen muss. Aber ich krieg dich schon noch dran, Rätsel-Rosa!"

„Wenn ich irgendwann draufkomme, was du meinst, werde ich freimütig Rede und Antwort stehen!", antworte ich in demselben Tonfall wie vorhin.

„So sei es", antwortet Daisy und grinst breit. „Dann werde ich mal zu meinem Prinz Pippin weiterdüsen und ein bisschen für das Turnier trainieren."

„Das hab ich heute früh gemacht", antworte ich.

„Natürlich hast du das."

„Was soll das denn wieder heißen?"

„Das soll heißen, dass du verdammt ehrgeizig bist und das Turnier endlich mal gewinnen willst. Dass es morgens am kühlsten und Sokrates dann am besten drauf ist."

„Genau."

„Und außerdem", fügt Daisy hinzu, steht vom Bett auf, kommt zu mir her, legt mir die Hände auf die Schultern und sieht mir aus zehn Zentimeter Entfernung genau in die Augen, „hast du heut Abend schon was vor!"

„Wenn du das sagst!", antworte ich in immer noch unverändertem Tonfall.

„Ja, das sage ich!", gibt Daisy lachend zurück, und öffnet meine Zimmertür. „Aber wie Iris ganz richtig festgestellt hat: Wir sind nur einmal dreizehndreiviertel!"

4. Erstens kommt es anders ...

Die große Tageshitze ist vorbei, aber es ist immer noch sehr warm. Mein langer Gypsierock flattert im lauen Wind, und ich hoffe mal, dass er sich nicht in den Speichen verfängt. Eigentlich mag ich Röcke nicht besonders, aber dieser ist eine Ausnahme. Meine Tante Anita, die Schwester meiner Mutter, hat ihn mir aus Südfrankreich geschickt.

Ich habe beschlossen, mit dem Fahrrad in die Bucht zu fahren und nicht zu reiten. Im Stall würde ich Daisy über den Weg laufen, und außerdem hat Sokrates ja heute Morgen schon „gearbeitet". Ich werde das Rad einen Teil der Strecke schieben müssen, aber das ist okay.

Ich gebe zu, ich hatte den Rock noch nicht an, als Daisy und Ollie noch hier waren – allerdings konnten auch meine stinknormalen Shorts Daisy nicht täuschen. Und Ollie war zu sehr mit sich selbst und ihrem bevorstehenden Date beschäftigt, um irgendwelche Schwingungen aufzufangen, mal abgesehen davon, dass sie mich noch nicht gut genug kennt. Obwohl, die Wimperntusche wäre vielleicht sogar ihr aufgefallen, weil ich sonst immer so gut wie ungeschminkt bin. Ich bin aufgeregt, und ich versuche auch gar nicht, mir etwas anderes einzureden. Ja, ich weiß, es ist kein „Date". Ich habe Finn gerade erst kennengelernt, und morgen ist er wahrscheinlich schon wieder weg. Aber heute lenkt er mich davon ab, dass Daniel und Ollie irgendwo sitzen, den Mond anstarren und knutschen. Finn ist anders, Finn kennt mich nicht, hat mich noch nicht in eine Schublade gesteckt wie die Menschen im Grillental, die mich seit dreizehn Jahren kennen. In dieser kleinen, versteckten Bucht mit Finn kann ich eine neue, andere Rosa sein, und das ist der Grund für das Tempo, in dem mein Herz schlägt. Und ein bisschen haben wohl auch Finns blaue Augen damit zu tun.

Einen Rucksack mit PET-Flaschen trage ich auf dem Rücken, einen habe ich mir vorn umgehängt, er baumelt zwischen mir und dem Lenker. Meine Mutter und Gundi haben das Haus kurz nach Daisy verlassen, sie sind noch zum Abendessen ins Hotel, bevor meine Mutter ihre Nachtschicht antreten muss. Ich hatte also die Küche für mich und konnte in Ruhe ein Care-Paket für Finn zusammenstellen: Kekse und Eistee, Bananen, Joghurt, Schokolade, Nüsse. Er hat mich nicht darum gebeten, aber ich kann mir nicht vorstellen, dass er was dagegen hat. Mit Schokolade kann man sowieso nie was falsch machen, und was er nicht mag, nehme ich einfach wieder mit.

Gundi hat sich von mir verabschiedet, als wäre sie auch meine alte Freundin und nicht nur Moms, und ich hoffe wirklich, dass sie bald wiederkommt. Ab und zu brauchen wir Landmenschen Kontakt zur Zivilisation.

Ich bin jetzt auf die Forststraße abgebogen, die in der anderen Richtung zum Reitstall führt. Es ist nicht sehr wahrscheinlich, dass ich Daisy hier begegne. Sie mag zwar vielleicht nicht so ehrgeizig sein, wie es mir nachgesagt wird – aber auch sie wird mit Pippin für das Turnier trainieren wollen und dazu auf dem Dressurviereck bleiben. Kaum habe ich den Gedanken zu Ende gedacht, höre ich Hufgetrappel hinter mir. Verdammt. Mit größter Wahrscheinlichkeit sind das Reiter aus unserem Stall, und ich kenne alle Einsteller, da ich mich ja auch um deren Pferde kümmere. Allerdings habe ich nicht die geringste Lust, zu plaudern und den Transport von fünfzig PET-Flaschen näher zu erklären. Ich beuge mich also tief über den Lenker, schaue gar nicht auf und verlasse mich darauf, dass niemand auf die Idee kommt, das Mädchen in dem langen Rock könnte ich sein.

Doch dann trabt ein Pferd an mir vorbei. Ich sehe, dass das Pferd lahmt, noch bevor ich Fanny erkenne, und brülle der Reiterin hinterher, ohne nachzudenken: „Heeeee! Sie auf dem Haflinger! Stehen bleiben!"

Sie blickt erschrocken über ihre Schulter zurück, während ich schon mein Fahrrad am Wegrand abgelegt und die Rucksäcke abgestreift habe, um sie einzuholen. Ihre Zügel schlackern, und sie tut nichts, um Fanny zurück in den Schritt zu bringen. Glücklicherweise ist meine süße alte Stute von Natur aus faul, und außerdem hat sie mit Sicherheit meine Stimme erkannt – sie bleibt also stehen und beginnt, an den Blättern des nächststehenden Busches zu knabbern. Ein anderes Pferd hätte vermutlich die Gelegenheit genutzt, um durchzugehen.

„Meinen Sie mich?", fragt die Frau.

„Sehen Sie hier noch einen anderen Haflinger?"

Ich habe sie fast erreicht, und vermutlich kommt wütender Dampf aus meinen Ohren.

„Nein, aber … ich meine, ich weiß nicht –"

„Das Pferd lahmt! Ist Ihnen das nicht aufgefallen?"

Jetzt bin ich bei Fanny, begrüße sie kurz mit einem Streicheln über ihre weiche Nase und streiche dann von oben über den Hals und den Brustkorb bis zum Bein und ihrem wieder leicht geschwollenen Gelenk – es fühlt sich auch wieder wärmer an. Manchmal könnte ich Max erwürgen. Die Stute hätte nur noch ein, zwei Tage Ruhe gebraucht, dann wäre sie bestimmt wieder ganz fit gewesen.

Ich sehe nach oben zu der Reiterin. Sie ist etwa im Alter meiner Mutter und blickt verdutzt zu mir herunter.

„Sie sitzen ja immer noch oben!", fahre ich sie an. „Das Pferd *lahmt*! Es humpelt! Es ist nicht fit!"

„Das tut mir leid, aber der Mann im Stall hat gesagt –"

„Es ist völlig egal, was irgendwelche Männer sagen, man reitet nicht auf einem lahmenden Pferd!", schneide ich der Reiterin das Wort ab. Endlich bewegt sich ihr rechtes Bein in Zeitlupe über den Pferderücken. Ich nehme ihr die Zügel aus der Hand, packe sie am Arm und helfe nach, sodass sie vielleicht ein bisschen weniger sanft aufkommt, als sie es vorhatte. Geschieht ihr recht, der dummen Trine. Wo hat die überhaupt reiten gelernt? Was denkt Max sich dabei? Ich hab ihm tausend Mal gesagt, er soll sich erst im Viereck die Reitkünste der Hotelgäste ansehen, bevor er ihnen unsere Pferde zur Verfügung stellt. Und mir ebenso oft angehört, dass der Kunde König ist und es meine Aufgabe ist, mich um die Pferde zu kümmern und sie so weit auszulasten, dass sie keine überschüssigen Energien loszuwerden haben, wenn ein Gast auf ihnen reitet. Ansonsten habe ich meine Klappe zu halten.

„Okay", sage ich zu der Frau und drücke ihr die Zügel in die Hand. „Sie *führen* Fanny jetzt zurück zum Stall und sagen Max – das ist der *Mann im Stall* –, dass sie lahmt und er den Tierarzt rufen soll. Und dann soll er Ihnen Sokrates geben, wenn sie unbedingt reiten müssen."

„Ich liebe Pferde!", sagt die Frau. „Ich wollte bestimmt nicht … ich meine, ich bin lange nicht geritten und –"

„Wenn man lange nicht geritten ist, reitet man nicht auf einem wildfremden Pferd aus!", unterbreche ich sie erneut. „Man nimmt sich erst einmal ein paar Reitstunden!"

„Der Mann im Stall –"

„Max!", unterbreche ich sie erneut ungeduldig.

„Max hat mir Fanny gegeben, weil sie ruhig und geduldig ist und er mir versprechen konnte, dass sie garantiert nicht durchgeht."

„Das ist wahr", sage ich. „Sie ist sehr zuverlässig. An Ihnen lag es bestimmt nicht, dass sie nicht durchgegangen ist."

„Das geht jetzt aber ein bisschen weit, findest du nicht?", sagt die Frau zu mir. Ihre Stimme zittert, und ihre Augen glänzen verdächtig.

„Bringen Sie Fanny einfach zurück", sage ich. „Das werden Sie ja hinbekommen. Ich muss weiter, sonst würde ich es selbst tun."

„Natürlich bekomme ich das hin. Und wer bist du, wenn ich fragen darf?"

„Ich bin Rosa", erkläre ich ihr, während ich meine Rucksäcke wieder umschnalle. „Bestellen Sie Max – dem Mann –"

„Dem Mann im Stall", unterbricht sie mich diesmal mit hörbarem Ärger in der Stimme. „Ich reite vielleicht nicht besonders gut, aber mein Kurzzeitgedächtnis ist in Ordnung!"

„Umso besser", antworte ich ohne die geringste Lust,

von meinem Konfrontationskurs abzuweichen. „Bestellen Sie also Max einen schönen Gruß von mir." Ich schwinge mich aufs Fahrrad und füge hinzu: „Bitte." Allerdings merke ich selbst, dass es mehr wie Hohn klingt als wie eine Höflichkeitsfloskel. Mir doch egal. Ich habe es satt, satt, satt, dass jeder noch so ahnungslose Touri sich auf meine Pferde setzen darf. Ich beginne zu treten und fahre los, ohne mich umzusehen, allein schon, um Fannys Blick nicht mehr zu begegnen. Du bist *mein* Pferd, denke ich, meine Maus, meine süße, knuffige, verfressene Stute. Mir steigen die Tränen in die Augen, und ich trete wie verrückt in die Pedale. Es geht leicht bergauf, und das Brennen in meinen Oberschenkeln lenkt mich davon ab, dass ich am liebsten losheulen würde. Erst als ich an die Stelle komme, an der der kleine Pfad von der Forststraße abzweigt, werfe ich einen Blick zurück und sehe die Frau folgsam neben Fanny hergehen.

Ich verlangsame mein Tempo gezwungenermaßen, weil der Pfad ziemlich zugewachsen ist. Der perplexe, beinahe geschockte Gesichtsausdruck der Frau kommt mir wieder in den Sinn. Vielleicht war ich ja etwas grob. Ich vergesse immer, dass nicht jeder so viel Erfahrung mit Pferden hat wie ich. Fannys Lahmen war wirklich nicht sehr deutlich zu sehen. Noch gestern hab selbst ich es kaum bemerkt. Und die Frau hat sich in gutem Glauben auf Fanny gesetzt. Natürlich hat sie nicht erwartet, vom „Mann im Stall" ein lahmendes Pferd zu bekommen.

Die ganze Szene spielt sich vor meinem inneren Auge noch einmal ab, mein Zorn versickert langsam und macht dem unbestimmten Gefühl Platz, dass ich vermutlich gerade einen Riesenfehler gemacht habe.

Das unbestimmte Gefühl weicht einem zunehmend bestimmteren.

Als mich schließlich nur noch ein paar Meter dichtes Gebüsch von der Bucht trennen, regiert in meinem Kopf bereits die nackte Panik. Es ist früher als gestern, und die Sonne steht noch deutlich höher – ich muss blinzeln, weil die Helligkeit nach dem Waldweg überraschend kommt. Als ich mich dran gewöhnt habe, sehe ich, dass Finn das Floß umgedreht und auf einige größere Äste gelegt hat, wahrscheinlich, um besser daran arbeiten zu können. Unter einem Busch hat er das kleine Zelt aufgestellt und auf einen trockenen Ast nasse Wäsche gehängt. Ich sehe eine kleine Feuerstelle und beschließe, ihn *nicht* deswegen zur Rede zu stellen – für heute habe ich schon genug Leute zur Rede gestellt, und Finn ist nicht der verantwortungslose Typ, der einen Waldbrand verursachen würde.

Na ja, jedenfalls sind Finns Spuren überall sichtbar, wohin ich auch blicke, aber wer nicht zu sehen ist, ist Finn. Zumindest nicht gleich. Dann entdecke ich ein stecknadelgroßes Etwas in der Mitte des Flusses, das in regelmäßigen Abständen auf- und wieder untertaucht und ziemlich schnell näher kommt. Es ist zwar nicht erstaunlich, dass jemand, der eine Rekordflussfahrt unternimmt, auch ein guter Schwimmer ist, aber da ich den Fluss und seine Tücken kenne, bin ich trotzdem beeindruckt. Ich setze mich in den Kies am Flussufer, ziehe meine Turnschuhe aus und bohre meine Zehen in den groben Sand. Das kalte Wasser ist angenehm, und die Aussicht hervorragend. Finn ist wirklich ein guter Schwimmer. Ich bin wahrscheinlich zu gleichen Teilen auf dem Land und im Wasser aufgewachsen, aber ich glaube nicht, dass ich schneller schwimme als er.

Als er näher kommt und mich am Strand sitzen sieht, unterbricht er kurz seine Schwimmbewegungen, hebt die Hand und winkt. Ich winke zurück.

„Nur Rosa", ruft er statt einer Begrüßung, als er nahe genug ist.

„Hey, Huckleberry!", rufe ich zurück. Einen Moment lang habe ich Angst, es könnte vielleicht „nur Finn" aus dem Wasser steigen. So anders ist auch die „andere" Rosa nicht, dass sie damit völlig entspannt umgehen könnte. Aber er trägt Bermudas, zum Glück. Als er aus dem Wasser kommt, muss ich an Eric denken und an Daniel. Beide machen viel Sport, sind schlank und muskulös. Finn ist wahrscheinlich kaum älter als Eric, aber sein Körper ist eine richtige Kraft-Fabrik. Ich kann mich nicht erinnern, jemals auf so etwas wie Bauchmuskeln geachtet oder auch nur darüber nachgedacht zu haben. Iris habe ich immer ausgelacht, wenn sie uns – sehnsüchtig seufzend – Fotos ihrer Lieblingsstars gezeigt hat, in Jeans und nacktem Oberkörper, mit Bad-Boy-Blick oder Lonely-Boy-Blick, je nachdem. Aber jetzt gerade ist es ziemlich schwierig, nicht auf Finns Bauchmuskeln zu starren. Wahrscheinlich hat er sich mit jeder Menge Krafttraining auf seinen Rudertrip vorbereitet, denn er scheint mir nicht der Typ zu sein, der ins Fitnesscenter geht und vor dem Spiegel Selfies schießt. Andererseits: Was weiß ich schon von Finn?

Er schnappt sich ein Handtuch, das über einem dicken Ast hängt, trocknet sich ab und zieht ein T-Shirt über – diesmal leuchtend blau statt verwaschen blau, und die Wechselwirkung mit seinen Augen wird damit noch ein wenig auffälliger.

Er setzt sich neben mich in den Kies, und wir schauen gemeinsam auf den Fluss hinaus, ähnlich wie gestern.

„Ich hab dir Essen mitgebracht", sage ich schließlich. „Und PET-Flaschen. Und Schokolade."

Ein kurzer Seitenblick auf Finn zeigt mir, dass er zwar breit lächelt, seine Blickrichtung aber nicht geändert hat.

„Deine Großzügigkeit wäre einer echten Flussprinzessin würdig", sagt er schließlich. „Aber ich weiß natürlich, dass du nur Rosa bist."

„Dein neuer Instagram-Eintrag hat in den ersten zehn Minuten hundert Likes bekommen", fahre ich fort. „Und auf deiner Facebook-Seite war auch einiges los. Du bist ein Social-Media-Star. Wahrscheinlich sollte ich dich um ein Autogramm bitten."

„Wahrscheinlich würde ich dir sogar eins geben."

Ich ramme meinen Ellbogen in seine Seite, und er lacht.

„Hast du schon mal das Gefühl gehabt, dass alles in deinem Leben perfekt zusammenpasst und einfach nichts schiefgehen kann?", fragt Finn plötzlich.

„Nein", antworte ich wahrheitsgemäß. „Hast du schon mal mit einer unbedachten Aktion deine Mutter und dich selbst um den Job gebracht und dafür gesorgt, dass der Rest deines Lebens die pure Hölle wird?"

Er dreht sich zu mir und sieht mich forschend an. Ihm ist klar, dass das kein Scherz ist. Er sagt gar nichts, wartet nur, dass ich zu erzählen anfange, aber ich habe wieder mal einen fetten Kloß im Hals, der sich nicht so einfach runterschlucken lässt. Ich schlinge die Arme um meine Knie, beiße die Zähne zusammen und starre aufs Wasser. Finn legt den Arm um mich und zieht mich an sich heran.

„Kann ich helfen?", fragt er.

Ich lege den Kopf auf meine Knie und fange an zu heulen.

„Du kannst nicht wissen, dass es sich so abspielen wird", sagt Finn, nachdem ich ihm in den grellsten Farben die Szene mit Fanny und der Reiterin und die zu erwartende Kettenreaktion geschildert habe: Die Frau wird sich beim Hotelmanagement beschweren, Max wird mich nicht nur feuern, sondern mir auch verbieten, den Stall zu betreten, und ich werde Fanny und Sokrates nie wiedersehen. Ich werde weder an diesem noch an irgendeinem anderen Turnier teilnehmen, denn ich werde mir niemals ein eigenes Pferd leisten können. Meine Mutter wird sich vor ihrem Chef für mein Benehmen rechtfertigen müssen und wahrscheinlich Partei für mich ergreifen, wie sie es Dritten gegenüber immer tut, ein Wort wird das andere ergeben, und sie wird ihren Job auch verlieren.

„Doch", sage ich mit einem Riesenseufzer. „Ich kenne meine Mutter. Und dass ich meinen Job los bin, darauf kannst du Gift nehmen."

„Das werde ich definitiv nicht tun", antwortet Finn. „Ich hänge am Leben."

„Scherzkeks."

„Wie kannst du so sicher sein, dass die Frau sich überhaupt beschwert?"

Ich sehe ihn ungläubig an und wische mir dabei mit der Hand die letzten Tränenspuren aus dem Gesicht. „Hast du nicht zugehört? Ich habe sie beinahe vom Pferd gezerrt und ihr ziemlich deutlich gesagt, dass sie eine dumme Kuh ist, der man kein Pferd überlassen dürfte!"

„Das macht sie noch nicht zu einer rachsüchtigen Furie."

„Das muss sie auch gar nicht sein! Sie hätte jedes Recht sich zu beschweren! Der Anblick einer Wildfremden auf meiner verletzten Fanny hat mich einfach so wütend gemacht, ich habe rotgesehen! Wenn ich halbwegs ruhig geblieben wäre, hätte ich das ganz anders gesagt! Sie konnte ja nicht mal richtig was dafür! Max hat ihr Fanny gegeben, ohne zu checken, ob sie noch lahmt! Vielleicht hat das Lahmen sogar erst auf dem Ritt wieder begonnen!"

„Was würdest du denn anders machen, wenn du es noch einmal machen könntest?"

„Na, ich würde sie nicht anschreien, sondern ihr ganz freundlich sagen, dass das Pferd nicht fit ist und Max das wohl übersehen hat. Ich würde sie bitten abzusteigen, würde ihr zeigen, wie Fannys Gang von unten aussieht, und sie bitten, das Pferd zurückzuführen."

Finn nickt. „Klingt gut."

Ich habe plötzlich so ein gutes Gefühl bei dieser neuen Version der Geschichte, dass es sich fast anfühlt, als hätte es sich tatsächlich so abgespielt. „Darüber könnte sie sich natürlich auch beschweren, wenn sie eine blöde Kuh wäre, aber keiner könnte mir deshalb böse sein. Zumindest Max wäre mir deswegen nicht böse."

„Sah sie denn aus wie eine blöde Kuh?"

Ich denke einen Augenblick nach und schüttle dann den Kopf. „Nein. Eigentlich nicht. Ich glaube, sie ist einfach erschrocken. Sie hat das Lahmen nicht bemerkt, aber sie wäre sicherlich nicht weitergeritten, wenn ich ihr alles etwas netter gesagt hätte."

„Und du denkst, weil du das nicht hingekriegt hast, wird sie sich revanchieren?"

„Würde doch jeder machen."

„Definitiv nicht."

Ich sehe ihn erstaunt an. „Nein?"

„Du hast keine Ahnung, was in der Frau vorgegangen ist."

„Aber es heißt doch, dass alles im Leben zurückkommt."

„Du meinst, du musst dafür bestraft werden, dass du einen Fehler gemacht hast?"

Ich verziehe das Gesicht. „So ähnlich."

„Na, wenn das deine Meinung ist, dann muss es wohl so sein."

„Heee!", protestiere ich. „Ist ja nicht so, dass ich mir das herbeiwünsche! Ich glaube nur, dass es so kommen wird!"

„Du glaubst nicht nur, dass es so kommt, du bist auch völlig überzeugt davon. Du stellst dir in allen Einzelheiten vor, wie die schrecklichen Folgen aussehen könnten."

„Und?", sage ich trotzig. „Dann bin ich wenigstens auf das Schlimmste vorbereitet."

Er antwortet nicht und sieht mich nur an, mit einem klitzekleinen Lächeln in den Augen, das mich umso mehr ärgert, je länger ich ihn ansehe.

„Was soll ich *denn* machen, deiner Meinung nach?"

„Oh, ich sage dir bestimmt nicht, was du machen sollst. Ich sage dir aber gern, was ich immer mache. Wenn du es hören willst."

„Hmpf", mache ich. Ganz schön gewieft. Jetzt muss ich ihn auch noch *bitten*, mir schlaue Ratschläge zu geben, und kann ihn danach nicht mal als Oberlehrer hinstellen. Er hat mir seine Meinung ja nicht aufgedrängt. Grrr. Meine Mutter könnte in diplomatischer Hinsicht noch einiges von ihm lernen.

„Jetzt schieß schon los", knurre ich schließlich. „Ich bin verzweifelt. Es kann nur besser werden."

Er lässt sich Zeit und überlegt eine Weile.

„Als du mich gestern hier in deiner Bucht gesehen hast, was hast du gedacht?"

Die Frage gefällt mir gar nicht. „Was meinst du?"

„Was ist dir durch den Kopf gegangen?"

„Ehm ... das weiß ich wirklich nicht mehr so genau ..."

„Eine glatte Lüge", sagt Finn und grinst. „Du hast gedacht: Was macht dieser Idiot in meiner Bucht?"

Das ist so verdammt nah an der Wahrheit, dass ich laut herauslache. „Okay, nehmen wir mal an, es war so oder so ähnlich. Inwiefern hilft mir das weiter?"

„Schön langsam", meint er und fährt fort: „Was ist dann passiert?"

„Wir haben geredet", antworte ich vorsichtig.

„Genau. Was noch?"

„Fotos gemacht?"

„Auch richtig. Und insgesamt? Was würdest du sagen, wie der Abend gelaufen ist?"

„Ziemlich gut", antworte ich, diesmal ohne zu zögern. „Wir hatten Spaß."

„Okay", sagt er mit einem geradezu unverschämten Lächeln. „So weit, so gut. Was wäre passiert, wenn du einfach umgedreht hättest? Und zwar bevor ich dich bemerke? Was dir vermutlich auch durch den Kopf gegangen ist?" Sein Grinsen wird breiter, und ich könnte mich dafür ohrfeigen, dass ich diesen Hang habe, rot zu werden. Bin ich wirklich so leicht zu lesen? So viel zu der „anderen, neuen" Rosa. Offenbar weiß jeder Wildfremde nach zwei Minuten, woran er mit mir ist.

„Wir hätten uns nicht kennengelernt."

„Folglich …?"

„… hätten wir auch nicht gequatscht, keine Fotos gemacht, keinen Spaß gehabt. Ich hätte nicht die einmalige Chance, ein Autogramm von einer Social-Media-Berühmtheit zu kriegen."

Diesmal lacht er laut heraus. „Alles völlig richtig. Und hattest du das, was passiert ist, erwartet?"

„Natürlich nicht."

„Was *hattest* du denn erwartet?"

„Gar nichts, ich war einfach nur sauer …", entfährt es mir, bevor ich mich bremsen kann.

Wieder dieses Grinsen. „… dass der Idiot dir deine Bucht weggenommen hat?"

„Wenn du darauf bestehst, dich einen Idioten zu nennen …"

„Ich versetze mich nur in deine Lage."

Ich werfe Finn einen möglichst bösen Blick zu, aber er redet völlig unbeeindruckt weiter.

„Dass wir uns gut unterhalten und Spaß haben würden, damit hast du also überhaupt nicht gerechnet?"

Ich schüttle den Kopf. „Nein. Komplette Überraschung."

Jetzt hat er mich offenbar da, wo er mich haben will, denn das Grinsen wird breiter.

„Siehst du, Nur Rosa", sagt er, „und das ist es, was ich immer mache, und ich habe es noch nie bereut: Ich gebe jeder Situation und jedem Menschen erst einmal die Chance, mich zu überraschen."

„Ich hasse Überraschungen", murre ich.

„Auch positive?"

„Überraschungen sind selten positiv, das ist ja das Dilemma."

Er richtet wieder seinen durchdringenden blauen Blick auf mich, und plötzlich sehe ich mich durch seine Augen: hängende Mundwinkel, in Falten gezogene Stirn, gefurchte Augenbrauen. Und auf einmal muss ich wieder lachen.

„Rosa, dreizehndreiviertel, vom Leben gezeichnet", sage ich. „Schon kapiert. Ich soll positiv denken und so."

„Du musst gar nicht unbedingt positiv denken", sagt Finn und grinst. „Aber zwischen positiv einerseits und Tod und Verdammnis andererseits gibt es noch ein paar Schattierungen."

Ich muss wieder lachen. „Schon möglich. Ich glaube, ich nehme immer das Schlimmste an, um keine *böse* Überraschung zu erleben."

„Das ist, als würdest du in einem Tunnel fahren. Und an seinem Ende wartet immer das Schlimmste, das passieren kann."

„Okay, du Philosoph, und was soll ich stattdessen machen?"

„Die offene Straße nehmen statt des Tunnels. Und auch mal nach links und rechts schauen, ob nicht ein paar unerwartet gute Dinge auftauchen."

„Oder Menschen", sage ich.

„Oder Menschen", sagt er, und nun sieht er mich wieder ganz direkt an. Er sitzt so dicht neben mir, dass seine blauen Augen vor meinen verschwimmen. Wieder ist da so eine Beinahe-Kuss-Situation, wieder bin ich schon am hektischen Überlegen, ob das eine gute Idee ist, ob ich nicht schon genug Probleme in meinem Leben habe, ob das für mich mehr ist als Ablenkung von Daniel, da springt Finn auf und meint: „So, und weil ich meine Lebensweisheiten natürlich nicht gratis preisgebe, bin ich dafür, dass wir uns an die Arbeit machen, bevor das Licht weg ist. Ich brauche nämlich deine Hilfe, Nur Rosa."

Er wählt aus meiner PET-Flaschen-Lieferung die geeigneten aus, und dann beginnen wir, die kaputten Flaschen aus der Floßkonstruktion herauszuschneiden. Es ist mehr Arbeit, als ich gedacht hätte, und wir werden nicht ganz fertig – auch weil wir wieder ein paar Fotos für seine Facebook- und Instagram-Seiten machen und ich die dazugehörigen Captions in mein Handy tippen muss. Irgendwann sind wir von einer Minute zur nächsten plötzlich so hungrig, dass wir die Arbeit beenden und alles für ein Picknick vorbereiten. Finn steuert natürlich wieder die Decke bei und außerdem Pumpernickel, Käse und eingelegte Gurken. Zusammen mit meinem Joghurt, Obst und Süßkram ist es ein sehr leckeres Abendessen. Die ganze Zeit über denke ich kaum an die Frau, die auf Fanny geritten ist, oder an meine Mutter und unsere gefährdeten Jobs – ich habe zu viel Spaß, um mir Sorgen zu machen. Dafür wird später noch Zeit genug sein.

Einmal sage ich etwas in der Art zu Finn, als er fragt, wie es mir geht. Daraufhin meint er, ich könnte ja auch mal versuchen, mir *gar keine* Sorgen zu machen. „Sich Sorgen *machen*", sagt er. „Das spricht doch Bände, oder? Wenn du dir keine *machst*, vielleicht sind sie dann gar nicht da?" Daisys Mutter würde Finn lieben. Auf Anhieb fällt mir allerdings überhaupt niemand ein, der Finn nicht lieben würde. Er ist freundlich, mitfühlend, klug, gut aussehend und witzig. Wo ist der Haken? Ach ja richtig, er ist schon so gut wie wieder weg.

„Ich glaube, ich bleibe noch ein paar Tage", sagt Finn, als ich mich verabschiede. „Es gibt keinen Grund mich zu stressen, ich habe ja kein Zeitlimit. Und es gefällt mir hier. Ich bleibe natürlich nur, wenn es dir recht ist, dass ich in deiner Bucht rumgammle."

„Die Bucht gehört mir nicht", antworte ich mit Blick auf meine Füße. „Du kannst natürlich so lange bleiben, wie du willst." Ich weiß, dass die blauen Augen wieder lächeln, als ich das sage, dazu muss ich ihn nicht ansehen.

Wieder ist es fast dunkel, als ich mich auf den Heimweg mache. Finn hat ja recht, denke ich. Das Positive zu erwarten, gibt einem ein besseres Gefühl, als mit dem Schlimmsten zu rechnen. Und sollte es wirklich schlimmer kommen, kann man ja immer noch darauf reagieren – aber wenigstens hat man sich dann nicht schon im Vorhinein fertiggemacht. Genau. Klingt völlig logisch. Und außerdem kann ich ja auch etwas dazu tun, dass es nicht ganz so schlimm kommt: Ich kann mich bei der Frau entschuldigen, zum Beispiel. Ich werde mich auf jeden Fall bei ihr entschuldigen, nehme ich mir ganz fest vor, selbst wenn sie sich schon bei Max beschwert hat. Selbst wenn sie mich schon um meinen Job gebracht hat. Selbst wenn Mom ihretwegen schon … oje, ich bin noch keine fünfhundert Meter von der Bucht weg, und schon hat die Negativspirale mich wieder. Meine Mom. Sie hat heute Nachtdienst. Sie wird es unter Garantie erfahren – und ich kann die unvermeidliche Aussprache nicht einmal gleich hinter mich bringen, ich muss deswegen noch eine ganze Nacht lang schlecht schlafen. Ich weiß genau, was sie sagen wird, und es wird nicht witzig werden. Gerade jetzt, wo es mit uns wieder besser läuft. Wann lerne ich endlich mal, nachzudenken, bevor ich etwas sage oder tu?

Als ich die Forststraße erreiche, ist es schon fast völlig dunkel. An der Abzweigung zum Stall zögere ich kurz. Soll ich zum Hotel fahren und den Ablauf beschleunigen? Nein, lieber doch nicht. Die Frau, die ich heute Nachmittag vom Pferd gezerrt habe, wird mich wohl kaum lieb gewinnen, wenn ich sie jetzt auch noch beim Abendessen störe. Und Mom kann zwar an ihrem Arbeitsplatz nicht zeigen, wie sauer sie ist, dafür explodiert sie dann morgen zu Hause erst recht.

Als ich zu Hause ankomme, sehe ich drinnen Licht. *Mom hat doch Nachtdienst?,* denke ich noch, aber als ich die Haustür gerade aufschließen will, öffnet meine Mutter sie so schwungvoll von innen, dass ich in den Windfang hineinstolpere.

„Mom! Du bist zu Hause?"

Sie hat einen seltsam wilden Blick drauf, der mir gar nicht gefällt. „Ich habe meinen Dienst getauscht. Astrid ist eingesprungen."

Verdammt. Sie weiß es also schon und ist früher nach Hause gekommen, um mit mir zu reden. Immer das Gute erwarten, dass ich nicht lache! Diese Person hat ja wirklich keine Zeit verloren! Und wenn meine Mutter sich deswegen freigenommen hat, muss es echt schlimm sein.

„Mom, es tut mir total leid, echt! Ich bin einfach ausgerastet, als ich die Frau auf Fanny gesehen habe, sie lahmt doch noch – ich meine Fanny, nicht die Frau –, und ich weiß ja nicht einmal, wie sie heißt, aber Max kann es mir bestimmt sagen, und ich werde mich entschuldigen und …"

Meine Mutter starrt mich an, als hätte ich das alles auf Usbekisch gesagt.

„Shit", fluche ich leise. „Du weißt es noch gar nicht."

„Nein", antwortet sie – und die Tatsache, dass ich was zu beichten habe, scheint ihr ein Stück Gelassenheit wiederzugeben. „Aber gleich."

Wir gehen in die Küche, und ich gebe ihr einen Kurzbericht, der sie aber nicht besonders zu beeindrucken scheint. Sie kocht uns einen Tee, kommentiert die Story kaum und meint nur, ich wüsste ja offenbar ohnehin ganz genau, was ich falsch gemacht hätte.

Okay. Was ist hier eigentlich los?

„Aber ... wenn du es noch gar nicht gewusst hast ...", taste ich mich vorsichtig an, „wenn sich die Frau noch gar nicht beschwert hat ... weswegen hast du dann deinen Dienst abgegeben?"

„Du denkst, dass du einen Riesenblödsinn gemacht hast, der dich vielleicht deinen Job kosten wird?", fragt meine Mutter.

„Ja ...?", antworte ich zögernd.

„Na dann", meint sie und prostet mir mit ihrer Teetasse zu. „Willkommen im Club!"

5. ... und zweitens als man denkt

Eine halbe Stunde später weiß ich ziemlich genau, was passiert ist – und auch, von wem ich die Eigenschaft habe, auf eher undiplomatische Art meinen Ärger mit mir durchgehen zu lassen. Dieser Ärger kommt auch wieder hoch, als Mom mir alles erzählt.

„Herr Rojas hatte Gäste eingeladen, die seit ein paar Tagen im Hotel wohnen. Alles Mexikaner und alle stinkreich, nach den Autos zu urteilen."

Mom und reiche Leute. *Never ending story*.

„Heute hatten sie ein großes Dinner im Speisesaal und benahmen sich, als würde ihnen alles gehören. Da wurde brüllend gelacht, mit der Kellnerin geschäkert, da wurden quer durch den ganzen Raum Bestellungen gegrölt. Da wurde *gesungen*."

Meine Mutter sagt das, als wäre Singen etwas zutiefst Unanständiges. „*Señor* Rojas hat sich benommen, als würde ihm das Hotel gehören", erzählt sie weiter, und lässt es so klingen, als wäre Señor eine besonders widerliche Insektengattung. „Die anderen Gäste haben begonnen, sich zu beschweren, also habe ich ihn gebeten, etwas mehr Rücksicht zu nehmen."

„Und hat das was gebracht?", frage ich, obwohl ich die Antwort darauf schon kenne.

„Wie man's nimmt", antwortet meine Mutter grimmig. „Sie fingen an, Zigarren zu rauchen. Und es gab weitere Beschwerden von den anderen Gästen. Ich musste also wieder zu Rojas' Tisch und das Erste, was ich sehe, ist, wie er seine Zigarrenasche in einen der kleinen Blumentöpfe abstreift!"

Oh, oh, denke ich. Meine Mutter liebt Blumen über alles. „Was hast du gemacht?", flüstere ich beinahe.

„Ich habe ihm seine Zigarre aus der Hand genommen", antwortet sie ganz ruhig. „Und in seinem Weinglas versenkt. Dann haben wir einander ein wenig angeschrien, und danach bin ich rausgestampft und habe mich ablösen lassen. Fünf Minuten länger mit dem Mann und ich hätte für nichts garantieren können."

„Wow", sage ich beeindruckt. „Das ist ja heftig."

„Ja, nicht wahr?", sagt meine Mutter. „Nicht, dass es mir leid täte. Aber ich hätte mich besser unter Kontrolle haben müssen."

„Genau wie ich wegen Fanny", antworte ich.

„Stimmt", sagt Mom, müde lächelnd. „Aber du bist eine dreizehnjährige Pferdenärrin. Dir verzeiht man so was. Aber wenn Rojas sich über mich beschwert und ich wegen dieser Sache meinen Job verliere ... hier in der Gegend etwas Neues zu finden, ist nicht so einfach. Wir müssten vielleicht umziehen. Du müsstest die Schule wechseln. Ich müsste mein Studium vermutlich wieder aufgeben ..."

„Moooo-ment", unterbreche ich sie, bevor sie uns beide unter Brücken schlafen und Mülleimer nach Essbarem durchsuchen lässt. „Du weißt doch noch gar nicht, ob er sich beschwert! Vielleicht sieht er ja ein, dass er auch was falsch gemacht hat!"

Meine Mutter sieht mich mitleidig an. „Schatz", sagt sie. „Die mit der Kohle haben immer Recht."

„Es könnte doch sein!", beharre ich. „Anstatt mit dem Schlimmsten zu rechnen könntest du ihm doch …"

„Was …?", hakt meine Mutter nach, als ich kurz zögere.

„Ihm die Chance geben, dich zu überraschen!", fahre ich entschlossen fort. „Du hast doch nichts zu verlieren!"

Meine Mutter wirft mir einen forschenden Blick zu. „Du bist doch nicht irgendeiner Sekte beigetreten, oder?"

Ich kann nicht anders als laut herauslachen. „Weil ich es für möglich halte, dass nicht alle reichen Menschen widerliche Charakterschweine sind, bin ich in einer Sekte?"

„Na ja", meint meine Mutter. „Das klang eben gar nicht nach Rosa."

„Das ist die neue Rosa", erkläre ich ihr. „Erwachsen und gechillt."

„Wie das wohl passiert ist", meint Mom nachdenklich. „Irgendwas hab ich offenbar verpasst."

„Das holst du nach", sage ich tröstend. „Du kannst ja zu meinem nächsten Treffen mitkommen."

„Was für ein Treffen denn?"

„Na ja, wir nennen uns eine Gemeinschaft, aber den Namen darf ich dir erst verraten, wenn du Mitglied bist. Es gibt zeremonielle Gesänge, wir tanzen, bis wir in Trance fallen, es ist echt cool. Und wir trinken wirklich nur sehr selten frisches Hühnerblut."

Meine Mutter sieht mich mit einem so völlig fassungslosen Blick an, dass ich laut herauslachen muss. Iris, die Schauspielerin, wäre stolz auf mich.

„Nicht lustig", erklärt meine Mutter und versucht, ernst zu bleiben. „Überhaupt nicht lustig."

Ich grinse. „Genau so lustig wie du mit Herrn Rojas' Zigarre."

Mom seufzt tief und muss gleichzeitig lachen. Sie legt die Arme um mich und drückt mich. „Mein Leben wäre schrecklich ohne dich, Rosy."

„Meins auch, ohne dich", antworte ich. „Obwohl ich viel öfter Pizza im Bett essen würde."

Mom lacht, steht auf und streckt sich. „Am besten gehen wir jetzt schlafen. Wir brauchen unsere Kräfte."

„Und was machen wir morgen?", frage ich.

Mom grinst. „Du meinst nach den rituellen Gesängen, der Trance und dem Hühnerblut?"

„Genau."

„Ich schätze, wir lassen uns positiv überraschen", meint sie lächelnd.

Am nächsten Morgen bin ich noch vor meiner Mutter auf und radle in den Stall. Max füttert um sieben, danach kommt er frühestens wieder um neun in den Stall. Er kümmert sich auch um alle anderen sportlichen Aktivitäten, und vormittags gibt es meistens Nordic Walking oder Schnellstehen (so nennen Iris, Daisy und ich – ziemlich gemein, zugegeben – die geführte Joggingrunde). Falls das Allerschlimmste doch eintritt, habe ich also zwischen halb acht und Viertel vor neun die Gelegenheit, nach Fanny zu sehen, Sokrates zu reiten und so zu tun, als wäre alles wie immer. Oh Gott, wenn ich denke, dass es tatsächlich das letzte Mal sein könnte! Dass ich mich vielleicht selbst mit dieser idiotischen Aktion um die eine Sache gebracht haben könnte, die mich am allerglücklichsten macht!

Sokrates steht in der ersten Box rechts, wenn man in den

Stall kommt, Fanny steht gleich daneben. Ich hab noch kaum die Tür hinter mir zugezogen, da kommt mir Sokrates' Kopf schon entgegen. Ich kraule seinen „Spot", ganz oben auf der Stirn, am Ansatz seiner Ponyfransen. Irgendwann wird er noch zu schnurren anfangen, wenn ich das mache. Ich ertrage die Vorstellung einfach nicht, dass ich vielleicht nie wieder …

„Rosa, oder?"

Ich fahre herum, und da steht sie vor mir: mittelgroß, schlank, dunkelblonder Pagenschnitt. Die Frau von gestern. Die Frau, die ich von Fanny runtergezerrt habe.

Ich bin starr vor Schreck und nicke nur. Sie nickt auch und deutet dann auf Fanny in der Nachbarbox. „Ich habe gerade nach ihr gesehen. Ich glaube, es wird besser. Das Bein kommt mir nicht mehr geschwollen vor."

„Sie braucht nur ein paar Tage Ruhe", stoße ich schließlich hervor. „Sie ist nicht mehr die Jüngste, und Max hätte sie noch nicht zum Reiten freigeben dürfen. Sie konnten gar nichts dafür! Aber als ich Sie auf dem lahmenden Pferd traben sah, da bin ich einfach ausgerastet, es tut mir wirklich total leid!"

Sie lacht. „Entschuldigung angenommen!", sagt sie. „Du hast mich wirklich ganz schön zur Schnecke gemacht. Aber du hattest auch recht mit dem, was du gesagt hast. Dass ich erst einmal Stunden nehmen und nicht allein ausreiten sollte. Ich bin als Kind zwar viel geritten, aber wenn man nicht mal spürt, wenn ein Pferd unter einem lahmt –"

„Sie hat wirklich nicht sehr stark gelahmt", unterbreche ich die Frau. „Ich kenne sie nur so gut, dass ich es gleich gemerkt habe, und ich wusste ja auch, dass sie nicht fit war und …"

Sie lächelt und legt den Finger an die Lippen. Ich breche ab und klappe meinen Mund zu. „Man sollte es merken", sagt sie, und damit hat sie recht, also widerspreche ich auch nicht mehr.

„Zuerst war ich ganz schön sauer auf dich. Immerhin hast du mich vom Pferd geschubst und belehrt, als wäre ich eine Grundschülerin."

Ich erröte wieder mal und sehe zu Boden.

„Aber als ich zu Fuß zurück zum Stall bin, Fanny am Zügel, hatte ich Gelegenheit nachzudenken – und Fannys geschwollenes Gelenk zu bemerken. Und ich hab ein schlechtes Gewissen gekriegt. Ehrlich gesagt habe ich gehofft, dich heute hier zu treffen."

„Gehofft?" Ich glaube nicht, dass ich an ihrer Stelle gehofft hätte, mich zu treffen.

„Ja, Max hat mir gesagt, dass du ausgezeichnet reitest und –"

„Max?", frage ich angstvoll. „Haben Sie Max ... ich meine, weiß Max ...?"

Sie sieht mich empört an. „Wofür hältst du mich?", fragt sie. „Das Reiten ist bei mir zwar schon eine Weile her, aber einmal ein Pferdemädchen, immer ein Pferdemädchen. Es gibt unter uns doch so etwas wie einen Ehrenkodex, oder?"

Ich nicke nur – fassungslos. Jedem Menschen die Chance geben, ihn zu überraschen, das war doch Finns Motto? Viel überraschter könnte ich wohl kaum sein.

„Ja, und weil Max mir erzählt hat, dass du auch eine begabte Reitlehrerin bist, wollte ich dich fragen, ob du vielleicht Lust hättest, mir ein paar Auffrischungsstunden zu geben."

Ich starre sie ungläubig an, und sie deutet meinen Blick völlig falsch.

„Gegen Bezahlung natürlich", fügt sie hastig hinzu. „Und wirklich nur, wenn du Lust hast!"

Ich finde endlich meine Stimme wieder. „Klar!", antworte ich. „Natürlich habe ich Lust. Das ist sehr ... ich meine, damit hab ich nicht ... ich meine: WOW! Danke!"

„Gern", gibt sie freundlich zurück. „Ich habe zu danken. Und bitte, nenn mich Babette. Einseitiges Duzen mag ich nicht." Sie streckt mir die Hand hin, ich schüttle sie, und wir machen etwas für den folgenden Tag aus. Sie wird zwei Wochen hier sein, ihre Kinder sind hier im Hotel im Tenniscamp. Sie hat mich nicht bei Max verpetzt. Ich werde weiterhin auf Fanny und Sokrates reiten, ich werde beim Turnier mitmachen können, und überhaupt wird alles gut werden!

In diesem Moment liebe ich die ganze Welt. Ich liebe mein Leben, meine Pferde, meine Freunde, den Sommer. Und die Tatsache, dass Babette momentan die einzige Reiterin unter den Gästen ist, denn auf Sokrates' Plan findet sich, abgesehen von Babettes morgiger Reitstunde, keine einzige Eintragung.

Ich gehe also erst einmal zu Fanny in die Box und schaue mir die Schwellung am Bein an – sie sieht wirklich viel besser aus. Dann bringe ich alle Pferde bis auf Sokrates auf die Koppel. Gerade als ich anfange, meinen Jungen zu putzen, trudelt Daisy ein.

„Streberin!", ruft sie mir schon von Weitem entgegen, sichtlich gut gelaunt. „Willst dir wohl unfaire Vorteile raustrainieren!"

„Na klar", antworte ich, nicht minder fröhlich. „Vom Ehrgeiz völlig zerfressen, wie ich nun mal bin …!"

Daisy lacht, und wir begrüßen einander.

„Wie hast du es geschafft, wegzukommen?", frage ich sie. „Hast du deine Eltern zu Hause angebunden? Oder deine Schwestern an der Tankstelle ausgesetzt?"

„Wenn, dann umgekehrt!", antwortet Daisy mit einem halbherzigen Grinsen. „Nein, Alana ist zu Besuch und hat sich bereit erklärt, auf die Kleinen aufzupassen, weil sie sie ohnehin so selten sieht. Und wenn sie mal da ist, dann wird sie von allen hofiert und hat Narrenfreiheit, selbst wenn sie die zwei Kröten mitschleppt." Alana ist Daisys ältere Schwester – sie ist vor zwei Jahren von zu Hause ausgezogen, um als Model Karriere zu machen, und hat es tatsächlich geschafft. Daisy und sie sehen einander ziemlich ähnlich, nur dass Daisy kindlich unschuldig wirkt und Alana mit ihrem Schmollmund und den runden Augen ziemlich sexy.

„Außerdem hat sie wohl noch im Kopf, wie es ihr selbst ergangen ist", fügt Daisy hinzu. „Sie ist ja nicht ohne Grund mit sechzehn ausgezogen …"

„… und hat den Babysitterjob an dich abgetreten!", beende ich den Satz.

Wir sind mit dem Putzen fast fertig, als Ollie den Weg heraufkommt. Neben ihr springt McCartney wie ein Gummiball über die Wiese.

„Geheimes Blumentreffen ohne mich?", fragt sie, als sie in Rufweite ist. Dass *Ollie* nicht von *Olivia* kommt, sondern von *Violeta* – Veilchen – habe ich durch Zufall mitgekriegt, als ich unerlaubt in Daniels Fotos gestöbert habe. Das war nur Minuten, bevor sie mich – eigentlich Daisys kleine Schwester, aber indirekt mich – vor einer Tragödie gerettet hat. All das hat dazu beigetragen, mich zu überzeugen, dass Ollie jetzt zu uns dazugehört.

„Völlig zufälliges Blumentreffen *mit* dir", antwortet Daisy grinsend. „Ich schätze, wir wollen alle vor dem Turnier ein bisschen trainieren."

Dass das nicht der eigentliche Grund meines frühmorgendlichen Stallbesuchs war, werde ich jetzt, wo sich die ganze Sache bereits in Wohlgefallen aufgelöst hat, auch nicht mehr breittreten. Komisch, normalerweise wäre ich sofort zu Iris oder Daisy gegangen, um alles mit ihnen zu besprechen. Aber gestern hatte ich Finn, der nicht nur richtig gut zuhören kann, sondern auch was Sinnvolles beizutragen hatte. Also ist Finn jetzt meine neue beste Freundin, denke ich und muss schmunzeln.

„Rosa Behrendt", sagt Daisy in strengem Tonfall zu mir. „Was ist das für ein schmutziges Grinsen?"

„Ja", meint Ollie und lacht. „Einen Peso für deine Gedanken."

„Meine Gedanken sind unbezahlbar", gebe ich zurück. „Aber du bist ganz schön spät dran, dafür, dass du den kürzesten Weg von uns dreien hast – ist es denn spät geworden gestern?"

„Ja, genau!", stimmt Daisy ein. „Wie war das Ein-Monats-Date?"

„Es war gut", sagt Ollie und zuckt mit den Schultern. „Sehr schön."

Daisy und ich werfen einander einen Blick zu, den Ollie natürlich sofort bemerkt. „Nein, wirklich", fügt sie hastig hinzu. „Es war schön. Wir hatten nur … eine kleine Auseinandersetzung, als er mich nach Hause gebracht hat."

Es wird ja wohl nicht um den Abschiedskuss gegangen sein, denke ich. Ich kann mir beim besten Willen nicht vorstellen, dass Daniel zu draufgängerisch war – das würde so gar nicht zu ihm passen. Aber was könnte es sonst gewesen sein?

„Worum ging es denn?", fragt Daisy, die natürlich weiß, dass ich diese Frage nicht so einfach stellen kann.

Ollie ist das Thema sichtlich unangenehm, aber daran ist sie selbst schuld. Dann hätte sie eben nichts sagen dürfen. Sie wirft mir einen Blick zu und sieht dann rasch zu Boden.

„Es ist okay", erkläre ich ihr. „Wirklich. Ich hab bestimmt kein Problem damit, was es auch ist." Ich denke einfach an Finn, sage ich mir. Die Sache mit Daniel und Ollie ist tatsächlich um einiges erträglicher geworden, seit ich Finn getroffen habe, auch wenn ich noch immer nicht ganz durchschaue, weshalb.

„Okay", sagt Ollie schließlich zögernd. „Es ging um deine Mutter."

Daisy macht nur große Augen, und ihr Blick wandert verständnislos zu mir. Ich habe aber genauso wenig Ahnung, was das bedeuten soll.

„Und meinen Vater", fügt Ollie hinzu.

Jetzt wird schon langsam klarer, wo das Ganze hinführt.

„Die beiden hatten gestern Abend wohl einen Streit darüber, wie mein Vater und seine Freunde sich im Restaurant benommen haben."

„Verdammt *schlecht* haben sie sich benommen!", rutscht es mir heraus.

In Ollies Augen flammt der Zorn auf.

„Sie haben sich einfach nur gut unterhalten!"

„Ja, aber auf Kosten der anderen Gäste!"

„Das ist kein Grund, meinen Vater vor allen Leuten anzubrüllen!"

„Es haben zwei Leute gebrüllt!"

Ollie und ich funkeln einander über Chispas Rücken hinweg an, und Daisy nutzt die Pause, um zwischen uns zu vermitteln.

„Hoooo, Mädels, nicht die Pferde durchgehen lassen. Wenn eure Eltern Meinungsverschiedenheiten haben, müsst ihr deswegen noch lange nicht Partei ergreifen! Ihr seid Freundinnen, schon vergessen?"

„Daniel hat Partei ergriffen", faucht Ollie jetzt. „Und zwar die von Rosas Mutter. Oder sollte ich vielleicht eher sagen: Rosas?"

„Was hab ich denn damit zu tun?", schieße ich zurück. „Ich war nicht mal in der Nähe!"

„Du bist *immer* in der Nähe!" Jetzt sieht Ollie aus, als wäre sie dem Weinen nahe. „Und wenn er sich entscheiden müsste, wen er aus einem brennenden Haus rettet, dann wärst es wahrscheinlich du!"

„Mann, Ollie!", gebe ich fassungslos zurück. „Bringst du hier nicht ein paar Dinge durcheinander? Er *hat* sich doch bereits für dich entschieden! Er hat sich in *dich* verliebt! Aber wir kennen einander fast von Geburt an, also entschuldige, wenn ich nicht den Wohnort wechsle, weil du mit meinem besten Freund zusammen bist!"

Nun schluchzt Ollie ernsthaft los, und Daisy und ich werfen einander einen hilflosen Blick zu.

„Ich dachte, es ist alles cool zwischen uns", sage ich nach einer Weile. „Du hast mir den Dienstag angeboten, und ich fand das echt toll von dir …"

„Es *war* ja auch alles cool. Es *ist* alles cool. Aber eifersüchtig bin ich trotzdem. Ich hab ja selbst nicht damit gerechnet. Ich glaube, ich war noch nie eifersüchtig."

Ich starre sie an. Das Mädchen, das alles hat, ist auf mich eifersüchtig!

Daisy sind offenbar auch die Worte ausgegangen.

„Du hast wirklich keinen Grund dazu!", sage ich schließlich. „Aber Daniel war als Kind so oft bei uns, meine Mutter ist wie eine zweite Mama für ihn gewesen. Dass er für sie Partei ergreift, hat wirklich nichts mit mir zu tun."

Ollie wischt sich mit dem Handrücken über die Augen und verteilt dabei die Reste der Begrüßungskarotte, die Chispa an ihr abgestreift hat, in ihrem Gesicht.

„Und Daisy hat recht", fahre ich fort. „Wir sind doch Freundinnen, oder?"

Ollie nickt heftig unter Tränen, und ich stelle fest, dass ich die Rolle der Reiferen, Klügeren, Großzügigen mag – es fühlt sich besser an, als Gift zu spritzen.

„Dann darf Daniel nicht zwischen uns stehen und unsere Eltern auch nicht."

Jetzt räuspert sich Daisy und hat auch wieder etwas beizutragen. „Wenn zwei Kinder auf dem Spielplatz streiten und zu ihren Mamas gelaufen kommen, was hören die dann? ‚Macht das untereinander aus!' Und genau das müsst ihr euch in Bezug auf eure Eltern auch denken."

Ich muss bei der Vorstellung lachen, dass Ollies Vater und meine Mutter einander in der Sandkiste die Förmchen wegnehmen und zu Ollie und mir kommen, um sich zu beschweren. Ich schiele zu Ollie und sehe, dass sie vermutlich ähnliche Bilder vor Augen hat, denn ein kleines Grinsen zerrt an ihren Mundwinkeln.

„Die werden schon wieder vernünftig", fügt Daisy hinzu.

Ollie nickt. Ich nicke auch und will gerade noch etwas unglaublich Reifes, Kluges und Großzügiges sagen, als mein Handy klingelt. Meine Mutter. Ich gehe dran und mache ein paar Schritte von den anderen Mädels weg.

„Mom?"

„Hallo, Schatz, wollte nur fragen, wann das Treffen heute ist und ob man sein eigenes Huhn mitbringen muss?"

„Bitte?", frage ich perplex. „Welches Huhn?"

Meine Mutter platzt los, und eine halbe Minute lang höre ich sie nur lachen.

„Mutter?", sage ich schließlich streng. „Muss ich mir Sorgen machen?"

„Nein", keucht meine Mutter schließlich erschöpft. „Ganz und gar nicht. Ich dachte nur, an den zeremoniellen Gesängen, dem Tanz und der Trance muss wohl was dran sein, wenn du so gute Ratschläge gibst."

Endlich geht mir ein Licht auf. „Oh", sage ich und dann noch einmal: „Oh! Du hast mit ihm gesprochen?" Die Worte *Ollies Vater* lasse ich vorerst lieber weg, damit Ollie nicht sofort weiß, worum es geht.

„Er ist *zu mir* gekommen, stell dir vor!", antwortet sie mit hörbarem Stolz in der Stimme. „Er hat sich für sein unpassendes Benehmen entschuldigt, mir erklärt, dass er und seine Freunde schon ein bisschen viel Rotwein intus gehabt hatten und die guten Sitten aus den Augen verloren haben."

„Wow", antworte ich. Das finde ich ziemlich nobel von *Señor* Rojas, aber ich hüte mich, das zu sagen, wenn meine Mutter schon von sich aus dabei ist, einzulenken.

„Das hat es mir natürlich leicht gemacht, mich auch zu entschuldigen."

„Doppel-Wow!", antworte ich darauf. „Dann ist ja alles wieder in Butter!"

„Ja", antwortet meine Mutter, „aber das ist noch nicht alles." Ich ziehe unwillkürlich die Augenbrauen hoch. Was kann jetzt noch kommen?

„Señor Rojas ..." – diesmal kommt der *Señor* ohne die spitze Betonung – „... hat darauf bestanden, mich als Wiedergutmachung zum Essen auszuführen. Und ich konnte schlecht Nein sagen, also –"

„Also hast du jetzt ein Date mit Ollies Vater", beende ich ihren Satz und lache. „Das ist allerdings eine ziemlich unerwartete Wendung." Diesmal habe ich nicht auf meine Wortwahl geachtet, und als ich einen Blick zu den Mädels werfe, begegnen mir zwei Paar große, ungläubige Augen.

„*Date* ist vielleicht nicht ganz das richtige Wort", meint sie. „Aber ich gebe zu, dass es nach dem gestrigen Abend nicht zu erwarten war."

„Ab jetzt erwarten wir das Unerwartete", antworte ich lachend. „Und sind offen für alles."

„Du sagst es", beendet meine Mutter die Unterhaltung mit einem fröhlichen Unterton, der mir sehr gefällt. Ich werde Finn einiges zu erzählen haben.

„Oh, Mom ...", werfe ich noch schnell ein.

„Ja ...?"

„Dreiundzwanzig Uhr hinter dem Friedhof."

„Bitte?", fragt sie verwirrt.

„Und um die Hühner kümmere ich mich."

Es dauert eine Sekunde, bis es klick macht. „Alles klar!", sagt sie und lacht.

Als ich mich zu den Mädels umdrehe, habe ich ein breites Grinsen auf dem Gesicht.

„Unsere Eltern sind knapp davor, Bruderschaft zu trinken", sage ich zu Ollie.

„Im Ernst?" Die Augen werden noch größer.

„Im Ernst", bestätige ich. „Und wenn unsere Oldies sich wieder vertragen, wüsste ich nicht, worüber wir noch zu streiten hätten."

„Vor allem nicht, wenn es viel sinnvollere Dinge zu tun gibt", wirft Daisy sofort ein. „Wie wär's mit einer Runde Horseball-Training?"

„Horseball", ruft Ollie und strahlt schon wieder. Daisy hebt die Hand, und Ollie und ich schlagen nacheinander ein. Und in der Drei-Blumen-Welt ist wieder alles in schönster Ordnung.

6. Eine(r) wird gewinnen

Ich kann nicht fassen, dass er einfach verschwindet, ohne ein Wort zu sagen! Als ich in die Bucht komme, sieht sie nahezu unberührt aus. Wind und Wasser haben die Spuren, die Finn hinterlassen hat, schon fast völlig unsichtbar gemacht. Meine Enttäuschung ist viel größer, als ich es für möglich gehalten hätte.

Was hast du erwartet, Rosa? Dass er sich als Prinz inkognito entpuppt und dich auf sein Schloss entführt?

Ich mag diese hämische innere Stimme nicht, die sich über mich lustig macht, aber ich kriege sie nicht dazu, die Klappe zu halten… Und nun trampelt sie auch noch auf mir herum.

Gestern war ich nicht hier. Ich hab es einfach nicht geschafft, weil ich Daisy versprochen hatte, mit ihr die Kinder zu hüten, außerdem ein paar Stunden bei einer Veranstaltung im Hotel aushelfen musste, dazu Training und Stallarbeit – der Tag hatte einfach zu wenige Stunden. Und ich hatte ja keine Möglichkeit, ihm eine Nachricht zu schicken … Ausgemacht hatten wir auch nichts, aber er hat doch gesagt, er bleibt noch ein paar Tage! Und jetzt ist er einfach weg, hat sich nicht einmal verabschiedet. Es ist fast, als wäre er niemals hier gewesen, als hätte ich alles nur geträumt.

Ich halte mich nicht lange auf, es gibt ja nichts zu sehen – nur lange genug, um Sokrates Wasser trinken zu lassen, dann lasse ich die Bucht hinter mir. In nächster Zeit werde ich wohl auch nicht wiederkommen.

Er hat es tatsächlich geschafft, mir meine Bucht madig zu machen, denke ich und kämpfe mit den steigenden Tränen. Trotz meines Ärgers und meiner Enttäuschung kann ich es nicht lassen, sofort Facebook und Instagram zu checken, als ich wieder Empfang habe. Er war noch nicht online – aber das heißt vermutlich nur, dass er noch unterwegs ist und seinen nächsten Anlegeplatz noch nicht erreicht hat. So gut, wie er aussieht, findet er bestimmt auch dort ein Mädchen, das er zum Besten halten kann!

Und ich habe wertvolle Trainingszeit verschwendet am letzten Abend vor dem Turnier!

Wenn ich morgen nicht gewinne, ist *er* schuld!

Na klar, Rosa, das ist ja auch entsetzlich praktisch, einen Sündenbock zu haben, wenn du wieder mal etwas nicht hinkriegst.

Halt die Klappe, blöde Stimme.

Tatsächlich hatte ich beschlossen, dass ein entspannter Ausritt am Abend vor dem Turnier für Sokrates besser wäre als eine weitere Trainingseinheit. Ich wollte doch alles locker nehmen, voll buddhistisch und Zen und so. Aber als ich mich noch auf Finn in der Bucht freuen konnte, fiel mir der Buddhismus deutlich leichter.

Vielleicht ist es besser so, versuche ich mir selbst einzureden. Vielleicht bin ich jetzt nicht von dem Gedanken an Finn abgelenkt und kann mich besser konzentrieren. Ha! Als ob jetzt nicht erst recht meine Gedanken ständig nur um ihn kreisen werden! Warum er einfach verschwunden ist, ob ich was falsch gemacht habe, was gewesen wäre, wenn ich ihn gestern Abend noch in der Bucht getroffen hätte.

Na, immerhin denke ich jetzt nicht mehr zwanghaft an Daniel und Ollie!

Ja, das ist doch was, wofür man dankbar sein kann, meint die Stimme hämisch.

Har, har, har. Immerhin bin ich empfänglich für meinen eigenen Galgenhumor, und als ich nach Hause komme, habe ich mich einigermaßen beruhigt.

Und als ich sehe, wer auf der Treppe vor unserer Haustür sitzt, bin ich zu hundert Prozent abgelenkt.

„Daisy!"

„Rosa, endlich!" Sie springt auf, steckt das Handy ein, auf dem sie eben noch hektisch herumgedrückt hat, und rennt auf mich zu, nur um mich an der Hand zu nehmen und wieder zur Haustür zurückzuzerren. „Schließ auf, mach schon!"

„Was ist denn los?"

„Ich brauch deinen Rat. Jetzt. Sofort."

Erst als wir am Küchentisch sitzen, auf exakt denselben Plätzen wie vor zwei Tagen meine Mutter und ich, rückt sie damit raus. „Okay, halt dich fest. Alanas Agentur hat ein Casting für mich. Ein Foto von uns, von letztem Weihnachten, das Alanas Agent zufällig gesehen hat, hat ihn drauf gebracht. Sie wollen mich für eine Kampagne vorschlagen, für die ein ganz junges Mädchen gesucht wird. Ich glaube, für Kosmetik."

„Daisy, das ist ja der absolute Wahnsinn! Wozu brauchst du da noch meinen Rat?"

Sie sieht mich völlig verunsichert an. „Du meinst, ich soll es versuchen?"

„Warum um Himmels willen solltest du es nicht versuchen?"

„Ich weiß nicht, ich bin nicht wie Alana – ich weiß nicht, ob ich das kann, ich weiß nicht, ob ich fotogen genug bin –"

„Daniel sagt, du bist megafotogen", unterbreche ich sie. „Er sagt, von dir kann man kein schlechtes Foto machen."

„Wirklich?", fragt sie, beinahe ehrfurchtsvoll. „Das hat er gesagt? Und du denkst, das meint er auch so?"

Ich muss laut auflachen. „Nein, was er gemeint hat, ist, dass du eine hässliche Kröte bist, die jede Linse zum Zerspringen bringt und in deren Gegenwart man am besten alle Spiegel verhängen sollte! *Natürlich* hat er das gemeint, Scherzkeks! Er hat schließlich schon genug Fotos von dir gemacht und –"

„Was …?", unterbricht Daisy mich aufgeregt. „Daniel hat Fotos von mir? Die wollen nämlich noch Fotomaterial, das sie dem Kunden zeigen können, und ich finde absolut gar nichts, hab gerade mein Handy durchsucht, nur ein paar alberne Selfies mit Iris und Fotos, die Isa von mir gemacht hat, nachdem sie mir so ziemlich alle Haarklammern auf den Kopf montiert hat, die sie finden konnte …"

„Er hat sich zwar zuletzt mehr auf Ollie konzentriert", antworte ich mit nur ganz wenig Ironie in der Stimme. „Aber vom Flussfest hat er sicher noch Material … und außerdem macht er bestimmt Extrafotos von dir, wenn du ihn fragst!"

„Das würde er machen? Glaubst du wirklich?"

„Wahrscheinlich fühlt er sich sogar geschmeichelt!",

antworte ich. „Und zwar zu Recht, du zukünftiges Topmodel!"

„Rosa, hör auf!" Daisy kann das mit dem Erröten fast so gut wie ich. „Ich habe überhaupt keine Ambitionen in die Richtung, hatte ich nie. Ich hab meine Schwester nie beneidet. Aber das wäre eine ganze Kampagne – mit Werbespot und Inseraten und all so was ... ich könnte damit locker Pippins Einstellgebühr und die Tierarztkosten für die nächsten paar Jahre zahlen, wenn die Gage wirklich so gut ist, wie Alana sagt ... ich müsste nicht mehr zittern, dass ich ihn verkaufen muss, wenn meine Mutter mal länger kein Bild loswird und mir das Geld ausgeht ..."

„Genau! Schon deshalb musst du es machen!"

Voriges Jahr hat Daisy vier Monate lang frühmorgens Zeitungen ausgetragen – noch bevor ihre Geschwister wach waren –, dann ist sie nach Hause, um für die Kleinen Frühstück zu machen und sie in die Schule und den Kindergarten zu bringen. Zu Schulbeginn um acht Uhr war sie natürlich schon wieder müde. Ihr Notenschnitt ist gesunken, obwohl sie eigentlich eine gute Schülerin ist, aber was hätte sie machen sollen? Es war einfach kein Geld für Pippin übrig: Mila hatte seit Monaten kein Bild verkauft, Daisys Vater verdient sowieso chronisch wenig und Daisy war zu stolz, Iris oder ihre Schwester um die Einstellgebühr zu bitten. Ein Modeljob ab und zu würde ihr ein paar Rücklagen verschaffen, und das wäre schon verdammt beruhigend für die Nerven.

„Ich rufe Daniel gleich an, wenn du ihn nicht selbst fragen willst!"

„Das würdest du? Und es macht dir auch wirklich nichts aus?"

„Daisy, jetzt hör aber auf! Wieso sollte es mir etwas ausmachen?"

„Ich meine ja nur, Daniel ist vielleicht gerade mit Ollie zusammen ..."

Ja, richtig. Die beiden haben ja gestritten, also ist vermutlich heftige Versöhnung angesagt. Aber Daisy ist wichtiger. Ich zucke mit den Schultern, klicke Daniels Nummer an ... und sofort geht die Mailbox dran.

„Ich schätze, er hat *Bitte nicht stören* aktiviert, wegen der Romantik", sage ich zu Daisy und verziehe dabei wirklich nur ein ganz kleines bisschen das Gesicht. „Aber weißt du was ..."

Ich suche *Ollie* in meinen Kontakten und klicke *ihre* Nummer an. Sie hebt sofort ab.

„Hey, Ollie, fragst du deinen Freund mal, ob er morgen nach dem Turnier Zeit hat, ein paar Fotos von Daisy zu machen? Sie braucht dringend Fotomaterial wegen eines Modeljobs!"

„Wow, wie cool", antwortet Ollie. „Aber natürlich hat er Zeit!" Und dann höre ich, wie Ollie zu Daniel sagt: „Danny, du musst morgen nach dem Turnier Fotos von Daisy machen! Wegen eines Modeljobs! Du hast doch Zeit, oder?" Ich lache in mich hinein. Im nächsten Moment ist Daniel am Apparat.

„Wieso ruft Daisy nicht selbst an?", fragt er.

„Sie hatte im Gegensatz zu mir Hemmungen, dich bei einem Versöhnungsdate zu stören", antworte ich grinsend. „Danny-Boy!"

„Fang nicht an", knurrt er, und ich gehe jede Wette ein, dass er gerade rot wird. Iris wird niemals rot, Ollie selten, Daisy manchmal – aber Daniel und ich sind echte

Luschen, was das angeht – uns ist einfach viel zu schnell etwas peinlich.

„Gib sie mir schon", sagt er im selben knurrenden Ton, und mit einem sehr breiten Grinsen reiche ich mein Handy weiter an Daisy, damit sie die Details besprechen können. Als sie mir das Telefon wiedergibt, leuchtet ihr Gesicht richtig.

„Er hat gesagt, die wären Idioten, wenn sie mich nicht nähmen, und jeder Fotograf, der mich vor die Linse kriege, könne von Glück reden."

„Ollie bringt wohl den Charmeur in ihm zum Vorschein."

„Ach, lass doch. Das war echt süß. Wusstest du, dass er morgen auch der offizielle Fotograf bei dem Turnier ist? Sein erster richtiger Job!"

„Nein", antworte ich. „Wow. Ich hatte keine Ahnung." Früher wäre ich die Erste gewesen, der Daniel so etwas erzählt hätte. Aber die Zeiten haben sich geändert.

Wie immer checkt Daisy sofort ab, was für eine Wirkung diese Neuigkeit auf mich hat. „Es ist natürlich nur für die Hotelzeitung, sie sponsern das Turnier ja dieses Jahr, zusammen mit Noahs Vater. Der hatte übrigens auch die Idee, Daniel anzuheuern."

Ich muss lachen. „Schon klar – er weiß, dass die besten Fotos auf der Wand im Scheunenkino von Daniel sind."

Es auf die Fotowand im Scheunenkino – einer renovierten alten Scheune, in der wöchentliche Sommer-Kino-Events stattfinden – zu schaffen, ist etwas Besonderes. Noahs Vater sucht die Bilder, die in der Scheune oder in deren unmittelbaren Umgebung entstanden sein müssen, selbst aus, und Daniel hat es wesentlich öfter auf die Wand geschafft als jeder andere.

„Er wird sich zehnmal so viel ins Zeug legen wie ein professioneller Fotograf und kostet nur einen Bruchteil", füge ich hinzu. „Noahs Vater ist eben ein verdammt guter Geschäftsmann."

Daisy zuckt mit den Schultern. „Ist doch gut! So ist allen geholfen!" Sie wirft mir einen dankbaren Blick zu und umarmt mich. „Ich weiß nicht, was ich ohne dich getan hätte, Rosa. Diese ganze Modelsache hat mich ein bisschen in Panik versetzt. Jetzt geht's mir besser."

„Ach Daisy!" Ich muss lachen. „Bei schlechten Neuigkeiten bist du immer diejenige, die am ruhigsten bleibt und Lösungen findet. Aber bei guten Nachrichten bist du sofort gestresst!"

„Die schlechten bin ich eben gewohnt!", antwortet Daisy und verzieht das Gesicht. „Apropos, ich muss jetzt los, Alanas Taxi kommt in einer halben Stunde, und meine Eltern sind bei irgendeinem Event."

„Ein Glück, dass sie keine kleinen Kinder haben, unter denen ihr Social Life leidet", sage ich und verdrehe die Augen.

„Das passt schon", sagt Daisy und lächelt. „ich hab ja dank dir jetzt alles geregelt."

Als sie gegangen ist, bin ich tatsächlich froh, dass Finn nicht mehr in der Bucht war. Sonst hätte Daisy wieder abziehen müssen, ohne mit mir gesprochen zu haben, und vermutlich wäre sie immer noch total unsicher und hin- und hergerissen. Jetzt hat sie dagegen richtig glücklich ausgesehen – nicht, dass ich das Gefühl habe, etwas besonders Großartiges für sie getan zu haben – aber *sie* hat wohl das Gefühl, dass es so ist, und darauf kommt es an. Und Finn? Es fühlt sich wirklich an, als wäre die Begegnung mit Finn nur ein Traum gewesen. Magisch, ein bisschen verrückt, aber eben nicht wirklich.

„Whoooop, Ollie!"
„Super Ritt, Ollie!"
Ollie kommt strahlend auf Chispa aus dem Geschicklichkeitsparcours galoppiert: null Fehler, genau wie ich. Aber sie war dabei ganze zwei Sekunden schneller. Ich hebe meine Hand zum High-Five, und sie schlägt ein.
„*Que gane el mejor!*", ruft sie lachend. Ich habe zwar keine Ahnung, was das heißt, aber es klingt gut, also rufe ich: „*Vale!*", das passt immer, meint Ollie.
Nach dem Bareback-Rennen, der Zirkus-Kür und dem Geschicklichkeitsparcours liegen Ollie und ich mit Punktegleichstand an der Spitze. An dritter Stelle liegt ein Mädchen aus einem Fehringer Stall, das ich noch nie beim Turnier gesehen habe, dann folgt Noah, der auch ziemlich gut reitet – tatsächlich ist er der einzige Junge, den ich kenne, der richtig gut ist. Er hat das Pferd seiner älteren Schwester „geerbt", die mit vierzehn plötzlich das Interesse verloren hat. Etwas, das ich einfach nicht verstehen kann, auch wenn es wohl ziemlich häufig passiert. Wie oft hab ich mitbekommen, dass Mädels einfach nicht mehr im Stall aufgetaucht sind. Kann wirklich ein neues „Hobby", ein neuer Freund oder eine neue Clique das ersetzen, was ein Pferd einem geben kann? Für mich ist die Antwort auf diese Frage ein klares Nein, und ebenso für Iris, Daisy und Ollie. Das ist es wohl auch, was uns vier am meisten verbindet. Wir sind *echte* Pferdemädchen. Wir werden noch

mit neunzig Pferdemädchen sein. Auch wenn wir dann vielleicht auf kein Pferd mehr raufkommen, werden wir immer noch lieber Stallluft schnuppern als Parfüm, und lieber am Koppelzaun lehnen und der Herde beim Grasen zusehen, als in irgendeinem schicken Café zu sitzen. Reitstunden nehmen kann jeder, Turniere gewinnen können alle, die sich ein entsprechendes Pferd und Training leisten können. Aber zum Pferdemädchen (oder Pferdejungen) wird man geboren.

Daisy ist diesmal etwas abgeschlagen, sie liegt auf dem siebten Platz – man konnte deutlich merken, dass sie unkonzentriert ist, und das hat sich wohl auf ihr sensibles Pferd übertragen. Pippin kann die Geschicklichkeitstests im Schlaf, und normalerweise errät er schon, was Daisy von ihm will, noch bevor sie eine Hilfe gibt. Aber wenn sie nicht voll bei der Sache ist, wird es für ihn natürlich auch schwieriger. Das Casting scheint sie doch ziemlich nervös zu machen, ebenso wie die Tatsache, dass Daniel heute die Fotos von ihr machen wird, die vermutlich darüber entscheiden, ob sie sich in den nächsten Jahren Sorgen wegen Pippins Einstellgebühr machen muss oder nicht.

Jedenfalls wird Daniel am Nachmittag gut aufgewärmt sein, so viel steht fest: Er nimmt seinen Job verdammt ernst und scheint überall gleichzeitig zu sein, um Fotos zu schießen. Er macht das richtig gut, ohne die Pferde oder die Reiter zu stören, schießt er Actionfotos und Stimmungsbilder.

Der krönende Abschluss ist wie jedes Jahr das Horseball-Match. Wir spielen es mit vereinfachten Regeln: Der Ball ist größer und leichter zu greifen, er muss vor einem Torschuss nicht so oft abgegeben werden wie nach den offiziellen Horseball-Regeln und der wichtigste Unterschied: Man darf auch absteigen, um ihn sich zu holen, verliert aber dadurch einen halben Punkt. Die Torschüsse müssen allerdings immer vom Pferd aus erfolgen. Die Teams werden ausgelost, und jeder Teilnehmer wird nach Geschicklichkeit, Teamgeist und Schnelligkeit bewertet. Das macht die Entscheidung auch noch einmal spannend, denn selbst wenn jemand nach den Einzelwettbewerben klar in Führung liegt, kann er durch mangelnde Zusammenarbeit oder schlechte Reaktion im Teamwettbewerb noch Plätze verlieren. Tore, die man schießt, geben Extrapunkte, der Entscheidungstreffer zählt doppelt für den Schützen, und jedes Mitglied des Siegerteams erhält ebenfalls einen Extrapunkt.

Eine kurze Unruhe entsteht, weil die Bewerber eine ungerade Zahl ergeben – doch dann meldet sich Daisy und erklärt, dass sie vorzeitig aufgeben will.

„Was, spinnst du?", frage ich sie empört. „Das kannst du doch nicht machen!"

„Ja, Daisy, man gibt doch nicht mittendrin auf!", wirft Ollie ein.

„Lasst gut sein", meint Daisy. „Es wäre nicht fair Pippin gegenüber, ich bin heute einfach nicht bei der Sache. Und ich will nicht, dass er sich in dem Horseball-Kuddelmuddel womöglich noch verletzt. Das würde ich mir nie verzeihen."

Dagegen lässt sich nicht wirklich argumentieren, außerdem piepen in diesem Moment alle unsere Handys gleichzeitig.

Eine WhatsApp-Nachricht: „Iris hat dich zu der Gruppe *Flower Power* hinzugefügt" steht da. Mitglieder: Iris,

Rosa, Daisy, Ollie. Und darunter die erste Nachricht: „Wer von euch gewinnt?"

„Ollie oder ich", tippe ich zurück. „Daisy schwächelt." Daneben kommt ein Smiley mit frech rausgestreckter Zunge.

„Ich setze bloß Prioritäten", schreibt Daisy und fügt ein blondes Engelsgesicht und eine Kamera hinzu. „Details später."

„Das Feld ist weit abgeschlagen", schreibt Ollie und hängt ein Zwinkergesicht und ein Pferd an. „Der Sieg bleibt auf jeden Fall in der Blumenfamilie!" An den Schluss hängt sie einen Pokal und einen Blumenstrauß.

Iris schickt eine ganze Reihe gedrückter Daumen zurück und dann eine ganze Reihe Kleeblätter und eine ganze Reihe Herzen.

Einer der Schiedsrichter ruft die Teilnehmer zur Ordnung und verliest die ausgelosten Teams. Ollie und ich haben Glück und landen in derselben Mannschaft, Noah und die Drittplatzierte sind die stärksten Reiter der Gegenmannschaft. In jedem Team sind fünf aktive Reiter und zwei Reservisten.

Es stellt sich schnell heraus, dass wir die besseren Einzelspieler sind, aber Noah und das Mädchen aus Fehring extrem gut zusammenarbeiten. Nach zehn Minuten haben sie einen Vorsprung von zwei Toren. Ich hole mir den Ball nach einem Fehlpass von Noah, gebe ihn ab, bekomme ihn wieder, als ich gerade perfekt zum Tor stehe, und schaffe unseren ersten Treffer unmittelbar vor dem Pfiff, der die erste Halbzeit beendet.

„Danke für den schönen Pass, Noah!", necke ich ihn. „Für welches Team spielst du eigentlich?"

„Ganz schön frech, Rose aus dem Grillental", antwortet er mit einem Grinsen. „Warten wir ab, wer zuletzt lacht."

Tatsächlich schießt er unmittelbar nach Beginn der zweiten Halbzeit wieder ein Tor – danach gelingt einer unserer Spielerinnen ein perfekter Pass zu Ollie, und sie knallt den Ball ins Netz. Nun steht es schon 2:3 – allerdings immer noch für das falsche Team. Ollie hat in Mexiko Polo gespielt, und das Training macht sich jetzt echt bezahlt, auch wenn's hier keine Schläger gibt. Sie und Chispa sind extrem schnell und wendig, und das Ganze macht ihr einen Riesenspaß. Ollie schafft auch den Ausgleichstreffer, und während sie sich von den anderen Spielerinnen feiern lässt, kommt Noah auf seinem Pferd ganz nahe heran und meint: „Ich dachte ja, dass du diesmal den Pokal mitnimmst – aber Miss Mexico hat einen echt starken Auftritt heute, muss ich schon sagen!"

Ich weiß, dass das nur seine Retourkutsche für meine Bemerkung von vorhin ist, aber es ärgert mich dennoch und weckt meinen wohl nicht ohne Grund oft erwähnten Ehrgeiz. Sokrates hat Spaß an dem Spiel und zeigt noch keinerlei Müdigkeit. In den nächsten Minuten habe ich jede Menge mit Defense zu tun, denn Noah und sein Team wollen um jeden Preis die Führung zurückholen. Eine torlose, aber spannende Jagd übers Spielfeld mit ständig wechselnder Richtung bestimmt die nächsten Minuten. Ich weiß nicht, wie viel Zeit noch bleibt, aber viel kann es nicht mehr sein.

Es gelingt mir, einer gegnerischen Spielerin den Ball abzujagen, ich gebe ihn weiter und entscheide mich, als meine Mitspielerin ihn nicht fängt, blitzschnell, den Punkteverlust in Kauf zu nehmen, abzuspringen und den Ball vom Boden zurückzuholen, bevor ihn sich das gegnerische Team wieder schnappen kann.

„Sokrates, follow!", rufe ich und hoffe inständig, dass mein Wallach sich jetzt nicht in die Gegenrichtung davonmacht, um sich in einer ruhigen Ecke des Spielfeldes gemütlich zu wälzen. Ich bin nämlich ziemlich sicher, dass man selbst bei einem Fun-Turnier keine Punkte für unfreiwillige Komik bekommt! Aber siehe da, obwohl wir das im Training bis jetzt noch nie so ganz hingekriegt haben, heftet Sokrates sich brav an meine Fersen, und ich kann Sekunden später mit Ball wieder aufsteigen, ohne viel Zeit verloren zu haben.

Ich gebe den Ball kurz ab, bekomme ihn sofort wieder und will schon auf den Korb zielen, als ich Ollies Stimme höre: „Rosa, hier!"

Ich stehe gut, aber Ollie steht besser. Wenn ich treffe, habe ich eine gute Chance, die Einzelwertung zu gewinnen, der spielentscheidende Treffer zählt doppelt. Aber wenn ich danebenwerfe, könnten wir noch verlieren. Ich denke kurz nach, gebe den Ball an Ollie weiter, sie wirft, trifft, und das ganze Team jubelt. Zwei stressige Minuten noch, in denen wir unsere Führung verteidigen, dann ist es vorbei, und wir haben gewonnen!

Ollie hat mehr Tore geschossen und weniger Punkteabzüge als ich, sie wird die Einzelwertung gewinnen, daran gibt es nichts zu rütteln. Aber ich kann trotzdem sehr zufrieden mit mir sein.

Wir stellen uns mit unseren Pferden zur Siegerehrung auf. Daniel rennt die Reihen auf und ab und schießt Porträts der fröhlich quatschenden, erwartungsvollen Reiter und der zufriedenen, Leckerli kauenden Pferde.

Ich wusste vorher, dass meine Mutter als Vertreterin der Hoteldirektion die Sieger aufrufen würde. Aber sie so zurechtgemacht zu sehen, überrascht mich doch. Sie sieht einfach sehr gut aus, und zwar nicht nur für eine Mutter. Die tolle Figur, das üppig gewellte Haar, das Lächeln, mit dem sie jetzt die Zuschauer und Teilnehmer begrüßt und sich für deren Interesse und Einsatz bedankt. Eine Welle des Stolzes schwappt über mich, und ich strahle sie an, als ihr Blick kurz an mir hängen bleibt, bevor sie ihre Mappe aufschlägt, um die Preisträger zu verlesen. Jeder gewinnt etwas: Gutscheine für Reitbekleidung und Pferdezubehör, für Tickets und Snacks im Scheunenkino oder fürs *Sugar*. Der erste Preis ist immer eine Überraschung, letztes Jahr war es ein I-Pad, das Jahr davor ein Gutschein für die Teilnahme an einem Reitseminar mit einem supertollen Trainer.

Meine Mutter beginnt mit dem dritten Platz, so wie immer, dann kommen der zweite, der erste, und dann, wenn sich der kurze Wirbel um den Sieger gelegt hat, werden alle anderen Reiter aufgerufen.

Sie räuspert sich. „Den dritten Platz hat sich einer von tatsächlich nur zwei männlichen Vertretern unseres Reitnachwuchses erkämpft: Noah Brandt, dein Vater kann stolz auf dich sein!"

Alles jubelt, jeder mag Noah. Gelächter brandet auf, als er sich für seinen Preis, einen Zehnerblock im Scheunenkino, bedankt, das ja seinem Vater gehört. Da merkt man mal, dass bei uns an den Ergebnissen nichts getürkt wird! Er schnappt sich das Mikrofon und erklärt im Tonfall eines gerührten Oscar-Gewinners: „Ich danke meinem Pferd, das mich so gut aussehen lässt. Ich danke meinem

Vater, dass ich heute frei bekommen habe, um an diesem Turnier teilzunehmen. Und ich bedanke mich für meinen Preis, der es mir hoffentlich ermöglicht, das Scheunenkino auch mal von innen zu sehen!"

Dann gibt er mit einem Handkuss das Mikro zurück an meine Mutter. „Platz zwei", fährt sie fort, nachdem das Lachen des Publikums abgeebbt ist, „… und das freut mich ganz besonders, geht an unseren mexikanischen Neuzugang: Violeta Rojas! Sie ist gerade mal ein paar Wochen hier, und schon mischt sie das Feld auf! Herzlichen Glückwunsch, Ollie!"

Ich rufe laut „Jiiiihaaaa!" und applaudiere für Ollie, bis mir klar wird, was das bedeutet: Ich habe es nicht unter die ersten drei geschafft! Habe ich tatsächlich beim Horseball so viele Punkte verloren? Hätte ich doch selbst schießen sollen? Vielleicht hat das Zögern mich Punkte gekostet, oder der Abstieg vom Pferd hat sich schlimmer ausgewirkt, als ich dachte. Echt ärgerlich. Aber was soll's, der nächste Sommer kommt bestimmt …

„Platz Nummer eins geht an eine Starterin, die noch nie gewonnen hat, aber schon öfter nahe daran war …"

Hm, denke ich, wer könnte das sein? Ich gehe im Geist die möglichen Kandidatinnen durch, komme aber zu keinem Ergebnis. Na, was soll's, in zwei Sekunden weiß ich's ohnehin.

„… bin ich heilfroh, dass ich mit der Bewertung der Reiter nichts, aber auch gar nichts zu tun habe", sagt meine Mutter gerade. „Gleichzeitig platze ich vor Stolz! Herzlichen Glückwunsch zu deinem ersten Fun-Turnier-Sieg, Rosa Berendt!"

Ich stehe da und starre meine Mutter über die Köpfe der

vielen Leute hinweg an. *Wie bitte?*, denke ich, Soll das ein Witz sein? Mein Gehirn weigert sich einfach, das zu glauben, was meine Mutter eben gesagt hat. „Da die Siegerin es offensichtlich noch nicht glauben kann, würde ich gern den Vorsitzenden der Jury, einen echten Grillentaler und Urgestein der internationalen Pferdeszene, den Trainer, Turnierrichter und Freund unseres Hauses, Herrn Waldemar Sorens, auf die Bühne bitten." Heftiger Applaus brandet auf.

Waldemar Sorens ist nicht nur ein echtes Original, er ist so etwas wie eine Legende im Reitsport und stammt aus dem Grillental, worauf wir alle sehr stolz sind. Heute lebt er den Großteil des Jahres in Kanada, wo er eine Ranch mit Pferdezucht betreibt, aber es vergeht kein Sommer, in dem es ihn nicht in die alte Heimat verschlägt.

Er ist sicher schon weit über sechzig, seine Haare mehr weiß als grau. Aber er nimmt die drei Stufen auf die Tribüne mit einem Satz, schnappt meine errötende Mutter (das ist wohl genetisch) um die Taille, drückt ihr einen Kuss auf die Wange und nimmt ihr gleichzeitig das Mikrofon aus der Hand.

„Die junge Dame, der wir gleich den Hauptpreis überreichen werden, hat sich heute durch mehrere Qualitäten ausgezeichnet", sagt er, und mein Herz beginnt zu rasen.

„Sie hat fantastisch mit ihrem Pferd zusammengearbeitet – eine solche Übereinstimmung von Reiter und Pferd vermisse ich oft auf großen Turnieren. Die Kommunikation zwischen den beiden funktionierte fehlerfrei. Aber den Ausschlag gaben die Entscheidungen, die sie beim Horseball-Match getroffen hat. Sie hat immer zum Vorteil des Teams gehandelt, auch wenn das einen persönlichen Nachteil für sie bedeutet hat. Und last, but not least, merkt man ihr auf Schritt und Tritt an, was für eine unglaubliche Freude sie am Reiten und am Umgang mit ihrem Pferd hat. Bravo, Rosa, und jetzt beweg endlich deinen Hintern hier rauf und hol dir deinen Applaus ab!"

Es wird gejubelt und gepfiffen, aber ich stehe wie gelähmt, bis ich von hinten einen kräftigen Schubs kriege. „Los, Rosa!", flüstert Daniels Stimme. „Du hast es verdient, geh schon!"

Da wache ich endlich aus meiner Trance auf und steuere auf die kleine Bühne zu. Wie ein Hollywoodstar auf dem roten Teppich drücke ich Hände, die sich mir entgegenstrecken, Bravorufe schwirren durch die Luft, alles fühlt sich total unwirklich an.

Als ich endlich oben stehe, schnappt Sorens mich genauso wie zuvor meine Mom und umfängt mich mit einer bärigen Umarmung. Dann übergibt er mir breit grinsend den Pokal, den meine strahlende Mutter ihm weitergereicht hat.

„Gratulation", meint Sorens und händigt mir mit einem Augenzwinkern auch noch ein unscheinbares Kuvert aus. „Hier ist dein Preis. Wenn du mal Zeit hast, müssen wir uns darüber in Ruhe unterhalten."

Noch einmal großer Applaus, den ich mit einer etwas ungelenken Verbeugung entgegennehme, dann bin ich wieder runter von der Bühne. Daisy fällt mir um den Hals, heulend vor Begeisterung: „Ich wusste ja, dass du es diesmal schaffst, verdammte Streberin!", flüstert sie und drückt mich so fest, dass ich keine Luft kriege.

„Dann hast du mehr gewusst als ich", antworte ich und

versuche gar nicht erst, das Dauergrinsen auf meinem Gesicht abzuschalten.

„So wie immer eben", meint Daisy und spiegelt mein Grinsen.

„Ha!" Ollie hat mich von hinten geschnappt und drückt mir fast die Luft ab. „Da ist sie! *Rosita! Felicitacioneeees!* Und genieß deinen Moment, denn nächstes Jahr gewinne ich!"

„*Vale*", antworte ich. „Wenn du das sagst!"

Meine Mutter, immer noch strahlend vor Stolz, ist die nächste Gratulantin, dann kommen der Reihe nach die anderen Turnierteilnehmer. Daniel nehme ich aus den Augenwinkeln wahr, er schwirrt ständig irgendwo herum und macht Fotos.

„Eins mit Pokal habe ich noch nicht!", höre ich plötzlich seine Stimme hinter mir. Ich fahre herum und stehe genau vor ihm.

Ich hebe den Pokal hoch, sodass er genau vor meinem Gesicht ist. „Nichts lieber als das", sage ich zu ihm.

Er schneidet eine Grimasse. „Ich meinte von *dir* mit Pokal!"

„Oh", antworte ich unschuldig. „Sag das doch gleich!"

Er macht ein paar Fotos, lässt die Kamera sinken und fährt sich mit der Hand in typischer Daniel-Manier über die gerunzelte Stirn und durch die Haare. Warum ist mir nur *früher* nie aufgefallen, wie süß er aussieht, wenn er das macht? Und das Lächeln! Wieso trifft mich das erst jetzt genau da, wo die Rippen zusammenkommen?

„Ich freu mich so für dich", sagt er. „Wirklich."

„Danke, Daniel", antworte ich. „Das weiß ich doch."

Einen Augenblick lang sind wir in einer kleinen

Daniel-und-Rosa-Seifenblase, doch im nächsten Moment schon ruft wieder jemand nach dem Fotografen. Abschließende Gruppenbilder werden gemacht, und endlich gibt es auch etwas zu trinken und zu essen. Noahs Vater hat gemeinsam mit dem Hotel ein kleines Catering gesponsert.

„Hey, Rosa", sagt Noah, als er mir, schon wieder im Dienst hinter dem Tresen, ein Mineralwasser überreicht. „Gratulation! Das ist dein Tag heute!"

„Sieht so aus!", antworte ich grinsend. „Und das, obwohl Miss Mexico so einen starken Auftritt hatte!"

Er grinst zurück. „Man muss dich ein bisschen anstacheln, wenn man dich zu Höchstleistungen bringen will."

„Ach was, muss man das?"

Er sieht mich an, und ich sehe ihn an, und das Ganze dauert schon ziemlich lange.

„Warum stehen wir hier und schauen uns an?", frage ich, und Noahs Augen blitzen.

„Ich glaube, man nennt es flirten", antwortet er und beginnt, Eisteeflaschen an eine Traube durstiger Reiter zu verteilen, die sich eben an seinem Stand eingefunden hat. „Vielleicht erkläre ich dir mal meine Theorien dazu, wenn etwas mehr Zeit ist."

„Ja, vielleicht", gebe ich lachend zurück. Habe ich wirklich eben mit Noah geflirtet?

Drüben am Gatter zur Wiesenkoppel stehen Ollie und Daniel. Sie ist auf den Zehenspitzen und drückt gerade einen Kuss auf seine Lippen. Er lächelt sie an, und ich weiß, dass er in diesem Moment nichts sieht außer ihr.

Schade, dass Finn nicht mehr hier ist, fährt es mir durch den Kopf. Ich hätte ihm gern alles erzählt.

Plötzlich steht Mom vor mir, und einen Augenblick später hat sie ihre Arme um mich geschlungen und drückt mich ganz fest. „Ich bin echt stolz auf dich!", sagt sie. „Nicht so sehr, weil du gewonnen hast, obwohl das natürlich verdammt cool ist. Aber es war eine Freude, dir zuzusehen. Du und Sokrates, ihr seid einfach eine Einheit, das sieht man, auch wenn man keine Ahnung vom Reiten hat. Und ich wusste nicht, dass du so eine gute Teamspielerin bist."

„Wow, danke, Mom." Sie hat es vorhin vor allen Leuten gesagt, aber das hier bedeutet mir fast noch mehr. Dass wir uns wieder gut verstehen, ist noch ein relativ neuer Zustand, und im letzten Jahr hab ich bestimmt nicht allzu oft gehört, dass sie stolz auf mich ist.

„Ich bin übrigens auch sehr stolz auf dich."

Sie schaut mich erstaunt an. „Bist du das?"

Ich nicke. „Du hast nie aufgegeben, obwohl es bestimmt nicht immer leicht war, mit Job und kleinem Kind. Alles, was wir heute haben – deinen Job, dass es uns gut geht, dass ich reiten kann –, das hast du alles ganz allein geschafft. Und davon abgesehen bist du auch die hübscheste Mutter, die ich kenne."

Meine Mutter lacht laut auf, aber sie sieht ziemlich glücklich dabei aus. „Danke, mein Schatz." Dann umarmt sie mich noch einmal und überlässt mich anschließend meinen Freundinnen und Mitreitern, die alle den Pokal ansehen und über das Horseball-Match reden wollen.

Eine Stunde später ist der ganze Spuk vorbei. Daisy hat sich von Ollie ein bisschen schminken lassen und ist mit ihr und Daniel abgezogen, um ein paar Fotos zu schießen.

Meine Mutter hat Dienst bis achtzehn Uhr und dann ihr „Date" mit Ollies Vater.

Und ich muss das alles erst einmal verdauen. In aller Ruhe. Aber Lust, nach Hause zu fahren, hab ich eigentlich keine. Kleidung zum Wechseln liegt immer in meinem Spind, also tausche ich die Reithose gegen Shorts, schwinge mich aufs Fahrrad und überrasche mich selbst damit, dass ich Kurs auf die Bucht nehme. Ohne Finn ist es natürlich nicht dasselbe, aber bevor ich ihn kannte, war die Bucht schließlich auch ein besonderer Ort für mich.

Der Himmel ist schon den ganzen Tag von hohen, dünnen Wolken bedeckt, und es ist nicht so heiß wie in den letzten Tagen. Alle Turnierteilnehmer waren dafür heute dankbar und Daniel auch, wegen des Lichts für die Fotos. Es ist fast vier Uhr nachmittags, als ich in der Bucht ankomme. Ich schiebe die Zweige des dichten Buschwerks zur Seite, und das Erste was ich sehe, ist das Floß. Dann das Zelt und den Schlafsack, alles liegt an derselben Stelle wie bei meinem vorletzten Besuch. Und da, mit dem Rücken an sein Floß gelehnt, genauso, wie er an unserem ersten Abend hier mit mir gesessen hat, sitzt Finn mit einem Buch in der Hand und liest.

Ich habe ihn diesmal nicht nur nicht erwartet, es war mehr als das, ich *wusste* ja, dass er nicht mehr da ist. Und deshalb bin ich noch mehr überrascht als beim ersten Mal.

„Finn!", rufe ich, zu perplex, um auf *Huckleberry* zu kommen. „Du bist da!"

Er sieht von seinem Buch auf und lächelt, nein, strahlt über das ganze Gesicht, als er mich sieht. „Nur Rosa!", antwortet er und steht auf, wieder in dieser eleganten, fließenden Bewegung, als wäre er nicht nur Finn, der

Siebzehnjährige, der die Welt retten will, sondern auch Finn, der Yogimeister, Finn, der magische Junge, der in einer magischen Bucht auftaucht und verschwindet, ganz wie es ihm gefällt. Finn, der Flaschengeist, Finn, der Dschinn.

Er ist mit wenigen Schritten bei mir und sieht die Verwirrung in meinen Augen. „Du warst doch weg", stammle ich. „Ich dachte, du wärst weitergefahren. Ich war nicht mal mehr sicher, ob du wirklich da warst …"

Und als wollte er mir beweisen, dass er da ist, dass er echt ist und gleichzeitig genauso magisch, wie er mir in diesem Moment erscheint, nimmt er mein Gesicht in beide Hände und küsst mich. Und noch während es passiert, noch während ich zum ersten Mal richtig küsse und geküsst werde, habe ich das Gefühl, in einem Film zu sein. In einem wunderschönen romantischen Film. In einem dieser Filme, die Daniel niemals mit mir hätte ansehen wollen, aber am Schluss doch gemocht hätte. Wegen der Fantasy-Elemente, würde er sagen. Weil es kein Happy End gab, würde er sagen. Aber tatsächlich ist Daniel auch für Romantik empfänglich.

Finns Lippen lösen sich kurz von meinen, und er sieht mich an, sieht mich richtig an, von ganz nahe, mit diesen unglaublich blauen Augen. „Rosa", murmelt er, ohne das *Nur*. Diesmal wirklich nur *Rosa*.

Und dann küsst er mich noch einmal, und ich küsse ihn zurück, und in diesem Augenblick ist kein Platz mehr für Daniel in meinen Gedanken, kein Platz für irgendjemanden oder irgendetwas außer Finn und Rosa. Für einige lange, viel zu kurze Augenblicke gibt es nur uns beide in der Bucht, auf der Welt, im Universum.

Er hatte das Floß repariert und eine Probefahrt gemacht, erklärt er mir später. Weil das Floß ziemlich labil ist, musste seine gesamte fixe Ausrüstung mit an Bord, damit er sichergehen konnte, dass die Statik stimmt. Deshalb waren auch das Zelt und der Schlafsack weg und der Rucksack mit Wasser, Konserven und was er sonst so braucht. Alles hat einen bestimmten Platz auf dem Floß, und das Gewicht muss exakt verteilt werden.

„Ich wäre doch nie gefahren, ohne mich von dir zu verabschieden", sagt er.

Wir sitzen auf seiner großen Decke, mit angezogenen Knien, die Arme um die Beine geschlungen, ganz dicht nebeneinander. Die Sonne sinkt langsam tiefer. Wir schauen auf den Fluss und reden, und das Ganze hat immer noch etwas Unwirkliches.

„Das hatte ich ja auch gedacht", antworte ich. „Deshalb war ich ja so … überrascht, als du einfach weg warst."

Er lächelt ein bisschen, als wüsste er ganz genau, dass ich eigentlich „enttäuscht" meine, aber seine Blickrichtung ändert sich nicht, als er sagt: „Dann bist du heute gekommen, um allein zu sein, so wie früher?"

„Ja. Aber keine Sorge, so ist es auch ganz in Ordnung."

Er lacht auf und nimmt meine Hand, die neben seiner auf der Decke liegt. „Das ist schön zu hören."

Es ist alles neu. Die Selbstverständlichkeit, mit der er meine Hand nimmt, mit der er mich geküsst hat, mit der wir hier Seite an Seite sitzen, unsere Schultern, Arme und Oberschenkel ständig in Kontakt. Die Vertrautheit, die sich gleichzeitig so verrückt, so unwirklich anfühlt.

Ich kann ihm nun doch davon erzählen, wie das Turnier gelaufen ist, was meine Mutter, meine Freundinnen und Waldemar Soren gesagt haben. Soren. Das Kuvert. Ich habe es ungeöffnet zusammengefaltet und in die Brusttasche meiner kurzärmeligen Bluse gesteckt. Seltsamerweise hat mich auch niemand nach meinem Preis gefragt.

Ich nehme den Umschlag aus der Brusttasche, öffne ihn und nehme den Brief heraus, der darin ist:

„Du wirst einen Sommer lang auf meiner Ranch in Kanada wohnen, reiten und arbeiten. Wenn du das willst. Aber wenn du diesen Brief in der Hand hältst, bin ich ziemlich sicher, dass du der oder die Richtige dafür bist. Ein bezahltes Praktikum mit Zeugnis, Flugticket, Reitpraxis und Familienanschluss inklusive. Natürlich nicht jetzt sofort, sondern nächsten oder übernächsten Sommer, ganz wie du willst. Alles Weitere besprechen wir noch.

Herzlichen Glückwunsch, Waldemar Soren."

„Wow", sagt Finn, der mitgelesen hat. „Das klingt toll. Das klingt nach dem perfekten Rosa-Sommer!"

Ich kann gar nichts sagen. Der heutige Tag hat mich hiermit endgültig geschafft. Das alles ist Teil eines Films oder eines Traums. Ich werde gleich aufwachen – in meinem Bett oder im Kinosaal. Ich kann nicht mehr. Es ist alles zu viel.

Finn legt seinen Arm um mich, als er merkt, dass ich leise zu schluchzen begonnen habe.

Nach einer Weile habe ich mich wieder beruhigt, und mir fällt auf, dass ich eine wesentliche Frage noch gar nicht gestellt habe. Ich hole tief Luft.

„Ist das Floß jetzt wieder flusstauglich?"

„Ja", sagt Finn.

Das bedeutet, er hat nur noch auf mich gewartet. Das bedeutet, er fährt jetzt wirklich weiter. Und beim nächsten

Mal, wenn ich in die Bucht komme, wird er wirklich weg sein.

„Ich brauche noch einmal Fotos", sagt Finn, steht auf und zieht mich ebenfalls hoch. Die nächste Stunde verbringe ich damit, Finn beim Beladen des reparierten Floßes und beim Vorbereiten seines letzten Lagerfeuers zu fotografieren. Ich sage ihm nicht, dass er vorsichtig sein muss, und auch nicht, dass es verboten ist, hier Feuer zu machen.

„Wollen wir nicht auch ein Foto von uns beiden machen?", fragt er schließlich.

„Ein Selfie?", frag ich mit so viel Empörung in der Stimme, dass ich ihn wieder mal zum Lachen bringe.

„Ich weiß, dass wir beide keine klassischen Selfie-Typen sind", meint Finn, „aber –"

„Nichts aber", unterbreche ich ihn. „Sind wir nicht. Punkt." Ich will kein Erinnerungs-Selfie. Ich will kein Souvenir.

„Lass mich ausreden", sagt er. „Ich wollte sagen: Wir sind keine klassischen Selfie-Typen, deshalb will ich auch kein klassisches Selfie."

Und dann fotografieren wir unsere Hände mit ineinander verschränkten Fingern. Und unsere Füße, seinen linken und meinen linken, wie sie nebeneinanderstehen. Und irgendwie kommt bei dieser letzten Fotosession wieder die leichte, fröhliche Stimmung zurück, die auch unsere ersten beiden Abende in der Bucht bestimmt hat.

Als wir uns schließlich verabschieden, wird nicht geweint, und es wird auch kein romantischer Schwachsinn gelabert.

„Pass auf dich auf, Huckleberry!", sage ich zu ihm.

„Und du auf dich, Nur Rosa!", antwortet er.

Als hätten wir es verabredet, umarmen wir uns, ohne uns noch einmal zu küssen, dann hebe ich mein Fahrrad auf und schiebe es durch das Gebüsch. Als ich mich umdrehe, kann ich durch das Dickicht nur noch seine Silhouette erkennen. Er muss meine Bewegung wahrgenommen haben, denn er hebt den Arm noch einmal grüßend. Ich hebe meinen Arm auch, unsicher, ob er mich überhaupt sehen kann. Auf meiner Seite des Dickichts ist es dunkel, während hinter ihm gerade ein Hollywood-Sonnenuntergang stattfindet.

Das passt ja, denke ich, als ich mich endlich auf mein Rad schwinge.

Mir geht so viel durch den Kopf, als ich nach Hause radle. Das Turnier und Finn und Kanada und meine Mutter und Sokrates und Mathias und Iris und Daisy und Daniel und Ollie und Uma.

Es ist halb neun, als ich bei unserem Haus ankomme, und ich bin eigentlich ganz froh, dass die Küchenfenster dunkel sind. Das bedeutet, dass meine Mom sich bei ihrer Verabredung mit *Señor* Rojas gut unterhält. Und dass ich heute mit niemandem mehr reden muss.

In diesem Moment erst sehe ich den Wagen, der dicht am Zaun geparkt ist, und den Mann, der daran lehnt und grüßend die Hand hebt, als er mich sieht.

„Du musst Rosa sein", sagt er, als er schließlich vor mir steht und mir die Hand hinstreckt. „Ich bin Mathias, ein Freund deiner Mutter."

7. Nur so ein Gefühl

Okay, nun kriegt der heutige Tag in meiner Autobiografie definitiv ein eigenes Kapitel.

Vor mir steht Mathias, der vielleicht mein biologischer Vater ist, und mir fällt im ersten Moment absolut nichts ein, was ich zu ihm sagen könnte. Er ist groß und schlank, und soweit ich das im Schein der Straßenlaterne erkennen kann, hat er helle Augen und hellbraunes Haar. Er sieht auf eine unauffällige Art gut aus. In einem Film wäre er vermutlich der beste Freund, nicht der romantische Hero. Beinahe lache ich bei diesem Gedanken laut auf – genau das war er ja auch im richtigen Leben meiner Mutter. Manchmal gibt es allerdings auch genau für diese Typen ein Happy End, und sie kriegen am Schluss das Mädchen.

Sehe ich ihm irgendwie ähnlich? Ich versuche, ihn zu betrachten, ohne ihn anzustarren. Ist das meine Nase? Meine Augenfarbe? Mein Kinn?

Ich weiß nicht, ob er weiß, dass ich weiß, dass wir Vater und Tochter sind – oder sein könnten. Ganz sicher weiß er nicht, dass ich von seinem Gespräch mit meiner Mutter genug mitgekriegt habe, um das Ganze anzuzweifeln.

Ich will jetzt endlich die Wahrheit wissen, so viel steht fest.

Ich nehme seine Hand, die da schon eine ganze Weile vor mir schwebt, und schüttle sie.

„Ja, ich bin Rosa. Ich hab schon viel von dir gehört."

Er sieht mich forschend an, als wollte er herausfinden, wie viel.

Doch dann fragt er überraschend: „Alles okay mit dir? Du siehst irgendwie geschafft aus. Genau wie deine Mutter früher, wenn sie Nächte durchgelernt hat."

Seltsam, jemandem gegenüberzustehen, der meine Mutter schon kannte, als sie in meinem Alter war – als ich noch nichts von ihr wusste und sie nichts von mir.

„Es war ein langer Tag", sage ich nur. „Aber es geht schon, danke."

Er nickt. „Ida ist nicht da?"

„Nein, sie hat …" Ich zögere. Sie hat ein Date? Eher nicht. „Sie hatte noch ein Arbeitessen." Ich sehe noch einmal auf mein Handy. So viel ich weiß, hat sie sich um neunzehn Uhr mit Ollies Vater getroffen. Jetzt ist es kurz vor einundzwanzig Uhr. „Sie kommt sicher bald."

„Hoffentlich", antwortet er. „Ich musste ein Meeting verschieben und habe weniger Zeit als erwartet. Sie hat vergessen, mir ihre Handynummer zu geben, aber ich habe mich durchgefragt." Er lächelt. „Offenbar ist deine Mutter bekannt wie ein bunter Hund."

„Es ist ein kleines Dorf", antworte ich, „und wir leben seit meiner Geburt hier."

„Ich weiß", sagt Mathias.

Und was weißt du noch alles?, denke ich.

„Das hab ich noch mitbekommen", fügt er hinzu. „Ihr seid hierhergezogen, kurz bevor ich mein Studium in England begonnen habe."

„Wusstest du, dass sie ein Kind hat?", frage ich ganz direkt.

„Ich weiß das erst seit Kurzem", antwortet er ebenso direkt. „Du kannst sicher sein, dass wir uns sonst schon früher kennengelernt hätten."

Weil es dich interessiert hätte, deine Tochter zu treffen? Oder weil deine beste Freundin, die alleinerziehende Mutter, deine Hilfe gebraucht hätte?

Wir stehen immer noch vor der Haustür, wahrscheinlich hätte ich ihn längst fragen müssen, ob er nicht reinkommen will.

„Wollen wir hineingehen?", sage ich also.

Er zögert. „Ich bin den ganzen Tag gefahren. Ist es okay, wenn wir einfach ein Stückchen gehen?"

Ich nicke. „Klar. Eigentlich will ich auch noch nicht nach Hause."

Ich lenke meine Schritte Richtung Fluss, und er folgt mir, ohne das Gespräch zu unterbrechen. „Ich habe Ida sehr lange nicht gesehen. Viel zu lange. Ich muss gestehen, ich bin etwas nervös."

„Sie ist bestimmt auch nervös", gebe ich zurück, ohne mich umzusehen.

„Sie hat keine Zeit, nervös zu werden", antwortet er, und ich höre das Lächeln in seiner Stimme. „Sie hat ja keine Ahnung, dass ich schon hier bin."

„Dann hoffen wir mal, dass sie nicht vor Schreck in Ohnmacht fällt, wenn sie dich sieht."

Er lacht laut heraus. „Und ich dachte immer, ich habe mich ganz gut gehalten."

Zum Glück ist es dunkel, denn ich werde natürlich wieder rot. „So hab ich das nicht gemeint."

Wir sind am Steg unten angekommen, und er stellt sich neben mich. „Weiß ich doch." Er lacht leise. „Kein Problem."

Jetzt muss ich selbst lachen und sehe ihn an. „Ich glaube, sie wird keinen dauerhaften Schaden nehmen. Und sag jetzt nicht, dass ich den Charme auch von meiner Mutter habe."

Er lacht noch einmal sein sympathisches Lachen. Seine Stimme ist tiefer, als man vermuten würde, eine angenehme Stimme. „So was Ähnliches wollte ich wirklich gerade sagen. Also danke, dass du mich davor bewahrt hast, dich zu langweilen."

Ich grinse. „Keine Ursache."

Dieser Mathias ist in Ordnung, das weiß ich jetzt schon. Er wirkt ruhig und vertrauenerweckend. Er hat Humor und sieht gut aus. Wahrscheinlich wäre es schön gewesen, mit so einem Vater aufzuwachsen. Plötzlich kommt mir ein Gedanke.

„Hast du Kinder?", frage ich ihn.

„Nicht, dass ich wüsste", antwortet er nach minimalem Zögern. „Ich war kurz verheiratet. Und derzeit bin ich solo. Um auch gleich die nächsten zwei Fragen zu beantworten."

„Ich wollte dich nicht verhören", sage ich entschuldigend. „Hat mich bloß interessiert."

Er sieht auf den Fluss hinaus, zum anderen Ufer hinüber, lässt den Blick flussaufwärts gleiten, dann flussabwärts. Das Mondlicht steht dem Fluss gut, denke ich mit so etwas wie Stolz. Ich liebe den Fluss.

„Muss schön sein, hier aufzuwachsen", sagt Mathias. „Ich beneide dich."

Ich nicke. „Es *ist* schön." Ein paar Augenblicke lang hängen wir jeder unseren eigenen Gedanken nach.

„Ich hätte nicht gedacht, dass deine Mutter alleine bleiben würde", sagt Mathias schließlich. „Eine Frau wie sie …"

Sein Satz versickert, und dann fügt er hinzu: „Ich hätte sie auch mit Drillingen geheiratet." Er lacht. „Aber das war wohl nicht das, was sie wollte."

„Dich oder Drillinge?", frage ich, und er lacht erneut laut auf.

„Jetzt muss ich es doch sagen", meint er. „Du hast denselben Sinn für Humor wie deine Mutter."

„Ich werde sie darauf ansprechen, wenn sie mich das nächste Mal wegen etwas zur Schnecke macht, das sie nicht lustig findet."

Er lacht leise in sich hinein und denkt vermutlich an etwas, das meine Mutter in meinem Alter getan hat. Soll ich ihn einfach fragen? Ganz geradeheraus? Die meisten Menschen können nicht anders, als auf eine direkte Frage ehrlich zu antworten, und wenn sie es nicht tun, merkt man am Zögern sofort, dass die Antwort gelogen ist. Das hab ich mal irgendwo gelesen.

Bist du mein Vater?

Ich habe so ein Gefühl, dass Mathias mich nicht anlügen würde. Selbst auf die Gefahr hin, dass meine Mutter sauer auf ihn sein wird.

Aber wir reden schließlich nicht von irgendeiner Frage, das hier ist ein epischer Moment für mich – nicht der erste an diesem denkwürdigen Tag, aber immer noch verdammt episch. Es gibt wirklich jede Menge einfachere Fragen. Aber ich kann das, beschließe ich. Ich mache das jetzt einfach. Ich hole tief Luft und ... seufze sie wieder aus. Mathias sieht mich fragend an. Das hier ist noch schwieriger als erwartet. Ich hole noch mal Luft, und diesmal werde ich es rausbringen, ganz sicher ...

Vom Haus kommen plötzlich Motorengeräusche, Reifen knirschen auf dem Kies, und Mathias und ich sehen gleichzeitig nach oben.

„Das ist sie", kommentiere ich unnötigerweise.

Wir machen uns auf den Weg zurück zum Haus. Mathias geht ziemlich flott voran, offenbar hat er es sehr eilig, meine Mutter wiederzusehen. Doch plötzlich bleibt er so überraschend stehen, dass ich ihm auf die Fersen trete.

„Oh, sorry", entschuldige ich mich, aber er scheint gar nichts gespürt zu haben. Er starrt nämlich auf Señor Rojas und meine Mutter, die sich vor der Haustür verabschieden. Sie stehen ziemlich nah beieinander, im Schein der Lampe über unserem Briefkasten und wirken überraschend vertraut – zu vertraut. Mathias hatte die beiden ein paar Sekunden vor mir im Blickfeld – sie werden sich doch nicht etwa geküsst haben? Sollte meine Mutter wirklich ausgerechnet *jetzt* ihre Abneigung gegen reiche Männer abgelegt haben? Das wäre ja ein großartiges Timing! Ich muss an Finn denken und daran, wie er jedem Menschen die Möglichkeit gibt, ihn zu überraschen. Mit so viel Überraschung hatte ich nicht gerechnet, dieser Tag hat es wirklich in sich.

Meine Mom lacht plötzlich laut auf. Es klingt wie das Lachen eines ganz junges Mädchens, fast ein bisschen schrill in meinen Ohren. Mathias scheint das ähnlich zu empfinden, denn er zuckt merklich zusammen.

Ollies Vater schafft es endlich, sich von meiner – zugegeben, heute besonders attraktiven – Mutter zu lösen, und schlendert sichtlich gut gelaunt zu seinem Auto. Mom sieht ihm nach, und dies ist der Moment, in dem ihr Blick das *andere* Auto streift, das sie vorhin nicht bemerkt hat, weil es ganz dicht an der Hecke geparkt ist und von der Laterne nicht angestrahlt wird. Sie schaut sich erschrocken um, und Mathias macht einen Schritt auf sie zu. Herr Rojas fährt los, ich sehe seine Hand aus dem Fahrerfenster winken, aber meine Mutter bemerkt seinen Gruß nicht, sie hat Mathias entdeckt und ist komplett erstarrt.

Er geht auf sie zu, bleibt ein paar Schritte vor ihr stehen. Ich weiß nicht, was ich tun soll, deshalb folge ich ihm einfach, auch wenn ich die beiden lieber allein lassen würde.

„Mathias", sagt meine Mutter und sieht verdammt blass aus, aber das mag an dem gespenstischen Licht der Laterne liegen.

„Ida", antwortet Mathias, und nur ich weiß, dass der lockere Tonfall ihn einige Mühe kosten muss. „Wie schön, dich zu sehen! Rosa und ich haben uns schon ein wenig kennengelernt."

Meine Mutter wirft mir einen schnellen Blick zu, offenbar um festzustellen, ob ich durch weltbewegende Neuigkeiten aus dem Gleichgewicht geraten bin. Ich bemühe mich um einen neutralen Gesichtsausdruck.

„Ich dachte, du sagst Bescheid, bevor du –"

„Ja, ich weiß", unterbricht Mathias sie. Mom und er stehen jetzt so nahe beieinander wie gerade noch sie und Ollies Vater. „Ich muss mich wirklich entschuldigen, dass ich euch so überfalle –"

„Nein, gar nicht, aber –"

„Doch, muss ich", wiederholt er. „Meine beruflichen Termine liegen leider anders als erwartet, und ..." Er zögert eine Millisekunde, bevor er weiterspricht: „Ich hatte nur heute die Gelegenheit vorbeizuschauen. Da musste ich natürlich damit rechnen, dich nicht anzutreffen. Es war einen Versuch wert. Ich bin sicher im Herbst wieder in der Gegend, vielleicht schaffen wir es da."

„Im Herbst?", fragt meine Mutter. „Aber ich dachte –"

„Ja, ich weiß", unterbricht er sie erneut. „Es tut mir wirklich leid, dass das alles so blöd gelaufen ist."

Das kann ich mir vorstellen, denke ich und bin ziemlich sicher, dass er damit *nicht* seinen Terminkalender meint.

„Komm doch mit rein", sagt meine Mom, und ich kann ihr anhören, dass sie das wirklich gern möchte. „Dann können wir ein bisschen reden."

„Das ist lieb", antwortet er. „Aber ich sollte jetzt wirklich los. Ich muss morgen sehr früh raus."

„Okay", antwortet sie augenblicklich. Ich kenne diesen Tonfall und auch diesen Blick. Rollladen runter. Gefühle weggeklickt. So-ist-das-eben-Modus aktiviert. „Wie du meinst. Dann vielleicht ein andermal."

„Es hat mich sehr gefreut, dich kennenzulernen, Rosa", sagt er zu mir, und seine Stimme ist sofort weicher, weniger geschäftsmäßig. „Ich hoffe, wir sehen uns wieder."

„Das hoffe ich auch", gebe ich zurück, und es ist die reine Wahrheit. Ich mag Mathias und ärgere mich etwas über meine Mutter, die kein vernünftiges Wort rausbringt. Sie will, dass er bleibt. Warum sagt sie es nicht klipp und klar?

„Ich geh dann mal rein", erkläre ich. Vielleicht hilft das ja. „Ich bin ziemlich erledigt."

Keiner der beiden antwortet, und ich drücke mich an meiner Mutter vorbei ins Haus und gehe sofort hinauf in mein Zimmer.

Zwei Minuten später höre ich durch mein Badezimmerfenster, wie Mathias' Wagen wegfährt. Da war wohl kaum Zeit für eine gefühlvolle Wiedersehensszene. Aber ich bin zu müde, um mir heute auch noch den Kopf über das Liebesleben meiner Mutter zu zerbrechen. Und für einen Vaterschaftstest ist es wohl auch zu spät. Als Mom kurz darauf leise an meine Tür klopft, stelle ich mich tot. Unter der Bettdecke poste ich noch schnell Finns neuesten Status. Ab morgen oder übermorgen wird er das wieder selbst tun können. Einen Moment lang wünsche ich mir, ich wäre einfach mit ihm mitgefahren.

Ich bin schon im Halbschlaf, als mein Handy vibriert: Daisy, mit den Ergebnissen der heutigen Fotosession. Die Fotos sind toll! Ganz natürlich und sehr ausdrucksstark, ein paar lachende, ein paar verträumte – genau, was Daisy sich vorgestellt hat. Daniel ist wirklich ein begabter Fotograf, er hat ein gutes Gespür für Gesichter, für Licht, für Stimmungen. Wer weiß, vielleicht ist der Grundstein für Daisys Karriere auch gleichzeitig der für seine.

„WELCHE SOLL ICH SCHICKEN?" kommt Daisys Nachricht nach dem zwölften Foto mit einem ratlosen Smiley.

Ich verbringe also die nächsten fünfzehn Minuten damit, Daisy bei der Fotoauswahl zu helfen. Iris schaltet sich dazu, um mir ausführlich zum Turniersieg zu gratulieren, weil sie mich nicht früher erreicht hat. Also beraten wir zu dritt, was die Sache nicht abkürzt, aber viel lustiger macht. Als wir endlich eine Entscheidung getroffen haben, klinkt sich Ollie in die Unterhaltung ein und holt sich erst mal Komplimente für ihr Make-up und Styling, bevor sie ebenfalls ihre Favoriten raussucht – natürlich andere als die, auf die wir uns gerade geeinigt haben. Es ist definitiv zu spät, um auch noch das Thema „Vater oder nicht Vater" anzusprechen – am liebsten würde ich das sowieso mit Daisy allein besprechen, unter vier Augen. Aber die ist gerade so nervös wegen des Castings.

„Okay", schreibt sie schließlich. „Die Bilder sind weg. Morgen erfahre ich dann, ob ich überhaupt in der engeren Wahl bin oder mich umsonst so aufgeregt habe."

„Wenn das nichts wird, kannst du die Fotos doch immer noch verwenden", meint Iris. „Zum Model taugst du auf jeden Fall!"

Sofort kommen hochgereckte Daumen von Ollie und mir.

„Ich will aber kein Model sein", schreibt Daisy. „Ich will bloß diesen einen Job, weil er gut bezahlt ist und ich mir dann keine Sorgen wegen Pippin machen muss."

Wir wissen alle, dass das keine Koketterie von Daisy ist und sie nicht bloß von uns hören will, was der Welt verloren geht, wenn sie *nicht* Model wird. Also tippe ich auf das Herzsymbol und setze ein Pferdchen daneben. Augenblicklich kommen auch von Iris und Ollie Herzen und Pferde.

„Ich liebe euch Mädels", schreibt Daisy. „Das Model geht jetzt schlafen. Ich halte euch auf dem Laufenden."

Küsschensmileys von allen. Dann Zzzzzzz von allen. Schließlich Lachgesichter von allen, weil alle dieselben Symbole schicken. Dann wird es still auf meinem Handy, und ich lege es auf den Nachttisch, wo es geschätzte vier Sekunden ruhig liegt, bis es wieder anfängt zu vibrieren. Eine WhatsApp von Iris, nicht an die Gruppe, nur an mich: „Rosa, schläfst du schon?"

„Ja", schreibe ich zurück. Und gleich darauf schicke ich ihr den Tränen lachenden Smiley.

„Ich hab da diesen Jungen kennengelernt", schreibt Iris, „Bei meiner Schauspiellehrerin …" und schon sind wir wieder mitten in einer Unterhaltung.

Am Morgen darauf hat Babette eine Stunde bei mir gebucht – ich selbst habe auf der frühen Uhrzeit bestanden, damit es für Fanny nicht so heiß ist. Jetzt bereue ich das, ich komme nur mit Mühe aus den Federn, aber absagen kommt nicht infrage, ich habe schließlich einen Ruf zu verlieren. Babette hat meine rundliche Haflingerstute schon so sehr ins Herz geschlossen, dass sie auf einem Tierarztcheck bestanden und ihn tatsächlich aus ihrer Tasche bezahlt hat. Erst als der Tierarzt sein Okay gab, war sie bereit, sich wieder auf Fanny zu setzen. Man merkt, dass sie als Kind geritten ist, sie lernt wesentlich schneller als ein kompletter Anfänger.

Die Stunde heute gestalte ich sehr entspannt, was allen Beteiligten entgegenkommt. Babette ist immer noch hin und weg, weil ihre „Reitlehrerin" einen Pokal gewonnen hat. „Irgendwann werde ich sagen können, ich kannte dich schon, bevor du berühmt warst", meint sie strahlend zu mir.

„Ich gebe dir gern ein Autogramm", antworte ich großmütig. „In einem Jahr musst du dafür vielleicht schon stundenlang anstehen." Im selben Augenblick fällt mir Finn ein, mit dem ich einen ähnlichen Wortwechsel hatte, nur mit vertauschten Rollen. Ich habe mir vorgenommen, *nicht* täglich sein Instagram und Facebook zu checken, ich weiß also nicht, ob er schon wieder irgendwo angedockt und zum ersten Mal wieder selbst gepostet hat.

Sie lacht. „Das Angebot sollte ich wahrscheinlich annehmen", meint sie. „In jedem Fall kann ich sagen, dass du dein Pferd mit mir geteilt hast."

Wir gehen gemeinsam vom Dressurviereck zurück zum Stall, und ich bereite Fannys Diätmüsli vor, während Babette sie absattelt.

„Deine Mutter hat ja geradezu gestrahlt vor Stolz", meint sie lächelnd zu mir, als ich das Futter rausbringe.

„Na ja …" Ich verziehe ein bisschen das Gesicht, obwohl die Erinnerung daran mir ein flauschig-warmes Gefühl in der Magengegend verursacht. „Mütter eben. Die müssen stolz sein, egal, ob man das erste Mal Pipi in den Topf macht oder eben beim Reiten nicht vom Pferd fällt. Du weißt ja sicher auch, wie das ist."

„Ich weiß, wie das für mich als Mutter ist", sagt sie. „Ende der Woche ist das Tennisturnier meiner beiden Jungs, und ich werde vermutlich vor Aufregung nicht schlafen können. Aber umgekehrt kenne ich das nicht."

„Wie meinst du das?"

„Ich meine, ich hatte keine Mutter", sagt sie einfach.

„Keine Mutter …?", wiederhole ich stumpfsinnig.

„Na ja …" Wieder lacht Babette. „Im biologischen Sinn natürlich schon. Aber sie wollte oder konnte mich nicht behalten. Ich weiß überhaupt nichts von ihr, und von meinem Vater erst recht nicht."

„Wow", sage ich nur.

Sie nickt. „Ziemlich lange hab ich gedacht, das macht

mich zu einem Freak. Ich hab gedacht, ich muss mehr leisten, mehr lernen, schneller studieren als alle anderen. Weil ich ja nur halb so viel wert war. Denn wenn man den eigenen Eltern so wenig wichtig ist, dass sie einen nicht behalten wollen, wie viel kann man dann schon wert sein?"

„Ich kenne meinen Vater auch nicht", sage ich und überrasche mich selbst damit. Sonst teile ich diese Information nicht mit Fremden.

„Aber du hast eine tolle Mutter", sagt Babette und zwinkert mir zu. „Damit bist du schon um fünfzig Prozent mehr wert als ich!"

„Bullshit!", entfährt es mir.

„Genau!", sagt sie und lacht. „Völliger Bullshit! Wir sind, wer wir sind, und zwar zu hundert Prozent. Es hat keinen Sinn, drüber nachzudenken, was alles anders geworden wäre, wenn alles anders gewesen wäre!"

Jetzt muss ich auch lachen, und Babette stimmt ein. „Ich bin jedenfalls froh, dass wir uns kennengelernt haben", sagt sie und umarmt mich so spontan, dass ich beinahe erschrecke. Aber dann lasse ich es nicht nur zu, sondern umarme sie zurück.

„Ich auch", sage ich. „Und ich hoffe, deine Jungs gewinnen das Tennisturnier!"

„Ich werde so aufgeregt sein, dass ich bestimmt nicht mitkriege, ob sie gewinnen. Ich habe nämlich keine Ahnung von Tennis. Aber stolz werde ich auf jeden Fall sein!"

Als ich mit der Stallarbeit fertig bin, rufe ich Ollie an, und wir treffen uns zu einem gemütlichen Ausritt ohne Sattel zur Pferdebadebucht. Ich reite auf Sokrates und führe Fanny als Handpferd mit. Irgendwie ist Ollie heute ziemlich schweigsam – etwas scheint sie zu beschäftigen.

„Mein Vater schwärmt von deiner Mutter", sagt sie schließlich.

„Ja, sie scheinen sich gut unterhalten zu haben", antworte ich zurückhaltend. Ich bin nicht sicher, ob ich wissen will, *wie* gut.

„Hat sie was gesagt?", fragt Ollie.

„Ich hab sie heute noch nicht gesehen." Unsere Pferde trotten nebeneinanderher, und ein paar Minuten lang ist nur das Geräusch ihrer Hufe auf dem Waldboden zu hören.

„Wieso ist das so wichtig?", frage ich schließlich.

„Na ja", antwortet sie zögernd. „Stell dir mal vor, sie verabreden sich noch mal. Und noch mal. Und verstehen sich richtig gut. Und verlieben sich womöglich … und –"

„*Haaaalt!*", unterbreche ich sie, und Sokrates dreht den Kopf zu mir, als wollte er mich fragen, ob ich ihn gemeint habe und warum ich dann nicht auch mit meinem Sitz und den Zügeln „Halt!" sage.

„Nicht du, mein Hübscher", sage ich beruhigend zu ihm. „Wir gehen schön weiter."

„Ich meine ja nur", fährt Ollie entschuldigend fort. „Mein Vater ist jetzt schon ziemlich lange allein, und ich kann mich nicht erinnern, dass er jemals so von einer Frau gesprochen hätte wie von deiner Mutter …"

„Ollie, relax! Sie hatten *eine* Verabredung! Und die kam nicht gerade aus romantischen Gründen zustande! Die haben sich davor sogar gefetzt!"

„Mein Vater und meine Mutter haben sich früher auch manchmal gefetzt. Meine Mutter hat nie kleingegeben, genau wie deine …"

Wieder einmal eine von Ollies Unsicherheiten im Deutschen. „Klein *bei*gegeben meinst du?"

Sie lacht und nickt. „Genau. Er braucht das, glaube ich. Jemanden, der genauso stark ist wie er."

Okay, ich bin nicht sicher, ob ich die Richtung mag, in die Ollies Gedanken gehen. Wenn ich sie den Faden weiterspinnen lasse, sind unsere Eltern in zwei Minuten verheiratet, und wir beide –

„Stell dir vor, sie heiraten, dann sind wir Schwestern!"

„Ollie, jetzt reicht's aber, du siehst zu viele Filme!"

„Unser Haus wird so riesig, da habt ihr locker Platz! Du könntest dir auch aussuchen, welches Zimmer du willst!"

„Ollie!" Nun bringe ich Sokrates wirklich zum Stehen, und als sie das merkt, hält sie Chispa auch an. „Time-Out, okay? Ich *habe* ein Zimmer! Und ein Haus! Und unsere Eltern kennen sich kaum! Also komm mal lieber wieder runter von deinem Trip!"

„Ja, ja, schon gut", sagt sie, und es scheint ihr tatsächlich ein wenig unangenehm zu sein.

Wir sind an der Badebucht angekommen, steigen ab, ziehen uns bis auf unsere Bikinis aus und führen die Pferde ins Wasser.

Ollie treibt Chispa richtig hinein, bis die Stute schwimmt, dann gleitet sie von Chispas Rücken, und die beiden schwimmen Seite an Seite wieder zurück zum Ufer. Ich hab das mit Sokrates mal versucht, aber das tiefe Wasser scheint ihm nicht ganz geheuer zu sein. Und Fanny ist einfach zu faul, glaube ich. Aber beide genießen die Abkühlung, wenn sie bis zum Bauch im Wasser stehen und ich sie abspritze.

„Wäre das denn so schlimm?", fragt Ollie irgendwann

viel später. Ich weiß im ersten Moment nicht, was sie meint, und sehe sie nur fragend an.

„Wenn wir Schwestern wären?", fügt sie hinzu.

„Das wäre eine Katastrophe", sage ich. „Du gibst nämlich keine Ruhe, wenn dir was im Kopf herumgeht. Du wärst also vermutlich die nervigste Schwester der Welt."

Ollie lacht und schaufelt mit beiden Händen Wasser auf mich drauf. Ich spritze zurück, sie kreischt, rennt ans Ufer und wirft mit meinen Flipflops nach mir. Mehr Aufforderung brauche ich nicht, um ihre Shorts und ihr Top zu versenken, und ein paar Minuten und eine Wasserschlacht später ist absolut nichts von dem, was wir mithatten, noch trocken – ein Glück, dass wir die Handys im Stall gelassen haben.

Als wir uns etwas später, klitschnass und gut gelaunt, auf den Rückweg machen, ist es beinahe wie früher nach einer Kissenschlacht mit Iris und Daisy. Dieses glucksige, befreite, etwas erschöpfte Happy-Gefühl, wenn man mit richtig guten Freundinnen Spaß hat.

„Ich wollte immer eine Schwester", sagt Ollie, als wir fast beim Stall sind. „Just saying."

Ich dusche mich in Ollies Suite im Hotel. Sie leiht mir was zum Anziehen und, als Daisy kurz darauf eintrudelt, rufen wir pünktlich zur verabredeten Zeit Iris an.

Sie hebt sofort ab.

„Mädels!", ruft sie. „So schön, euch zu sehen! Rosaaaaaa! Du hast gewonnen! Einmal muss ich dir noch gratulieren, face to face! Ollie, Daisy, ich hoffe, ihr seid gut bei Stimme!" Im nächsten Moment legt Iris los mit „Hoch soll sie leben…". Die beiden anderen stimmen ein, und ich werde wieder mal rot, aber ich freue mich auch mächtig ...

„Whooop, whooop, Rosa, sie lebe hoch!", ruft Iris.

„Sie lebe hoch!", wiederholen die anderen beiden.

„So, und jetzt will ich endlich wissen, was der erste Preis war! Also, weiht mich ein!"

Daisy und Ollie sehen beide fragend zu mir, und Iris' Augen auf dem Display, werden groß und rund. „Soll das etwa heißen, ihr wisst es auch noch nicht?"

Die beiden schütteln die Köpfe. „Gestern war so viel los ...", sagt Daisy, und es klingt beinahe schuldbewusst. „Mein Fotoshooting mit Daniel ... ich hab völlig vergessen, nachzufragen!"

„Und ich wusste nicht mal, dass es einen Preis gibt!", sagt Ollie. „Mir erklärt ja hier niemand was!"

Die Einzige, die noch nichts gesagt hat, bin ich. Der Preis – der Brief – das war alles so unwirklich, so unvorstellbar. Irgendwie hat das alles zu Finn und der Bucht gepasst, aber es passt nicht in mein richtiges Leben. Noch nicht. Ich werde es ihnen erzählen, wenn ich persönlich mit Waldemar Sorens gesprochen habe und ganz sicher bin, dass es kein Traum ist.

„Waldemar Sorens will mir das persönlich erklären", sage ich also. „Aber ihr seid natürlich die Ersten, die es erfahren."

„Wow, wie geheimnisvoll!", meint Iris.

„Vielleicht kriegst du ein paar Privatstunden bei ihm?", meint Daisy. „Er soll ein toller Lehrer sein!"

„Oder einen seiner Sättel? Er hat einen Sattel entwickelt, hab ich gelesen, bei dem der Druck optimal auf dem Pferderücken verteilt wird ..."

„Was immer es ist, es ist bestimmt cool!", schließe ich die Raterunde ab. „Und ich sage es euch, sobald ich es sicher weiß." Okay, jetzt habe ich mich da irgendwie rausgewunden, ohne meine Freundinnen richtig angelogen zu haben. Ich verschiebe die Wahrheit einfach nur auf später, beruhige ich mein Gewissen. „Wollen wir jetzt nicht von was wirklich Wichtigem reden?"

„Ja, genau", stimmt Ollie zu und fragt: „Wie geht es dem Rosa-Klon mit den kurzen Haaren?" Ich fühle einen kleinen Stich, aber zum Glück sagt Iris genau das Richtige.

„Rosa ist einzigartig und absolut unklonbar", erklärt sie. „Aber Gitti hat das Glück, mich irgendwie an Rosa zu erinnern. Sie ist echt cool, ihr würdet sie mögen. Wir waren neulich zusammen ausreiten, und vorgestern haben wir bei mir einen McLeod's-Abend gemacht, und sie hat hier übernachtet."

Ich suche Daisys Blick – das war *unser* Ding – Iris', Daisys und meines: Pancakes und Popcorn und ganze Staffeln McLeod's Daughters. Daisy schlägt die Augen nieder, aber ich hab genug gesehen. Es hat sie auch getroffen, ich bin nicht allein mit meiner Eifersucht.

„Und wisst ihr was", fährt Iris fröhlich fort. „Das Coolste überhaupt? Ihre Oma wohnt nur ein paar Häuser weiter, und Gitti ist ganz oft nach der Schule bei ihr! Das heißt, wir werden uns nicht nur im Stall sehen! Sie wird mir ihre Freunde vorstellen und ihre Lieblingsplätze in der Stadt zeigen … und für morgen sind meine Oldies und ich bei ihrer Oma zum Kennenlernessen eingeladen! Ich erzähl euch dann alles beim nächsten Mal, ja?"

Ein Handy läutet, und Daisy greift hektisch in ihre Hosentasche. „Daisy Sanders?", meldet sie sich ein wenig fragend, als wäre sie nicht ganz sicher, ob sie tatsächlich Daisy Sanders sei. Dann sagt sie eine ganze Weile gar nichts, wird aber ziemlich blass im Gesicht.

„Was ist los?", fragt Iris.

Daisy drückt ihre Hand an ihr freies Ohr und bedeutet uns, wir sollen still sein. Dann verdrückt sie sich, ohne auf unsere fragenden Blicke zu reagieren, mit ihrem Handy auf den Balkon.

Eine Minute später ist sie wieder da.

„Ich habe gute Chancen auf die Kampagne", sagt sie fast flüsternd. „Aber weil es so ein großer Job ist, wollen sie mich persönlich kennenlernen. Sie zahlen den Flug und das Hotel, und ich werde am Flughafen abgeholt."

Eine Sekunde lang ist es still in Ollies Hotelzimmer, dann bricht Jubel los – Ollie und ich umarmen Daisy, Iris flucht, weil sie nicht bei uns ist, und will auch noch ein „Hoch soll sie leben" für Daisy anstimmen, doch die will davon nichts hören.

„Es tut mir leid, Mädels", sagt sie, „aber ich muss nach Hause. Isa muss jeden Tag ins Camp gebracht werden, Nini hat dauernd Nasenbluten und muss zum Arzt, der Wocheneinkauf ist noch nicht gemacht ... – ich muss das alles mit meinen Eltern besprechen! Ich melde mich, okay?"

Und damit ist sie auch schon zur Tür draußen.

„Sie sollte endlich mal aufhören, sich von ihren Eltern versklaven zu lassen!", empört sich Iris.

„Leichter gesagt als getan", antworte ich. „Sie will einfach, dass die Kleinen gut versorgt sind – und traurigerweise sind sie das nur bei ihr ..."

„Dabei fand ich Mila und Bernd echt nett", wirft Ollie ein.

„Sie *sind* ja nett!", versuche ich ihr zu erklären. „Sie sind nur gedankenlos und leben in ihrer eigenen Welt. Und Daisy macht es ihnen so schrecklich leicht, die Verantwortung abzugeben …"

„Aber sie zahlt dabei immer drauf!" ruft Iris. „Das kann nicht so weitergehen! Versprecht mir, dass ihr das nicht zulasst!"

„Versprochen!", sagt Ollie entschlossen, aber natürlich hat sie keine Ahnung, *was* sie da verspricht.

„Versprochen", sage ich und seufze. „Aber einfach wird das nicht. Du hast sie selbst x-mal drauf angesprochen und es hat nichts gebracht."

„Ich fürchte, man müsste mal Mila und Bernd drauf ansprechen", meint Iris nachdenklich, „und nicht Daisy."

„Und das fällt dir jetzt ein, wo du weggezogen bist?", kann ich mir nicht verkneifen zu sagen.

„Ich meine nicht, dass ihr es tun sollt", sagt Iris. „Ich glaube, ein Erwachsener muss es tun."

„Gute Idee", meint Ollie. „Von uns lassen sie sich wahrscheinlich nichts sagen."

„Ja, Bombenidee", erkläre ich mit vor Ironie triefender Stimme. „Ich gehe mal eben auf die Straße und suche uns einen Erwachsenen, der Daisys Eltern erzieht. Bestimmt gibt es jede Menge Freiwillige."

„Dir fällt schon was ein!", erklärt Iris zuversichtlich, meinen Tonfall ignorierend. „Oder vielmehr euch! Haltet mich auf dem Laufenden, okay? Wir reden bald wieder!"

Wir verabschieden uns alle voneinander, und ich mache mich auf den Heimweg. Ich bin noch keinen halben Kilometer geradelt, als mein Handy klingelt.

Ich halte am Straßenrand an und gehe dran. „Iris! Du vermisst mich wohl wirklich sehr!"

Iris' Stimme klingt atemlos. „Rosa, du errätst nie, was grade passiert ist!"

„Na, dann wirst du's mir sagen müssen." Ich schüttle den Kopf über meine leicht erregbare Freundin. „Hast du im Internet das ideale Paar Sandalen entdeckt? Oder bist du jetzt doch endlich mit Zac Efron –"

„Rosa, hör zu!", unterbricht sie mich ungeduldig. „Gitti hat mir gerade die Adresse ihrer Oma geschickt."

„Spannende kleine Geschichte", beginne ich erneut. „Ich kann gar nicht erwarten, dass du mir –"

„Hältst du endlich mal die Klappe? Gittis Oma wohnt in Nummer vierzehn in meiner Straße. Und jetzt rate mal, wie sie heißt?"

„Wie soll ich denn bitte …", setze ich an, dann reißt der Satz ab, und der Groschen fällt. Laut und klar.

„Oh mein Gott", sage ich heiser. „Sie heißt Ulrike Hainbach."

8. In letzter Minute

Ulrike Hainbachs Name stand auf einem zusammengeknüllten Stück Papier im Zimmer meiner Mutter. Ich habe keine Ahnung, warum ich den Zettel aufgehoben, warum ich mir den Namen gemerkt habe. Und nun schließt Iris – noch mehr Zufall – eine allererste Freundschaft mit einem Pferdemädchen, das einen Blumennamen trägt und sie an mich erinnert. Und deren Großmutter entpuppt sich als Ulrike Hainbach.

Jetzt bleibt also nur noch eines: herauszufinden, was Ulrike Hainbach mit mir beziehungsweise mit meiner Mutter zu tun hat. Mein Instinkt sagt mir, dass all das mit meinem Vater zusammenhängt. Mein Verstand widerspricht und meint, ich sei auf den Gedanken so fixiert, dass ich einfach *alles* damit in Verbindung bringe.

Natürlich ist es möglich, dass Ulrike Hainbach einfach nur eine Bekannte meiner Großmutter ist, die ja auch in derselben Stadt lebt.

Es gibt jede Menge möglicher Erklärungen.

Und deshalb habe ich Iris gebeten, zwei Dinge in Erfahrung zu bringen, wenn sie demnächst mit ihrer Familie bei Gittis Großmutter zum Essen eingeladen ist. Erstens: Kennt Ulrike Hainbach meine Mutter? Und zweitens: Ist Ulrike Hainbach Gittis Oma von der Seite ihres Vaters oder ihrer Mutter? Ich bin nicht sicher, warum ich diese zweite Frage beantwortet haben möchte. Es war nur ein Impuls, dem ich gefolgt bin. Und falls die Antwort auf Frage eins eine völlig unspektakuläre Erklärung für den Zettel in Moms Zimmer zulässt, ist Frage zwei auch wieder hinfällig. Aber falls nicht ...

Mach es nicht wie Ollie, Rosa. Spinn die Geschichte nicht weiter, als sie tatsächlich geht. Es gibt zu viele Möglichkeiten, und du machst dich nur selbst verrückt. Ein Schritt nach dem anderen.

Okay. Ich hole tief Luft. Bevor ich meine Mutter direkt darauf anspreche, will ich die Antworten haben. Ich will ihr einen Schritt voraus sein, sonst sagt sie mir wieder nicht die ganze Wahrheit. Und Halbwahrheiten und Lügen hatte ich jetzt genug. Natürlich hat Babette recht: Ich bin, wer ich bin, Punkt. Auch wenn ich es schaffe, auf meinem Stammbaum ein Stückchen höher zu klettern, ändert das nichts. Wenn mein Vater ein Prinz ist und ich plötzlich Prinzessin (ha, ha), bin ich immer noch Rosa mit den mausbraunen Haaren und den matschfarbenen Augen. Aber meine Geschichte ist ein Teil von mir, und ich will endlich alles wissen, was es darüber zu wissen gibt.

Und dann ist da noch Mathias. Ob er nun – biologisch gesehen – mein Vater ist oder nicht: Jeder Idiot hätte gesehen, dass er immer noch etwas für meine Mutter empfindet. Vielleicht aber kenne nur ich sie gut genug, um zu erkennen, dass sie auch etwas für ihn empfindet. Vielleicht nicht dasselbe, aber sicher zu viel, um ihn einfach wieder verschwinden zu lassen. Meine Mutter ist stur, aber ich bin ihre Tochter, ich stehe ihr da um nichts nach. Wir werden ja sehen, wer zuerst nachgibt. So spannend es ist, meiner eigenen Geschichte nachzuforschen – sie ist Vergangenheit. Aber meine Mutter wird nicht ewig jung sein, und ich will bestimmt nicht, dass sie allein bleibt. Wenn sie sich in Enrique Rojas verlieben will – meinetwegen. Aber die Sache mit Mathias im Sand versickern zu lassen, nachdem sie sich gerade erst wieder angenähert haben – geht gar nicht!

Als ich nach Hause komme, wild entschlossen, mit Mom über Mathias zu sprechen, und darüber, dass sie ihn anrufen und ein Treffen vereinbaren sollte, bevor er wieder weg ist, finde ich einen Zettel auf dem Küchentisch: „Mache Einkauf für Restaurant, dann Spätdienst. Essen ist im Kühlschrank. Kuss M."

Na klar. Ich glaube ja, dass meine Mutter eine Antenne für so was hat. Sie weiß, wie man unangenehmen Unterhaltungen unauffällig ausweicht. Warum ich das glaube? Ganz einfach: Ich habe dieselbe Antenne.

Das Ganze muss also noch etwas warten. Ich hoffe bloß, dass Mathias nicht schon wieder in England ist, wenn meiner Mutter klar wird, dass sie mit ihm reden muss, anstatt sich trotzig wegzudrehen und sich in ihrer Macht-mir-gar-nichts-aus-Festung zu verschanzen wie ein kleines Mädchen. Ich hab auch so eine Festung. Ich weiß, wovon ich rede.

Im Kühlschrank ist Essen aus der Restaurantküche, das Mom mir mitgebracht hat. Während es auf dem Herd warm wird, suche ich einen gemeinsamen „Blumenmädchen"-Klingelton für Daisy, Iris und Ollie. Kaum habe ich *Flowers in your Hair* von den Lumineers runtergeladen, ertönt er auch schon.

„Daisy!"

„Hey, Rosa, alles klar bei dir?"

Daisy fragt *immer*, wie es mir geht, auch wenn sie ganz dringend selbst etwas loswerden will.

„Alles gut. Und bei dir? Kriegst du alles auf die Reihe? Du hast nicht mal gesagt, wann du fliegst!"

„Morgen Abend schon!" Daisy holt tief Luft und stößt sie wieder aus wie ein Sportler, der eben sein Ziel erreicht hat. „Und es sieht ziemlich gut aus! Nini und Isa werden morgen Mittag von der Mutter einer Freundin abgeholt und zu einer Geburtstagsparty mitgenommen. Mein Vater holt die Kleinen ab, und meine Mutter bringt mich zum Flughafen. Für die folgenden zwei Tage hab ich alles genau aufgeschrieben und hoffe mal, dass sie es hinkriegen."

„Eltern wachsen an ihren Aufgaben, hab ich mir sagen lassen", antworte ich, und ich bin sicher, Daisy hört das Grinsen in meiner Stimme. Ist auch zu albern, wie in der Sanders-Familie die Rollen vertauscht sind. Aber meine Bemerkung ist für Daisy zu nahe an der Wahrheit, um die Ironie zu schätzen.

„Ich hoffe, du hast recht", sagt sie nur mit einem Riesenseufzer. „Das bedeutet nämlich, dass ich in Ruhe packen und mich auf die ganze Sache einstellen kann."

„Kannst du bestimmt", versichere ich ihr. „Das klappt schon alles. Du bist perfekt für den Job und sie werden dich lieben."

Ich rede Daisy noch ein paar Minuten gut zu, und als wir auflegen, scheint sie einigermaßen ruhig zu sein. Ruhe – die wird mir zur Abwechslung auch gut tun: ein gemütlicher Abend allein und die Gelegenheit, mir alles durch den Kopf gehen zu lassen.

Ich werde mich aufs Sofa legen, Musik hören und chillen.

Als ich knapp zwölf Stunden später auf dem Sofa aufwache, kann ich mich nicht erinnern, zu irgendwelchen weltbewegenden Schlussfolgerungen gekommen zu sein. Dafür wird mir etwas Verblüffendes klar, als ich einen Blick auf mein Handy werfe: Es ist Mittwoch. Was zweifellos bedeutet, dass gestern Dienstag war und ich tatsächlich einen Dienstagabend hinter mich gebracht habe, ohne an Daniel zu denken. Ist das nur ein Zufall? Oder ein Meilenstein im Leben der neuen Rosa? Nicht einmal vor dem Einschlafen ist Daniel mir im Kopf rumgespukt wie sonst immer.

Vermutlich war ich aber auch schon weggetreten, bevor mein Kopf das Kissen berührt hat. Dass Mom mich zugedeckt hat, habe ich auch nicht mehr mitgekriegt.

Jetzt schläft sie, und ich kann sie nicht aufwecken – hätte auch gar keinen Sinn, mit ihr unmittelbar nach dem Nachtdienst über etwas Wichtiges zu reden, da ist sie ferngesteuert, reizbar und einsilbig.

Also Zähne putzen, Gesicht waschen, frühstücken und wieder ab in den Stall. Als ich dort ankomme, läuft mir McCartney entgegen und begrüßt mich begeistert. Ollie kann also nicht weit sein.

Noch vor nicht allzu langer Zeit hätte mir diese Erkenntnis den Tag ganz schön vermiesen können, aber heute stelle ich fest, dass ich mich richtig freue. Ich suche mir ein Ministöckchen, das für McCartney gerade die richtige Größe hat, schiebe mein Rad das letzte Stück und werfe dabei immer wieder das Stöckchen für den hyperaktiven Chihuahua.

Ollie kommt gerade aus der Sattelkammer, ihren wunderschönen mexikanischen Sattel über dem Arm. Das

Ding muss ein ziemliches Gewicht haben, Ollie scheint also kräftiger zu sein, als sie aussieht. Sie strahlt ihr typisches Ollie-Strahlen, als sie mich mit McCartney sieht.

„Er hat dich richtig ins Herz geschlossen!", meint sie. „Und *buenos*, übrigens."

„*Buenos*", antworte ich.

„Und ein Glück, dass er mich mag", füge ich hinzu.

„Wäre doch blöd, wenn unsere Eltern sich verliebten und heirateten, und ein großes Schloss bauten und wir wegen McCartney nicht alle gemeinsam darin glücklich und zufrieden leben könnten bis ans Ende aller Tage."

„Oder bis der Prinz kommt", ergänzt sie grinsend.

„Nur ein Prinz für uns beide?", frage ich automatisch, und in derselben Sekunde wünschte ich wieder mal, ich könnte es zurücknehmen. Ollie hat natürlich dieselbe Assoziation wie ich, das merke ich an ihrem Blick, aber sie ist etwas souveräner als ich. „So viele Prinzen, wie du willst", erklärt sie. „Von denen kann man ohnehin nie genug haben."

„Besser mehr Frösche als Prinzen", gebe ich zurück. „Die sind leichter aufzubewahren und nehmen nicht so viel Platz weg."

Ollie nickt mit ernsthaftem Gesichtsausdruck. „Stimmt. Bei Bedarf wirft man den alten Prinzen an die Wand und küsst einen neuen Frosch."

Ich nicke. „Du hast dein Märchenbuch intus, das muss ich schon sagen", lobe ich sie und bin froh, dass wir die gefährliche Daniel-Klippe wieder mal umschifft haben. „Willst du mit zu Daisy kommen?", frage ich sie. „Sie freut sich bestimmt über Hilfe beim Packen."

„Das würde ich gern", sagt Ollie zögernd, „aber ich ..."

„… aber du triffst dich nachher mit Daniel?", beende ich den Satz, und sie nickt.

„Ollie, das muss nicht jedes Mal ein Riesending zwischen uns sein, wenn du ein Date mit Daniel hast. Ihr seid zusammen, das ist okay. Pärchen treffen sich nun mal. Daniel ist vielleicht mein bester Freund, aber er gehört mir nicht. Und mir ist tausendmal lieber, du bist seine Freundin als irgendjemand anders." In dem Moment, als ich es ausspreche, wird mir klar, dass es die Wahrheit ist. Es hätte irgendjemand sein können. Aber es ist Ollie, die wirklich cool ist, die ich gernhabe und die ihn zu schätzen weiß.

„Danke", sagt Ollie. „Das bedeutet mir sehr viel, wirklich."

„Es wäre allerdings gut, wenn unsere Zimmer in dem Schloss nicht unmittelbar nebeneinanderlägen", füge ich hinzu.

Sie lacht, und wir wollen gerade losreiten, als eine WhatsApp-Nachricht von Iris kommt. „1. Hat noch nie von deiner Mutter gehört. 2. mütterlicherseits."

Ich runzle die Stirn. Aha, denke ich. Die Sache bleibt also spannend.

„Hat Gittis Mutter Geschwister?", tippe ich, einer Eingebung folgend, und steige in Sokrates' Sattel. Wir reiten los, und es dauert eine halbe Minute, bis die Antwort in der Tasche meiner Jeans brummt: „Nein, Sherlock. Muss jetzt Schluss machen. Ganz schön schwierig, deine Fragen harmlos rüberzubringen ☺."

Ollie sieht mich fragend an, als ich das Handy wieder einstecke. „Was Wichtiges?"

„Das wüsste ich auch gern", antworte ich und bin selbst überrascht, als Ollie sich mit der Antwort zufriedengibt.

Aber wahrscheinlich liegt es daran, dass wir das kurze Stück Wald hinter uns gelassen haben und jetzt das ganze Grillental vor uns liegt, mit den saftigen Wiesen, den vereinzelten Häusern auf den grünen Hängen und dem Fluss, der sich durch das Tal schlängelt.

Der Weg geht über eine Wiese sanft bergauf und dann wieder in einen lichten Mischwald hinein. Es ist eines unserer liebsten Galoppstücke, und Chispa hat das schon abgespeichert, als wäre sie hier geboren und die Strecke schon tausendmal gelaufen. Sie ist unruhig, und jetzt wiehert sie sogar, und Sokrates antwortet, ganz gegen seine Gewohnheit. Ollie und ich sehen einander an, und ich weiß, dass mein Blick sich in ihrem spiegelt, und für den Bruchteil einer Sekunde kann ich mir tatsächlich vorstellen, dass wir Schwestern sind. Im nächsten Moment schnellen die Pferde unter uns los, und es gibt nichts mehr auf der Welt als Chispa, Sokrates, Ollie und Rosa – und den Galopp durch das wunderschöne Tal.

Später bei Daisy ist es ungewöhnlich friedlich, da die Kleinen nicht da sind. Wir trinken Kräutertee, packen Daisys Koffer und quatschen. Irgendwann kommt Mila, mit Einkaufstüten beladen, nach Hause. Wir helfen ihr auspacken, und dann zeigt sie uns ihr neues Bild – den Grund dafür, dass sie wochenlang im Atelier verschollen war – und füttert uns mit selbstgebackenem Bananenbrot. Ich merke Daisy an, wie stolz sie auf Mila ist und wie erleichtert, dass sie sich wieder mal von ihrer „Mom"-Seite zeigt.

Das „Schlimme" an Daisys Eltern ist, dass sie eigentlich wirklich coole und nette Eltern sind – aber eben nur manchmal. Den Rest der Zeit vergessen sie einfach, dass sie überhaupt Eltern sind.

Jedenfalls gehe ich am späteren Nachmittag mit einem guten Gefühl nach Hause – die Eltern kümmern sich um alles, die Kleinen sind versorgt, Daisy wird rechtzeitig zum Flughafen kommen. Und natürlich wird sie den Job kriegen, daran zweifle ich keine Sekunde.

Ich checke mein Handy, zögere eine Weile und sehe dann doch nach, was sich auf Finns Instagram und Facebook getan hat. Und ja, es gibt ein Update! Das Floß ist wie neu, und er hat seine nächste Anlegestelle gut erreicht. Da ist ein Foto von ihm mit einer ganzen Traube von Fans, die meisten davon Mädchen im Bikini, alle lachend und mit hochgerecktem Daumen. Und es hilft nichts, wozu mir was vormachen? Es gibt mir einen ziemlichen Stich. Na großartig, Rosa, sagt meine innere Stimme, jetzt bist du wegen *zwei* Jungs eifersüchtig! Du könntest das zu einer Vollzeitbeschäftigung ausbauen!

Dann sehe ich, dass Finn allen Beiträgen, die ich gepostet habe, etwas hinzugefügt hat: „Photo Credits: Flussprinzessin". Das schwächt den Stich deutlich ab und bringt mich zum Lächeln. Er denkt an mich. Er fährt auf seinem Floß den Fluss hinunter und denkt an mich. Der Gedanke gefällt mir.

Je näher ich unserem Haus komme, desto nervöser werde ich. Mom ist jetzt bestimmt auf und ein besserer Moment, sie mit meinen Fragen zu konfrontieren, kommt wohl nicht mehr.

Ich will das Handy gerade wieder wegstecken, als ich eine WhatsApp von Iris bekomme.

„Kleine Korrektur. Gittis Mutter hatte einen Bruder,

der ist aber vor Gittis Geburt gestorben. Autounfall. Drum hat sie spontan Nein gesagt. Wüsste aber nicht, wie das weiterhilft?"

Ja, das weiß ich auch nicht so genau. Außer dass gerade irgendwo in den Tiefen meines Gehirns irgendetwas ganz leise klick gemacht hat. Es ist so ein Gefühl, wie wenn einem der Name eines Schauspielers oder der Titel eines Buches oder Films auf der Zunge liegt. Man weiß, dass man es weiß, es ist einem nur noch nicht eingefallen. Mein Herz hat zu rasen begonnen, und ich kann nicht sagen, warum. Ich spüre ganz deutlich, dass ich unmittelbar davor stehe, auf etwas Entscheidendes zu stoßen. Aber dieses „Etwas" ist irgendwie glitschig und schwer fassbar. Es läuft an der äußersten Peripherie meiner Wahrnehmung auf und ab und macht sich über mich lustig. Und ich verzweifle fast bei dem Versuch, es zu erwischen.

Ich atme einmal tief durch und lese Iris' WhatsApp erneut.

Meine Augen bleiben an einem Wort hängen, gleiten weiter, kehren wieder zu diesem Wort zurück. Und dann weiß ich es.

Natürlich kann ich es in diesem Moment nicht wirklich wissen, ich habe keine Beweise, keine Bestätigung, aber ich *weiß* es. Und einen Moment lang bekomme ich keine Luft, habe vergessen, wie Atmen geht. Dann habe ich plötzlich Tränen in den Augen. Ich lasse mein Fahrrad fallen, bin mit ein paar Schritten bei der Haustür und schließe auf.

„Mom?"

Keine Antwort. Ich gehe die ersten Stufen der Treppe hinauf und höre das Geräusch der Dusche aus dem Bad.

Fieberhaft sehe ich mich in der Küche um – die Espressokanne ist noch warm – wo ist ihr Handy? Meistens lässt sie es unten liegen, wenn sie nach dem Frühstück nach oben geht, um sich fertig zu machen, aber natürlich nicht heute.

Ich renne zurück zur Treppe, nehme drei Stufen auf einmal, das Wasser läuft noch. Bitte lass das Handy nicht im Bad, sondern in ihrem Zimmer sein!

Diesmal habe ich Glück, es liegt auf dem Nachttisch. Ich nehme es und gebe den Code ein – mein Geburtsdatum. Fieberhaft suche ich im Speicher nach Gundi. Da ist sie: Gundula Jamek-Liebenhorst. Ich schicke den Kontakt auf mein Handy, gerade, als Mom im Bad das Wasser abdreht. Die Tür der Duschkabine quietscht, als ich die Nachricht gerade lösche.

Dann bin ich aus dem Zimmer wieder draußen, laufe nach unten und gehe vors Haus, um in Ruhe telefonieren zu können. Wieder ein Stoßgebet, diesmal dafür, dass Gundi abhebt.

„Liebenhorst?"

„Hallo, Gundi, hier spricht Rosa!"

Als nicht sofort eine Antwort kommt, füge ich hastig hinzu: „Rosa Berendt, Idas Tochter. Du warst neulich bei uns."

„Rosa, natürlich. Entschuldige, ich war gerade mit dem Kopf ganz woanders. Alles in Ordnung? Du klingst so aufgeregt."

„Ja, alles okay – es ist nur … ich hab da eine Frage an dich …"

„Gern, wenn ich dir irgendwie helfen kann? Schieß los!"

„Es hört sich vielleicht eigenartig an, wenn ich danach

frage, aber ich bin da auf etwas gestoßen und wollte nur sichergehen …"

Gundi lacht. „Frag einfach drauflos, Rosa. Wenn ich antworten kann, tu ich es."

Ich hole tief Luft. „Du hast von einem jungen Lehrer erzählt, in den alle Schülerinnen verliebt waren. Der bei einem Autounfall ums Leben kam, am Abend des Abschlussballs."

„Ja", sagt sie. „Traurige Sache war das."

„Erinnerst du dich an seinen Namen?"

„Warte mal …" Gundis Stimme wird nachdenklich. „Du hast mich jetzt zu schnell gefragt, aber ich weiß genau, dass ich draufkomme. Du kennst sicher dieses Gefühl, dass man etwas weiß, aber grade nicht draufkommt …"

„Oh ja", antworte ich.

„Es war ein schöner Name, hat zu ihm gepasst, irgendwas mit Baum oder Feld …"

„Vielleicht *Hainbach*?", frage ich atemlos.

„Ja!", ruft sie. „Hainbach! Genau! Richard Hainbach hieß er. Ewig schade um ihn. Wieso fragst du?"

„Danke, Gundi", antworte ich, als hätte ich ihre Frage nicht gehört. „Du hast mir sehr geholfen. Ich muss jetzt auflegen. Vielen Dank noch mal."

„Gern geschehen – aber, Rosa? Du klingst komisch, was ist denn mit …"

Ich lege auf, als hätte ich sie nicht gehört, und gehe zurück ins Haus. Mom kommt eben die Treppe herunter, mit nassen Haaren, ungeschminkt. Wieder mal fällt mir auf, wie schrecklich jung sie aussieht. Und wie schrecklich jung sie damals war.

„Rosy!", ruft sie. „Ich hab gar nicht gemerkt, dass du

heimgekommen bist. Willst du was essen? Ich hab vorhin erst Kaffee getrunken, aber du weißt ja, wie das ist, wenn ich Nachtdienst hatte …"

„Mom, ist Mathias mein Vater?"

Sie erstarrt. „Bitte?"

„Du hast mich gehört. Ich habe ein Recht, es zu erfahren. Ist Mathias, der Mann, der neulich vor unserer Tür gestanden hat, mein Vater, ja oder nein?"

„Wir haben doch schon darüber gesprochen", versucht sie, mir auszuweichen.

„Mom! Ja oder nein?"

Sie holt tief Luft und lässt einen noch tieferen Seufzer los. „Versprich mir, dass du mich nicht hassen wirst!"

„Mom, du machst mich wahnsinnig! Ist er oder ist er nicht?"

Sie steht drei Treppenstufen über mir, ihre Augen finden meine, halten sie fest. „Nein", sagt sie. „Nein, Mathias ist nicht dein Vater."

„Dann ist er wirklich …", beginne ich, doch in diesem Moment klingelt mein Handy mit dem Blumen-Ton – und ich hebe automatisch ab, ohne auch nur aufs Display zu sehen.

Es dauert ein paar Sekunden, bis ich die schluchzende Stimme am anderen Ende als Daisys identifiziert habe.

„Daisy! Was ist los? Beruhig dich erst mal, okay? Ich kann kein Wort verstehen! Bist du am Flughafen? Daisy?"

Es stellt sich heraus, dass Daisys Eltern sie wieder mal im Stich gelassen haben. Alles schien so schön geregelt. Aber dann hat Mila einen Anruf von ihrem Yogazentrum bekommen. Sie hatte sich da schon vor Monaten zu einem Workshop mit einem Super-Yogi angemeldet.

Natürlich wollte sie teilnehmen, sie hatte es bloß vergessen! Sie musste sofort los, um noch rechtzeitig dort zu sein. Also wurde umdisponiert: Bernd sollte Daisy zum Flughafen fahren, nachdem er die Kleinen abgeholt hatte. Daisy war ein bisschen unwohl dabei, als ihre Mutter Richtung Yogakurs abdampfte, ohne dass sie Bernd erreicht hatten. Aber der Workshop war schon bezahlt, und Mila hatte betont, wie wichtig er für ihre Kreativität sei. Was konnte Daisy dagegen sagen?

Rosa fiel einiges ein, was man Mila zu dem Thema sagen konnte, aber dies war nicht der richtige Augenblick dafür.

Jedenfalls ist Daisys Vater immer noch nicht zu erreichen – Daisy hat zig Nachrichten hinterlassen und hundert Mal angerufen. Bis zum Flughafen brauchte man eineinhalb Stunden und der Flug ging in zwei Stunden und zehn Minuten.

„Wir holen dich!", rufe ich in der Sekunde, als ich das Wesentliche der Geschichte erfasst habe. Mom hat mitgehört und ist schon dabei, die Autoschlüssel aus ihrer Handtasche zu kramen, während ich in meine Schuhe schlüpfe und Daisy weiter zuhöre. Eines muss ich meiner Mutter lassen: Sie fackelt nicht lange. Und den Titel „Schlechteste Mutter" hat sie soeben trotz aller Lügen und Geheimnisse an Mila verloren, so viel steht fest. Wir sind schon zum Sanders-Haus unterwegs, bevor ich aufgelegt habe, und siebeneinhalb Minuten später sitzt eine verheulte Daisy auf dem Rücksitz.

„Daisy!", sage ich und lege den Arm um sie, während meine Mutter rückwärts aus der Einfahrt fährt. „Warum hast du bloß nicht früher angerufen?"

„Ich konnte einfach nicht glauben, dass sie mich hängen

lassen!", antwortet Daisy schniefend. „Mom weiß doch, wie wichtig das für mich ist! Dass sie einfach in ihren Yogakurs geht, ohne zu wissen, ob mein Vater die Nachricht überhaupt gekriegt hat und –"

„Ich werde mit Mila reden", sagt meine Mom knapp, und ich kann an der Art, wie ihre Lippen ein bisschen zu fest geschlossen sind, erkennen, dass sie stinkwütend ist. Gut, denke ich, dann haben wir ja jetzt eine Erwachsene, die sich darum kümmert. Ein Punkt auf der Liste wäre damit abgehakt. Aber die Liste ist noch verdammt lang. Ich werfe meiner Mutter, die eben auf die Schnellstraße abbiegt, einen Seitenblick zu. Wahrscheinlich ist sie gar nicht böse über diesen kleinen dramaturgischen Einschub des Schicksals. So kann sie sich zurechtlegen, was sie sagen will. Aber diesmal werde ich mich nicht mit Halbwahrheiten zufrieden geben. Diesmal will ich Antworten, richtige Antworten. Und ich will wissen, ob ich recht habe mit meiner Vermutung, was Ulrike Hainbach angeht. Aber erst mal konzentrieren wir uns auf Daisy, sage ich zu mir selbst. Erst mal soll Daisy ihr Flugzeug kriegen, dann bin ich dran. Meine Mutter kann schließlich nicht ewig vor mir davonlaufen.

„Schaffen wir es noch?", frage ich Mom, die von der Überholspur nicht mehr runterfährt.

„Müssen wir doch", antwortet sie und fügt hinzu: „Fehring hat einen kleinen Flughafen. Die werden warten. Steigst du in Frankfurt um?"

„Ja", sagt Daisy. „Dort hab ich dann noch mal etwas Zeit." Nach kurzem Zögern fügt sie hinzu: „Danke, Ida. Manchmal wünsche ich mir echt, meine Mutter wäre ein bisschen mehr wie du."

Um den rechten Mundwinkel meiner Mutter zuckt es. „Nicht doch", sagt sie nach ein paar Sekunden. „Deine Mutter ist schon in Ordnung. An ihren Prioritäten kann sie vielleicht noch arbeiten."

„Tochter vor Yoga?", fragt Daisy bitter. „Ja, das wäre allerdings Hammer. Ich bezweifle nur, dass es passieren wird."

Als meine Mutter auf die Autobahn abbiegt, hat Daisy noch fünfzehn Minuten, bis sie am Gate sein sollte.

Zwanzig Minuten später hält Mom mit quietschenden Reifen in der „Halteverbot"-Zone direkt vor dem Eingang zum Flughafen, und Daisy und ich springen raus. Daisy hat nur Handgepäck, das vereinfacht die Sache. Eine nette blonde Dame in blauer Uniform nimmt Daisy in Empfang, und ich habe nur noch einen Augenblick Zeit, sie ganz fest zu drücken, bevor die beiden sich im Laufschritt entfernen, an zwei langen Check-in-Schlangen vorbei direkt zum Gate. Ich hoffe wirklich so sehr, dass sie diesen Job kriegt. Sie hat es einfach verdient. Gerade will ich durch die Glastür wieder hinaus, um nach meiner Mutter Ausschau zu halten, da kommt sie mir entgegengelaufen.

„Und?", fragt sie atemlos. „Alles gut?"

„Alles gut", antworte ich. „Sie findet, ich habe die tollste Mutter der Welt."

„Aber du findest das nicht", stellt meine Mom fest und sieht mir in die Augen.

„Meine Mutter ist ganz in Ordnung", antworte ich, ohne ihrem Blick auszuweichen. „Aber ich fände es cool, wenn sie ein wenig kommunikativer wäre."

„Ja", sagt meine Mom und seufzt. „Ich kann das nachvollziehen, und ich verstehe auch, wenn du sauer auf mich bist, aber wenn ich dir alles der Reihe nach erzähle, dann verstehst du bestimmt –"

„Ja", unterbreche ich sie. „Erzähl. Der Reihe nach. Jetzt."

„Jetzt?", fragt sie und schließt mit einer Handbewegung die kleine Abflughalle des Flughafens ein. „Hier?"

„Ja", antworte ich fest. „Jetzt und hier. In dem Café dort. Oder an dem Kiosk. Wir können uns auch draußen auf eine Bank setzen, mir völlig egal, aber ich warte keine Sekunde länger als …" Ich breche ab, denn obwohl ich meiner Mutter ganz fest in die Augen schaue, hat irgendetwas – oder besser: irgendjemand! – in der Peripherie meines Blickfeldes meine Aufmerksamkeit erregt.

„Ich glaube, ich werde wohl doch noch etwas warten", sage ich also.

„Was?", fragt meine Mutter erstaunt. „Wieso?"

„Weil ich in einer Stunde auch noch da bin. Da hinten steht aber jemand, auf den das wohl nicht zutrifft."

Meine Mutter wendet sich um und sucht die Menschenmenge in der Richtung ab, in die ich zeige. Und dann sieht sie ihn endlich: Mathias steht in der Warteschlange für den Flug nach London. Gerade wird er zu einem freien Schalter weitergewunken. In einer Minute wird er seinen Koffer eingecheckt haben und dann vermutlich durch die Passkontrolle gehen. Aber bestimmt hat er noch eine halbe Stunde Zeit.

„Geh schon", sage ich. „Ich weiß genau, dass du dir euer Treffen anders vorgestellt hast. Er hat bestimmt noch Zeit, mit dir etwas trinken zu gehen. Ich warte so lange im Buchladen."

Sie zögert immer noch.

„Mom!", sage ich ungeduldig. „Geh. Jetzt. Er hat dich mit Ollies Dad gesehen und wer weiß was gedacht."

Sie sagt gar nichts, aber ich sehe alles Mögliche in ihrem Gesicht, bevor sie sich schließlich doch umdreht und Mathias nachläuft, der eben am Schalter seine Bordkarte bekommen hat. Unsicherheit. Dankbarkeit. Angst. Freude.

Ich seufze und sehe ihr nach, bis sie Mathias erreicht. Den Ausdruck auf seinem Gesicht, als er sie sieht, kann ich nicht erkennen, da sich in diesem Moment eine italienische Reisegruppe in mein Blickfeld drängt. Aber es wäre sowieso nicht richtig, die beiden zu beobachten.

Ich wende mich ab und steuere auf den Buch- und Zeitschriftenladen zu.

9. Die Teile des Puzzles

In dem Buchladen scheint es nur Bücher zu geben, die tragische Familiengeschichten oder tragische Liebesgeschichten als Thema haben. Bestimmt finden sich in den Regalen und auf den Tischen auch haufenweise romantische Komödien und humoristische Autobiografien, aber jedes Mal, wenn ich nach einem Buch greife, ist es eines mit Tränengarantie. Immerhin kommt eine SMS von Daisy: „Sitze im Flugzeug. Starten gleich. Mein Dad musste noch mal in die Redaktion und hat nicht gemerkt, dass Isa auf seinem Handy gespielt hat, bis der Akku leer war. Mom hatte ihm eine Nachricht geschickt und sich drauf verlassen, dass er sie liest. Na ja …" Sie schickt einen grüblerischen Smiley nach.

„Aber alles ist noch mal gut gegangen, und du bist auf dem Weg zu Ruhm und Reichtum!" schreibe ich zurück und schicke Geldscheine, ein Glücksschweinchen, eine Kamera und ein vierblättriges Kleeblatt hinterher.

„Dank euch!", schreibt Daisy zurück. „Bitte sag deiner Mutter noch mal tausend Dank von mir und … muss aufhören!"

„Wir halten die Daumen!", schreibe ich zurück, aber Daisy ist schon offline. Das muss einfach klappen. Sie hat es echt verdient.

Ich bin in der Psycho- und Eso-Ecke des Buchladens angekommen, und das erste Buch, das ich in die Hand nehme, ist ein Ratgeber für alleinerziehende Mütter. Ich beginne, darin zu blättern, und stelle fest, dass auf fast jeder Seite auch auf den Vater Bezug genommen wird: Zahlt er Alimente oder nicht? Wenn ja, zahlt er genug? Ist er mit erziehungsberechtigt? Wenn nein, ist das ein Vorteil oder Nachteil? Wie oft sollen Vater und Kind einander sehen? Was, wenn die neue Frau des Vaters auch Kinder aus früheren Beziehungen hat? Was, wenn er mit der neuen Frau *gemeinsam* weitere Kinder bekommt? Was, wenn er den Kontakt abbricht? Was, wenn er um das alleinige Sorgerecht kämpft? Was, wenn er Treffen absagt?

Mit einem Seufzer stelle ich das Buch zurück. Und was, denke ich, wenn er einfach nicht vorhanden ist? Wenn er nie existiert hat und immer nur ein großes Fragezeichen in deinem Leben war? Oder eher ein großes, fragezeichenförmiges Loch?

„Wie es wirklich ist, wenn man achtzehn ist und schwanger …"

Ich fahre herum. Mom sieht aus, als hätte sie geweint oder würde jeden Augenblick damit anfangen. „… und gerade seine große Liebe verloren hat – das steht in keinem Buch. Und auch nicht, wie man damit klarkommt."

„Seine große Liebe verloren", wiederhole ich. „Wie verloren?"

Sie sieht mich ein paar Augenblicke lang an, als müsste sie ein letztes Mal überlegen, ob sie mir die Geschichte erzählen will. Oder versucht sie nur, sich anhand meines Gesichts ein anderes in Erinnerung zu rufen?

„Mom?"

„Lass uns ins Café gehen", sagt sie abrupt, und zwei Minuten später sitzen wir in der ruhigsten Ecke des Flughafencafés und bestellen heiße Schokolade, obwohl es draußen wahrscheinlich immer noch sechsundzwanzig Grad warm ist. Manche Momente im Leben verlangen einfach nach heißer Schokolade.

„Wir haben uns auf einer Fete kennengelernt, in den Ferien vor meinem letzten Schuljahr", beginnt sie zu erzählen. „Eine Freundin hatte mich mitgenommen, die anderen dort waren alle zwei, drei Jahre älter als ich, und ich kannte niemanden. Ihn hatte ein Freund mitgenommen, und er kannte auch niemanden. Er war mir auf Anhieb sympathisch." Sie lächelt, während sie sich erinnert.

„Er kam frisch von der Uni, unglaublich motiviert und voller Ideen. Er war geradezu euphorisch, dass er nun endlich unterrichten durfte."

„Er war also Lehrer", stelle ich fest, was ich ohnehin schon weiß.

„Ja", sagt sie. „Für Deutsch und Geschichte."

„Wie hieß er denn?"

„Rick", sagt meine Mutter und sieht mich wieder so nachdenklich an. „Von Richard."

Mein zweiter Vorname ist Ricarda – der Name hat mir nie besonders gut gefallen, aber ich habe nicht weiter darüber nachgedacht, wie meine Mutter darauf gekommen ist.

„Er nahm natürlich an, ich sei im selben Alter wie alle anderen auf der Party, und ich habe ihn in dem Glauben gelassen. Ich habe ihm erzählt, ich sei nach dem Abitur mit dem Rucksack auf Weltreise gegangen …" Bei dem Gedanken lächelt sie wieder. „Das war etwas, das ich tatsächlich immer machen wollte. Und ich habe genug gelesen und genug Dokus gesehen, um die Geschichte glaubhaft zu machen. Anfangs war es bloß ein Spiel. Ich wollte einfach ausprobieren, ob ich mit der Story durchkomme. Aber dann hab ich gemerkt, dass er sich wirklich für mich interessiert ..." Der Satz bleibt in der Luft hängen, und ihr Blick verliert sich.

„Und du dich für ihn?", füge ich fragend hinzu.

„Und ich mich für ihn", bestätigt sie, wieder im Hier und Jetzt. „Wir haben uns schon am nächsten Tag wieder getroffen. Und am übernächsten. Wir haben uns so schnell und so heftig verliebt, wie man das wohl nur in dem Alter kann. Mehrmals war ich nahe daran, ihm zu sagen, dass ich erst siebzehn bin, aber dann habe ich es doch nicht getan. Ich hatte einfach Angst, er würde mich zu jung finden – nach dem Gesetz *war* ich ja auch zu jung – und mich nicht mehr sehen wollen."

Sie weiß nicht, dass ich weiß, was als Nächstes kommt. Und obwohl ich so sicher bin, wie man es ohne Beweise nur sein kann, hänge ich an Moms Lippen.

„Was dann passiert ist, hätte jedem Hollywoodfilm Ehre gemacht", spricht sie weiter. „Sein erster Arbeitsplatz war ausgerechnet meine Schule. Es war nicht ganz so dramatisch, wie es im Film gewesen wäre. Also keine Begegnungsszene im Treppenhaus mit großen entsetzten Augen und Aha-Erlebnis." Sie gibt so ein kleines amüsiertes Schnauben von sich. „Er hat es irgendwann gegen Ende des Sommers erwähnt, und mir war klar, dass ich ihm bald die Wahrheit sagen musste, um die besagte Hollywoodszene in der Schule zu vermeiden."

Ich schüttle den Kopf, lächle sie an. „Du hast bestimmt bis zum letzten Ferientag gewartet."

Sie lächelt zurück. „Hättest du das auch getan?"

„Wahrscheinlich. Vielleicht. Ich weiß nicht, ob ich mir vorstellen kann, überhaupt mal so rasend verliebt zu sein." Ich überlege. „Die Schule fängt im September an, und du hast im Oktober Geburtstag. Du warst also wirklich schon fast achtzehn."

Sie nickt. „Ja, und immerhin hatten wir so viel Glück, dass er meine Klasse nicht unterrichtete."

„Wie hat er denn auf dein Geständnis reagiert?"

„Es war halb so wild." Wieder dieses Lächeln, mit dem sie plötzlich ganz weit weg zu sein scheint. „Wie schon gesagt, wir waren –"

„Rasend verliebt", unterbreche ich ein wenig brutal. „Schon klar."

Sie nimmt meinen Tonfall mit einem kleinen Lächeln hin. „Genau. Trotzdem hätte es ihn den Job kosten können, wenn es jemand mitbekommen hätte. Wir waren also sehr, sehr vorsichtig. Wir haben uns nur in seiner winzigen Wohnung getroffen. In der Schule sind wir einander aus dem Weg gegangen, haben bei zufälligen Begegnungen getan, als würden wir einander nicht kennen. Wenn die anderen Mädchen mir vorgeschwärmt haben, wie gut er aussähe und was er für schöne Augen hätte, hab ich so getan, als stünde ich da drüber. Und wider Erwarten ging ein ganzes Schuljahr lang alles gut."

„Hat denn keine deiner Freundinnen Verdacht geschöpft?", frage ich sie. Ich kann mir einfach nicht vorstellen, dass Daisy oder Iris nicht mitbekommen würden, wenn ich mich mit jemandem träfe.

„Natürlich haben sie. Deshalb habe ich einfach noch eine Geschichte erfunden, die tatsächlich der Wahrheit ganz nahe kam: Ich würde mich mit einem älteren Jungen treffen, und zwar heimlich, weil meine Mutter dagegen sei."

Erste Regel in der großen Lügenkunde, denke ich: Bleib so nahe wie möglich an der Wahrheit.

„Nonna hat auch nichts gemerkt?"

Mom schüttelt den Kopf. „Nonna und ich waren einander damals auch nicht so nahe. Ich habe ihr nie persönliche Dinge anvertraut. Und sie hat auch nicht gefragt."

Ich nicke.

„Kurz vor dem Abschlussball begann ich, mich irgendwie seltsam zu fühlen", fährt sie fort. „Bauchschmerzen, Übelkeit, Krämpfe. Ich dachte, vielleicht der Blinddarm, aber …"

Sie sieht mich an, mit diesem kleinen Grinsen, der linke Mundwinkel etwas höher gezogen als der rechte, und mir wird bewusst, dass ich in diesem Moment exakt dasselbe Grinsen im Gesicht trage. Der vermeintliche Blinddarm, das war ich.

„Ich wollte es ihm persönlich sagen, aber wir hatten ein paar Tage keine Gelegenheit, einander zu sehen. Dann kam der Abend des Balls. Wir hatten verabredet, uns in einem Park in der Nähe zu treffen, wenn die Stimmung grade auf dem Höhepunkt war. Rick und ich waren beide früh da. Ich war überdreht und nervös – wir konnten nicht miteinander sprechen, aber immerhin konnte er mich in meinem Kleid sehen."

Ich denke an das Foto meiner strahlenden Mom in dem blauen, schlichten Kleid. „Du hast wunderschön ausgesehen."

Sie sieht mich an, und ihr Blick wird plötzlich unendlich traurig. „Um zehn fuhr er noch einmal weg, um eine

Gruppe von Schülern abzuholen, deren Wagen eine Panne hatte." Sie seufzt tief und muss sich sichtlich zusammennehmen, um den nächsten Satz zu sagen. „Er ist nie bei ihnen angekommen."

Ich nicke und darf endlich laut aussprechen, was mein Gefühl mir schon längst gesagt hat: „Er war der Lehrer, von dem Gundi erzählt hat. Der junge, nette, in den alle Mädels verknallt waren."

Sie nickt. „Ja, das war er. Hat mich ziemliche Selbstbeherrschung gekostet, als Gundi davon angefangen hat. Ich bin überrascht, dass du dir das überhaupt gemerkt hast."

„Es ist mir wieder eingefallen, als ich über ein anderes Puzzleteilchen gestolpert bin", antworte ich. Als ich ihren fragenden Blick sehe, füge ich hastig hinzu: „Mein Update kommt später. Bitte erzähl weiter."

Sie nickt und braucht einen Augenblick, um wieder in die Vergangenheit zurückzufinden. „Gegen elf spätestens hätte er zurück sein müssen", fährt sie schließlich fort. „Doch dann kam die Schülergruppe irgendwann mit dem Taxi und der Meldung, Herr Hainbach sei nicht gekommen. Damals hatte noch nicht jeder ein Handy – Rick war einer der Ersten in meinem Umfeld, und er hatte mir auch eines geschenkt, damit wir leichter kommunizieren konnten." Sie schluckt. Auch mehr als vierzehn Jahre nach jener Nacht sind da immer noch der Schock, die Trauer, die Fassungslosigkeit in ihrem Gesicht zu lesen. „Rundherum wurde gefeiert", spricht sie weiter. „Man nimmt ja nicht immer gleich das Schlimmste an, und es sprach sich auch gar nicht zu allen herum, dass Rick nicht am Treffpunkt aufgekreuzt ist. Aber ich wusste, dass etwas Schlimmes passiert war. Er hätte sich gemeldet, wenn er gekonnt hätte."

Der Kellner kommt und fragt, ob wir noch einen Wunsch haben, Mom reagiert nicht, ich schüttle nur den Kopf, und er zieht wieder ab.

„So gegen eins hab ich all meinen Mut zusammengenommen und seine Mutter angerufen."

„Ulrike Hainbach." Es ist raus, bevor ich es richtig merke, und Mom sieht mich verblüfft an.

„Woher weißt du …?"

„Lange Geschichte", sage ich nur.

Sie nickt, als könnte sie in diesem Zusammenhang nichts mehr überraschen. „Seine Mutter hat die Nachricht kurz zuvor erhalten", fährt sie fort. „Ich sagte ihr, ich sei seine Freundin, nannte auch meinen Vornamen. Er hatte ihr von mir erzählt, wie sich herausstellte." In der Erinnerung daran muss sie wieder lächeln. „Seine Mutter kannte die ganze Geschichte. ‚Er war zu glücklich mit Ihnen, um es vor mir geheim zu halten', hat sie gesagt. ‚Ich hatte mich schon so darauf gefreut, Sie kennenzulernen.' Dann haben wir gemeinsam am Telefon geweint."

Nun bin ich auch schon nahe daran, loszuheulen.

„Wie ist der Unfall passiert?", frage ich.

Sie lächelt schwach. „Offenbar hat er versucht, einem Hund auszuweichen, der plötzlich auf die Straße lief. Es hatte geregnet, die Fahrbahn war nass, ein Lastwagen kam entgegen, er hat verrissen …" Sie bricht ab, schluckt. „Rick hat Hunde geliebt", sagt sie dann. „Er wollte ein Haus, drei Kinder und einen wuscheligen Hund namens Beppo. Er war überzeugt, dass ‚sein' Hund schon irgendwo auf ihn wartet."

Ich fühle mich plötzlich ganz seltsam, als würde ich schweben. Ein paar Augenblicke lang schwebe ich in dieses andere Leben, das hätte sein können. Ein Leben mit Vater, Mutter, zwei Geschwistern und einem Hund namens Beppo.

„Hast du's ihr gesagt?", frage ich.

„Dass ich schwanger war?" Sie schüttelt den Kopf. „Nein. Ich habe auch danach nie wieder den Kontakt gesucht. Ich bin nicht einmal zum Begräbnis gegangen, um nicht in Versuchung zu kommen, sie anzusprechen."

„Und du hast es nie jemandem erzählt."

„Niemandem außer Mathias. Und Uma. Ich wollte um jeden Preis vermeiden, dass man sich an ihn erinnern würde als an den Lehrer, der eine Schülerin verführt und geschwängert hat." Sie schüttelt sich vor lauter Widerwillen bei dem Gedanken. Und schüttelt damit auch wieder ein bisschen was von der Traurigkeit ab. „Meine Verzweiflung hab ich damit erklärt, dass mein imaginärer Freund mich verlassen hat – was ja wieder so ziemlich der Wahrheit entsprochen hat. In der Schule hat von der Schwangerschaft niemand mehr etwas mitbekommen, das Schuljahr war ja vorbei. Meine Mutter war wütend auf mich, weil ich ihr nicht erzählt habe, wer der Vater ist. Sie war in dieser Zeit überhaupt andauernd wütend. Ich sei viel zu jung, mein ganzes Leben würde von einem Baby zerstört werden und so weiter. Schließlich hatte sie mich so weit, dass ich einen Termin beim Arzt gemacht habe. Danach wollte ich zu Uma fahren, um mich zu erholen."

Mir stockt der Atem. Wow. Wenn es nach meiner Großmutter gegangen wäre, gäbe es mich also gar nicht. Andererseits: Ich schätze, ich kann verstehen, was in ihr vorgegangen sein muss. Sie hatte eine hochintelligente Tochter, der alle Möglichkeiten offenstanden. Wahrscheinlich hatte sie jede Menge toller Pläne und Vorstellungen, was diese Tochter alles erreichen sollte. Und dann sah sie all das von einem Moment zum nächsten in weite Ferne gerückt, wenn nicht gar unmöglich gemacht.

„Und Mathias?", frage ich. „Wie wurde er zu meinem Vater? Oder Beinahe-Vater?"

„Mathias war einfach großartig", sagt meine Mutter. „Er hat angeboten, mich zu heiraten, das Kind als seines auszugeben. Er hätte alles getan."

„Er war auch rasend verliebt in dich", stelle ich fest.

„Ja." Sie nickt. „Und deshalb konnte ich das nicht annehmen. Er war mein Vertrauter, mein bester Freund. Ich weiß nicht, wie ich diese erste Zeit ohne ihn durchgestanden hätte. Aber er hatte jemanden verdient, der …" Sie lächelt und wiederholt die Phrase noch einmal: „… der auch rasend in *ihn* verliebt war – nicht jemanden wie mich, der völlig versteinert war vor Trauer."

„Du hast also einen Termin gemacht", helfe ich ihr, den Faden wieder aufzunehmen.

„Genau. Da ich meine Mutter nicht dabeihaben wollte, fuhr Mathias mich hin. Er wollte mit reinkommen, aber ich habe ihn weggeschickt. Allerdings bestand er darauf, im Auto auf mich zu warten. Es hat nicht lange gedauert, den Termin abzusagen, aber ich blieb eine gute Stunde, um die Sache glaubwürdig zu machen."

„Wann hast du dich entschieden, das Kind doch zu bekommen?"

„Ich hatte keine Sekunde vor, dich nicht zu bekommen", antwortet sie mit einem grimmigen Lächeln. „Aber ich wollte mir endlose Diskussionen ersparen. Und ich wollte nicht, dass jemand von meinen Freunden aus der Schule etwas erfährt. Also hab ich mehrere Fliegen mit einer Klappe geschlagen und mich zu Uma abgesetzt. Mathias brachte mich noch zum Bahnhof. Ich fuhr zu Uma, und er flog ein paar Wochen später nach England, um sein Studium zu beginnen."

„Heißt das etwa", frage ich, „Nonna wusste nicht, dass du das Kind … dass du mich behalten hast?"

„Nein", sagt Mom und hat dabei den Gesichtsausdruck der trotzigen Achtzehnjährigen, die sie wohl damals war. „Das wusste nur Uma. Sie war und blieb auf meiner Seite. Bis deine Nonna erfahren hat, dass ich immer noch schwanger bin, sind Monate vergangen. Sie hat getobt, aber es blieb ihr nichts übrig, als zu akzeptieren, dass sie bald Großmutter sein würde." Meine Mom grinst ein bisschen boshaft, als sie das sagt. „Auch wenn sie dafür natürlich *viel* zu jung war. Mal abgesehen von meinem zerstörten Leben und meiner zerstörten Zukunft …"

„Und Mathias hat es wohl erst erfahren, als ihr euch neulich auf Skype unterhalten habt?"

„Ja. Da hab ich ihm auch erzählt, dass er in der einen oder anderen Grillentalversion der Geschichte als Vielleicht-Vater hergehalten hat. Er hat es mit erstaunlich viel Fassung getragen."

„Er ist ziemlich cool", sage ich.

„Ja, das ist er", antwortet meine Mutter. „Das war er immer schon. Viel zu cool, als dass ich sein heldenhaftes Angebot hätte annehmen können. Immerhin war er auch erst achtzehn. Er hätte es bereut. Vielleicht nicht gleich, aber irgendwann sicher."

Vielleicht auch nicht, denke ich. Vielleicht wäre alles gut gegangen. Vielleicht reicht es für den Anfang, wenn *einer* rasend verliebt ist. Hätte ich als ungeborenes Baby eine Stimme gehabt, ich weiß, was ich gesagt hätte. Aber es war die Entscheidung meiner Mutter, und mir ist völlig klar, dass sie nur versucht hat, Mathias gegenüber fair zu sein.

Wir schweigen beide.

„Hast du ein Foto?", frage ich schließlich. „Von Rick?"

Meine Mutter kramt in ihrer Handtasche und holt ein abgegriffenes blaues Lederetui hervor. Da ist ihr Führerschein drin, die Autopapiere, ihr Blutspenderausweis. In ein transparentes Fach hat sie Rücken an Rücken zwei Fotos geklemmt, eines von mir und Uma, als ich höchstens ein Jahr alt war, und eines von mir auf Sokrates. Dazwischen ist ein weiteres, etwas kleineres Foto versteckt. Sie nimmt es heraus und hält es mir hin.

Rick. Richard. Mein Vater.

Seine Haare haben fast dieselbe Farbe wie meine, vielleicht etwas dunkler. Man kann es auf dem Foto nicht so gut erkennen, aber ich glaube, auch unsere Augenfarbe ist sehr ähnlich. Und die Form der Augenbrauen. Und auch das Kinn. Er hat nicht in die Kamera gesehen, als das Foto aufgenommen wurde, sondern knapp daran vorbei, und er lacht – nicht so ein Fotolächeln, sondern so ein richtiges herzliches Lachen, und es ist dieses Lachen, das mich voll erwischt. Es gibt Fotos von mir, auf denen lache ich ganz genauso.

Aber das ist es nicht, was mich am meisten trifft. Was mich trifft bis in die allerinnersten Schichten, bis dorthin, wo alle Gefühle entstehen, wo alles roh und empfindlich ist – das ist diese unglaubliche Lebendigkeit, die in dem

Lachen liegt. Er war da, er war wirklich, ich habe ihn endlich gefunden und im selben Moment wieder verloren.

Und das ist einfach zu viel. Ich gebe auf und lasse los, und plötzlich schluchze ich wie ein ganz kleines Kind, als könnte ich nie wieder damit aufhören. Meine Mutter legt ihre Arme um mich, und dann heulen wir beide, aneinandergeklammert wie zwei Ertrinkende.

„Siehst du, und das wollte ich dir ersparen", sagt meine Mutter später mit immer noch belegter Stimme, als wir im Auto sitzen, auf dem Weg nach Hause. „Ich dachte mir, es sei leichter, einen anonymen Vater zu haben, der uns vielleicht im Stich gelassen hat, der im Ausland ist, unerreichbar, der nichts mit uns zu tun hat. Und du hast nie gefragt. Und natürlich wollte ich es dir erzählen, aber wann? Wann ist der perfekte Moment für so eine Geschichte? Sogar jetzt denke ich, es wäre vielleicht besser gewesen, es dir nicht zu erzählen und dich nicht traurig zu machen. Vorher war da vielleicht so etwas wie eine unbestimmte Sehnsucht. Jetzt sind da eine konkrete Traurigkeit und ein Schmerz, den ich eigentlich nicht mit dir teilen wollte." Sie seufzt ganz tief. „Deshalb hab ich auch Ricks Mutter nie wieder kontaktiert, obwohl es mir natürlich mehr als einmal durch den Kopf gegangen ist. Es ist schon so viel Zeit vergangen. Manchmal ist es besser, alte Wunden nicht wieder aufzureißen. Und verbrannte Brücken nicht wieder aufzubauen."

Aber das waren auch meine Brücken, denke ich. Und ich bin nie gefragt worden. Ein Teil von mir ist wütend auf meine Mutter, aber der weitaus größere Teil fühlt so stark mit dem jungen Mädchen mit, das sie damals gewesen ist. Und dieser Teil lässt mich auf Vorwürfe verzichten.

„Es ist gut, dass du's mir endlich erzählt hast", sage ich. „Ich will das alles wissen. Ich kann das auch verkraften. Aber vor allem ..."

Wir haben gerade an einer roten Ampel gehalten, und meine Mutter wirft mir einen fragenden Seitenblick zu.

„Vor allem habe ich nicht nur eine Großmutter", sage ich. „Sondern auch eine Tante und eine Cousine. Ich habe eine ganze Familie, von der ich nichts wusste."

Und dann kommt – ganz sachlich und ohne Vorwürfe – das Update, das ich Mom vorhin versprochen habe. Ich erzähle ihr alles, angefangen von dem Zettel mit Ulrike Hainbachs Adresse bis zu Iris' Anruf.

„Deine Cousine ...", sagt meine Mutter, als sie das alles verdaut hat. „Wie alt ist sie?"

„Sie ist etwa gleich alt wie Iris und ich", antworte ich. „Jedenfalls im selben Schuljahr."

„Dann muss Ricks Schwester gleichzeitig mit mir schwanger gewesen sein." Dieser Gedanke scheint bei ihr einen Assoziations-Dominoeffekt auszulösen, denn sie sagt eine ganze Weile gar nichts. Aber das macht nichts. Ich habe selbst genug Stoff zum Nachdenken.

„Schon ein seltsamer Zufall, dass Iris sich ausgerechnet mit ihr angefreundet hat, nicht wahr?", unterbreche ich die Stille schließlich.

„Mila würde wohl sagen, dass es keine Zufälle gibt, und würde das Universum dafür verantwortlich machen."

Ich hebe skeptisch die Augenbrauen. Momentan bin ich auf Daisys Mutter nicht sehr gut zu sprechen. „Und dann würde sie ein bisschen meditieren gehen und Daisy währenddessen auf die Kleinen aufpassen lassen."

Mom lacht auf. „Gut, dass du mich erinnerst", sagt sie

dann entschlossen. „Jemand muss mit Mila reden. Jemand, der nicht direkt betroffen oder unter achtzehn ist. Die Rollenverteilung in der Sanders-Familie ist nicht in Ordnung, und ich glaube, Mila merkt das nicht einmal."

„Wahrscheinlich, weil sie zu beschäftigt mit dem Universum ist."

Wieder lacht meine Mutter und sieht mich von der Seite an. „Ich weiß ja nicht, ob Sinn für Humor vererbbar ist, aber wenn ja, hast du deinen von deinem Vater."

„Komisch", gebe ich zurück. „Mathias sagte, ich hätte ihn von dir."

Wieder ist es kurz still.

„Nun ja", sagt Mom dann. „Ich schätze, Rick und ich hatten einiges gemeinsam. Also haben wir vielleicht beide recht, Mathias und ich."

„Wo wir gerade bei Mathias sind", lasse ich den Ball bewusst im Spiel. „Ich glaube, er ist immer noch in dich verliebt. Vielleicht nicht mehr so rasend wie früher …"

Meine Mutter wirft mir einen amüsierten Blick zu. „Willst du etwa andeuten, mein heutiges Ich sei weniger rasend verliebenswert?"

Ich grinse. „Wer von uns beiden hat denn behauptet, man könne sich nur in einem bestimmten Alter so verlieben?"

„Touché", antwortet sie und lacht wieder. „Du musst wohl auch immer das letzte Wort haben!"

„Ja", antworte ich. „Und bitte versuch nicht, mir einzureden, ich hätte das von meinem Vater!"

Als wir zu Hause ankommen, ist es kurz nach acht und einer dieser Sommerabende, an denen die Sonne nicht untergehen will, sondern sich nur die Farbe des Lichts ganz, ganz langsam ändert.

Mom hat den Motor noch nicht einmal abgestellt, als ich aus dem Wagen springe und mein Fahrrad schnappe, das wie immer an die Hauswand gelehnt dasteht und auf mich wartet.

„Wo willst du denn jetzt noch hin?", fragt meine Mutter, und ich kann die Kränkung in ihrer Stimme hören. „Ich dachte, wir reden noch, und du hast sicher viele Fragen und –"

„Wir reden noch", unterbreche ich sie. „Und ich *habe* viele Fragen. Aber ich muss das alles erst mal verdauen, okay?"

„Aber zwischen uns ist alles gut?", fragt sie. „Ich weiß, du kannst manche meiner Entscheidungen vielleicht nicht verstehen oder findest sie falsch. Aber du musst mir glauben, dass ich immer das getan habe, was ich für das Beste hielt. Für uns beide."

„Das weiß ich", sage ich. „Es ist aber nicht so, dass das für mich alles einfacher macht. Gib mir etwas Zeit, okay?"

Sie nickt nur. Und ich weiß, dass sie mir nachschaut, als ich wegfahre, und ich muss an Uma denken, die immer an genau derselben Stelle gestanden hat und mir nachgeschaut hat, wenn ich morgens mit dem Rad zur Schule bin. In der Kurve habe ich immer noch mal angehalten, um mich umzudrehen und ihr zu winken. Heute halte ich nicht an. Ich würde am liebsten noch in die Bucht fahren, mit Finn am Lagerfeuer sitzen und ihm alles erzählen. Aber Finn ist nicht mehr da. Er ist aus meinem Leben verschwunden genau wie Rick. Genau wie Uma und irgendwie auch wie Daniel.

Rosa, bitte, du bist schon wieder auf den Selbstmitleidszug aufgesprungen und fährst mit Höchstgeschwindigkeit auf den Heulsusentunnel zu. Weder Finn noch Daniel sind tot. Und Uma ist auch noch da, nur eben nicht mehr ganz so wie früher.

Irgendwo habe ich mal gelesen, dass man sich automatisch besser fühlt, wenn man lächelt, und das hat nicht mal was mit Esoterik zu tun, sondern einfach nur mit Neurologie. Ich ziehe versuchsweise die Mundwinkel nach oben und wirklich: Es ist, als würde ich lächeln.

Du lächelst ja auch, du Genie, sage ich zu mir selbst.

Ja, aber es ist, als hätte ich *Grund* zu lächeln, gebe ich zurück. Und nicht, als würde ich nur Grimassen schneiden.

Die Sonne geht nun doch langsam unter und gibt sich alle Mühe, mit ihrem Farbenspiel der Dramatik des zu Ende gehenden Tages in nichts nachzustehen. Ich gebe also endgültig den Plan auf, noch in die Bucht zu radeln, und biege stattdessen Richtung Stall ab.

Ich will weder reiten, noch habe ich Stalldienst, ich sehne mich einfach nur nach der Nähe der Pferde. Im Sommer bleiben sie bei gutem Wetter nachts meistens draußen auf der Koppel, und es gibt kaum etwas Beruhigenderes als eine Herde dösender und fressender Pferde.

Ich lehne mein Bike an die Stallwand und trotte Richtung Gatter wie ein sehr, sehr müdes Pferd. Und stelle fest, dass ich nicht allein die abendliche Stallatmosphäre suche.

Ollie ist auch da. Sie sieht sich um, als sie meine Tritte hört, und erkennt offenbar augenblicklich, dass ich nicht begeistert bin, sie zu sehen.

„Ich gehe, wenn du lieber allein sein willst!", sagt sie hastig, und ich korrigiere augenblicklich mit schlechtem Gewissen meinen Gesichtsausdruck.

„Ollie, um Himmels willen, bitte bleib! Ich hatte einfach

nur einen ziemlich heftigen Tag. Und der Platz hier gehört mir nicht."

„Nein", sagt sie und lächelt ein bisschen. „Aber du hast – wie sagt man – alte Rechte?"

Wieder mal überrascht es mich, dass Ollies Deutsch nicht hundertprozentig perfekt ist.

„Die älteren Rechte", sage ich und grinse. „Ja, die habe ich. Aber jetzt, wo wir das festgestellt haben, erlaube ich dir großmütig, dieselbe Stallluft zu schnuppern wie ich."

Sie grinst zurück. „Dann nehme ich dieses Angebot demütig an."

Ich bemerke eine Rolle Papier, die sie in einer Hand hält, wie eine zusammengerollte Zeitschrift.

„Hast du was zum Lesen dabei?", frage ich sie und deute auf die Rolle.

Sie zuckt zurück, als wollte sie das Papierding vor mir verstecken, und errötet. „Ja. Ehm, nein. Ich … lass uns lieber von dir reden. Willst du mir erzählen, was los ist? Das Einzige was ich weiß, ist, dass ihr Daisy gerade noch rechtzeitig zum Flughafen gebracht habt."

Im selben Moment geben unsere Handys gleichzeitig ein PLING von sich, und wir greifen beide in unseren Hosentaschen. Eine Nachricht von Daisy an die Blumengruppe:

„Gut gelandet. Tolles Hotel! Ich habe eine SUITE! *Wish you were here!*"

Einen Augenblick später kommt eine weitere Nachricht von Daisy, allerdings nicht von ihr geschrieben, sondern nur weitergeleitet: „Ich würde ja sagen, ich halte dir die Daumen, aber du kriegst den Job bestimmt auch so! Denk an dich! Eric"

Ollie und ich grinsen einander über unsere Handys hinweg an und stecken sie dann gleichzeitig wieder weg.

„Aber es war nicht nur Daisy?", fragt Ollie. „Oder?"

Ich zögere, aber nur kurz. Ich muss mit jemandem darüber reden. Daisy ist außer Reichweite, ebenso wie Finn und Iris.

„Nein", antworte ich und schüttle langsam den Kopf. Ich muss an Finn denken und wie er gesagt hat, dass er allen Menschen die Chance gibt, ihn positiv zu überraschen. Ollie hat mich positiv überrascht, obwohl ich ihr nicht die geringste Chance geben wollte.

„Ich bin froh, dass du da bist", sage ich plötzlich, für uns beide überraschend.

„Das ist schön", meint sie. „Ich bin auch froh, dass du gekommen bist."

Und dann tu ich etwas, was ich noch vor ein paar Tagen nicht für möglich gehalten hätte. Ich erzähle Ollie die ganze komplizierte, traurige, unglaubliche Geschichte. Puzzlestück für Puzzlestück, noch bevor ich sie Daisy und Iris erzählt habe.

Als ich fertig bin, hat Ollie Tränen in den Augen.

„Ich weiß", sage ich. „Man kann super heulen dazu. ‚Mit dir an meiner Seite' ist gar nichts dagegen. Nicht einmal ‚Remember me'."

Ollies Blick ist so geschockt, dass ich lachen muss. „Ich tu nur so cool", erkläre ich ihr. „Reiner Selbstschutz. Ich hab heute schon genug geheult, glaub mir."

Ollie nickt. „Manchmal, wenn ich nicht aufhören kann, an meine Mutter zu denken, schließe ich mich in meinem Zimmer ein und sehe mir traurige Filme an, bis ich nicht mehr heulen kann. Dann ist alles aus mir draußen, die ganze Traurigkeit. Und es heult sich leichter zu Filmen. Das ist nicht so persönlich."

Ich sehe Ollie plötzlich mit neuen Augen. Das war eben beinahe tiefsinnig, und eine tiefsinnige Seite hätte ich ihr nicht zugetraut.

Plötzlich sehe ich Finn vor mir, mit diesem kleinen Lächeln auf seinem Gesicht, als ob er genau wüsste, was ich denke. Und augenblicklich schäme ich mich. Runter von dem hohen Ross, Rosa, zum Geier! Wer bist du, dass du andere auf diese Art beurteilst? Was macht dich zum Experten für Tiefsinnigkeit?

„So etwas könnten wir mal gemeinsam machen", sage ich unvermittelt nach einer längeren Pause. „Klingt sehr therapeutisch."

Ollie lacht. „Gern. Ich bin nicht sicher, ob es zu zweit so gut funktioniert. Aber es ist einen Versuch wert."

„Deal", sage ich und halte meine rechte Hand hoch.

„Deal", antwortet sie, wechselt die Zeitschriften-Rolle (oder was immer es ist) in ihre Linke und schlägt ein.

„Sagst du mir jetzt endlich, was es damit auf sich hat?", frage ich sie und deute auf die Rolle.

Prompt errötet Ollie wieder, reicht mir dann zögernd das Papier. „Es ist das Hoteljournal", sagt sie. „Die Beiträge für den Fotowettbewerb sind alle abgedruckt."

„Ach ja, richtig." Das hätte ich beinahe vergessen, bei allem, was in letzter Zeit passiert ist. Der Fotowettbewerb, den Noahs Vater ausgeschrieben hat. Zum Thema *Summer Vibes*, bei dem es einen Workshop mit einem Profifotografen zu gewinnen gibt. Daniel wollte sich mit einem Foto von Ollie und McCartney bewerben. Aber warum ist ihr das unangenehm? Hat er sie nicht vorher gefragt?

Und selbst wenn, denke ich, während ich das dünne Heftchen durchblättere, ich hätte Ollie nicht so eingeschätzt, dass es ihr unangenehm ist, ein Foto von sich selbst in einer Zeitschrift zu entdecken.

Ich erstarre, als ich die Doppelseite mit den eingesandten Beiträgen aufschlage. Daniels Foto ist in der Mitte der rechten Seite positioniert und zieht sofort den Blick auf sich, weil es eine solche Lebensfreude ausstrahlt. Der Inbegriff von Sommer-Feeling: blauer Himmel, grüne Landschaft und Mensch und Tier in schönster, strahlender Harmonie. Nur sind nicht Ollie und McCartney auf dem Bild zu sehen, sondern Sokrates und ich.

Ich beuge mich strahlend über Sokrates' Hals, seine Nase ist zu mir gedreht, als wollte er auch mich anlachen. Ein perfekter Schnappschuss. An den Moment erinnere ich mich genau, obwohl ich Daniel bestimmt nicht wahrgenommen habe: Ich hatte gerade mein erstes Horseball-Tor geschossen und war für ein paar Sekunden einfach nur glücklich und stolz auf mich. Es ist ein Superfoto. Gestochen scharf, völlig natürlich, und dazu hatte Daniel noch Glück mit dem Lichteinfall – der Schatten des Pferdehalses verhindert harte Schatten auf meinem Gesicht. Ein echter Glückstreffer.

Außerdem muss ich zugeben, dass ich auf dem Bild gar nicht schlecht aussehe – na ja, man sieht auch nicht viel von mir außer meinem Reithelm und meinem Lachen. Aber trotzdem.

„Ollie", sage ich, nachdem ich mich von meiner Überraschung erholt habe. „Es hat doch nichts zu bedeuten, dass er dieses Foto ausgewählt hat. Das hätte irgendjemand sein können – es ist einfach sehr gut gelungen, ein perfektes Bild. Ich weiß, er wollte eigentlich eines von dir und McCartney –"

„Darum geht es nicht", unterbricht sie mich. „Ich finde auch, dass es das bessere Bild ist. Ich hätte auch dieses ausgesucht. Und ich würde auch gar nichts dabei finden, wenn ..."

„Wenn ...?", wiederhole ich mit hochgezogenen Augenbrauen, als sie nicht gleich antwortet.

„Wenn er es mir gesagt hätte."

„Oh."

„Und mir nicht heute den ganzen Tag aus dem Weg gegangen wäre."

„Hm", mache ich. „Ich kann verstehen, dass dich das stört. Aber es ist eine Mücke. Kein Elefant. Wahrscheinlich hat er einfach Angst, es könnte deine Gefühle verletzen, dass er nun doch nicht dein Bild ausgewählt hat."

Ollie denkt einen Augenblick nach. „Das ist möglich", sagt sie schließlich.

„Das ist ziemlich wahrscheinlich, würde ich sagen. Und überhaupt bin ich viel schlechter dran als du. Jetzt sieht die ganze Welt, dass ich ein löchriges Hemd anhatte!"

Tatsächlich sieht man bei genauerem Hinsehen, dass eine Seitennaht meiner Bluse etwas aufgerissen ist. Ich hatte es am Vorabend bemerkt – hätte ich gewusst, dass ich in Großaufnahme in der Hotelzeitung lande, dann hätte ich mich vielleicht noch überwunden, es zu flicken.

Ollie lacht. „Irgendwie hab ich mehr Lust, mir mit dir lustige Filme anzusehen als traurige", meint sie.

„Auch recht", antworte ich. „Beim Heulen verschluckt man sich ohnehin bloß am Popcorn."

10. Lost & Found

„Daniel!" Ich bin so verblüfft, ihn hier zu sehen, dass ich völlig vergesse, Uma zu begrüßen.

Er wird ein bisschen rot, lässt den Scrabblestein los, den er zwischen Daumen und Zeigefinger gehalten hat, und steht von dem Besucherstuhl auf, der an dem kleinen Tisch steht. „Ja, weißt du, mein Vater muss in der Nähe etwas erledigen, und ich habe ihn gebeten, mich abzusetzen …"

„Es ist nicht mal Dienstag!"

„Drum hab ich dir ja auch nichts gesagt, ich dachte nur, sie freut sich vielleicht und …"

Doch den Rest seines Satzes höre ich nicht mehr, denn mein Gehirn ist zu dem Scrabblestein zurückgekehrt. Es nimmt gerade die Tatsache wahr, dass Umas Blick heute wach ist und nicht verschleiert. Dass auf dem Scrabblebrett schon ein ganzes Netzwerk von Wörtern gelegt worden ist.

„Hallo, Rosaschatz!", sagt Uma, und ich könnte heulen, einfach so. Einfach nur, weil heute ein guter Tag ist, weil nichts diesen Tag mehr zu einem schlechten Tag machen kann, jetzt, wo meine Urgroßmutter mich erkannt hat.

„Wir spielen Scrabble", sagt Daniel in diesem Moment so neutral wie möglich, strahlt aber, als hätte er eben einen Oscar gewonnen. „Ich bin froh, dass du da bist."

„Sie sieht doch, dass wir Scrabble spielen", sagt Uma ein bisschen irritiert. „Spielst du mit, Rosa?"

„Kann ich mit dir spielen, wie früher?", frage ich sie, und sie lacht.

„Na klar!" Sie erinnert sich auch daran. Als ich noch klein war, haben Uma und ich manchmal gemeinsam gegen meine Mutter gespielt, und Uma hat sich gefreut wie ein Schneekönig, wenn ich vor ihr ein Wort gefunden habe. Sie war immer so schrecklich stolz auf mich, ich glaube, sie hat mich für das schlaueste Kind der Welt gehalten.

Wir spielen gemeinsam, und es ist wie damals, als ich klein war, nur umgekehrt: Ich versuche jetzt, *sie* unauffällig auf Buchstabenkombinationen hinzuweisen, sodass sie das Gefühl hat, sie ist selbst draufgekommen.

Wir haben richtig Spaß, aber nach einer Weile merken Daniel und ich, dass Uma müde wird. Wir gähnen also abwechselnd und fragen, ob es ihr viel ausmachen würde, das Spiel abzubrechen. Sie schüttelt den Kopf und gibt zu, dass sie selbst gern ein klein wenig die Augen zumachen würde. Sie setzt sich in ihren bequemen Sessel, dessen Fußteil man verstellen kann, und ich breite eine leichte Decke über sie. Sie schläft fast augenblicklich ein.

„Ich möchte ihr noch etwas erzählen", erkläre ich Daniel. „Du kannst gern bleiben, aber wenn du gehen möchtest –"

„Nein, nein", unterbricht er mich hastig. „Lass dir Zeit. Ich bleibe. Mein Vater holt mich frühestens in einer halben Stunde."

Während Daniel die Vorhänge zuzieht, rücke ich meinen Stuhl ganz nahe an Uma und nehme ihre Hand.

„Ich weiß jetzt endlich alles, Uma", erzähle ich ihr halblaut, mit ganz ruhiger Stimme, um sie nicht zu wecken. „Ich weiß von Rick und dass er Lehrer an Moms Schule war und sie deswegen alles für sich behalten hat. Ich weiß, dass du sie von Anfang an unterstützt hast, obwohl deine eigene Tochter deshalb sicher sauer auf dich war. Ich weiß, dass du von Anfang an auf unserer Seite warst, und ich wollte mich bedanken. Wer weiß, ob Mom die Kraft gehabt hätte, mich zu behalten, wenn sie nicht eine Verbündete wie dich gehabt hätte. Wahrscheinlich wolltest du auch, dass sie mir die Wahrheit sagt. Du warst immer sehr für die Wahrheit – nein, was rede ich denn, du bist immer noch sehr für die Wahrheit. Moms Ausweichstrategie kann dir nicht gefallen haben, aber du dachtest, das ist etwas zwischen Mom und mir, und du darfst dich nicht einmischen, hab ich recht?"

Uma gibt ein kleines Schnarchgeräusch von sich, und ich muss lachen. „Ich werte das mal als Zustimmung!", sage ich und drücke sanft ihre Hand. „Aber Mom und ich haben ausgemacht, dass es ab jetzt keine Geheimnisse mehr zwischen uns gibt. Na ja, vielleicht ein paar kleine. Man muss einander ja wirklich nicht *alles* erzählen. Aber nicht bei den wirklich wichtigen Dingen. Du weißt schon, was ich meine, stimmt's?"

Uma grunzt ganz leise.

„Ich hab dich auch lieb, Umalein!", flüstere ich und drücke einen Kuss auf ihre Stirn, dann einen auf ihre Wange. „So, so lieb."

Plötzlich habe ich Tränen in den Augen. Ich drücke noch einmal Umas Hand, stehe schnell auf und werfe Daniel einen Blick zu, um ihm zu zeigen, dass ich alles losgeworden bin, was ich sagen wollte. Er nickt, steht auch auf und öffnet leise die Zimmertür. Seite an Seite gehen wir wie neulich den Gang entlang auf den Ausgang zu. Keiner von uns sagt ein Wort, bis wir draußen sind. Es ist bewölkt heute und etwas kühler geworden, nicht so hochsommerlich.

„Wow", sagt Daniel schließlich. „Das ist ja ziemlich heftig alles."

„Ja", stimme ich zu. „Ziemlich heftig. Und es wird wohl noch eine Weile heftig sein, denn ich werde demnächst die ganze bisher unbekannte Hälfte meines Stammbaumes kennenlernen. Tante. Cousine. Großmutter. Siehst du, ich weiß nicht einmal, ob es auch einen Onkel, einen Cousin und einen Großvater gibt. Also wie gesagt, es kommt noch einiges auf mich zu in nächster Zeit."

Wieder ein paar Sekunden Schweigen, während ich mein Fahrradschloss aufschließe.

„Es ist schon irgendwie komisch", sagt Daniel schließlich, als ich, mein Rad schiebend, wieder neben ihm hergehe, „dass ich so etwas nicht mehr von dir erfahre."

„Du hast es doch gerade von mir erfahren."

Er sieht mich ein bisschen schief an. „Weil ich zufällig gerade hier war. Du weißt schon, wie ich es meine."

„Ja, schon klar." Ich zucke mit den Schultern. „Alles ändert sich eben."

„Ja", antwortet er. „Alles ändert sich eben."

Wieder gehen wir schweigend nebeneinanderher. Irgendwie habe ich das Gefühl, er möchte mir etwas sagen, weiß aber nicht, wie.

„Hast du noch Kontakt zu ihm?", fragt er so plötzlich, dass ich stehen bleibe und ihn verständnislos ansehe.

„Kontakt? Zu wem?"

Er sieht zu Boden und wirkt plötzlich verlegen, als wäre es ihm peinlich, dass die Frage so aus ihm herausgebrochen ist. „Ich habe die Narbe auf deinem Fuß erkannt", sagt er dann.

Die Narbe auf meinem Fuß? Wovon redet er denn da, ich habe überhaupt keine Ahnung, worauf er ... oh. Oh!

„Oh", sage ich. Ich wusste nicht, dass Finn das Foto gepostet hat, es war einfach zu viel los die letzten Tage. Aber selbst wenn ich es gewusst hätte, ich wäre nie auf die Idee gekommen, dass jemand mich an meinem Fuß erkennt. Wahrscheinlich gibt es außer meiner Mutter auch nur einen einzigen Menschen auf der Welt, der mich mithilfe dieser Narbe identifizieren kann. Weil er weiß, wie sie entstanden ist. Weil er dabei war.

„Ich weiß, es geht mich eigentlich nichts an", sagt Daniel und blickt zu Boden.

„Nein", antworte ich. „Eigentlich nicht." Und dabei belasse ich es, da ich selbst nicht so genau weiß, ob wir noch Kontakt haben, Finn und ich.

„Ich folge ihm schon länger auf Instagram", erklärt Daniel. „Ich finde das cool, was er macht. Also nicht, dass du denkst, ich stalke dich oder so ..."

„Denke ich nicht", sage ich und unterdrücke ein Grinsen. Es fühlt sich an, als ob unsere Rollen plötzlich vertauscht wären – und das ist kein unangenehmes Gefühl.

„Wollen wir noch was machen?", fragt Daniel. „Immerhin haben wir einen Dienstag verpasst ..."

„Heute geht es nicht, sorry", antworte ich. „Ich hab noch ein Date. Oder eigentlich zwei. Oder eigentlich ..." Ich muss lachen, als ich sein Gesicht sehe. „... sogar drei. Unter anderem mit deiner Freundin übrigens." Ich bin selbst überrascht, wie leicht mir das über die Lippen kommt. Es ist das erste Mal, dass ich es ausgesprochen habe.

„Ich weiß", sagt er. „Sie ruft mich später noch an, wenn es nicht allzu lang dauert."

„Damit würde ich aber nicht rechnen", erkläre ich ihm. „Ollie hat noch nie *McLeod's Daughters* gesehen. Und eine echte McLeod's-Taufe kann schon mal eine Staffel lang dauern."

„Nicht schlimm", meint er mit einem kleinen Grinsen. „Es gibt viele Fotos zu bearbeiten. Hast du übrigens etwas von Daisy gehört?"

„Ja, sie ist zurück und kommt heute auch. Aber sie hat noch keine Entscheidung wegen dieser Kampagne. Und was ist mit dir und dem Fotowettbewerb?"

„Auch noch keine Entscheidung. Es gibt ein Publikumsvoting und eine Fachjury. Dauert wahrscheinlich bis zum Herbst." Er zögert. „Hätte ich dich vorher fragen sollen?"

Ich sehe ihn von unten herauf an, und einmal mehr kommt mir der Gedanke „Wann ist er so viel größer geworden als ich?" „Ja, schon. Aber vor allem hättest du es Ollie sagen sollen."

Er sieht zerknirscht aus, und ich zähle die Sekunden bis zu seiner typischen Handbewegung. Eins, zwei, drei ... da ist sie: gefächerte Finger über die Stirn bis zum Haaransatz. Werde ich jemals aufhören, das süß zu finden?

„Ich weiß. Glaub mir. Das hat sie deutlich gemacht."

„Kann ich mir vorstellen." Ollie ist nicht so konfrontationsscheu wie Daniel und ich.

„Willst du nicht warten, bis mein Vater kommt?", fragt er jetzt, als wir die Hauptstraße erreicht haben. „Er ist mit dem Pick-up da, dein Rad wäre kein Problem."

Ich schüttle den Kopf. „Nein, du, danke. Beim Radfahren bin ich allein und krieg den Kopf ein bisschen frei. Das kann ich gerade gut gebrauchen."

Er nickt und versteht. Ich weiß, dass er auch viel Zeit allein braucht, genau wie ich. Ganz anders als Iris oder Ollie zum Beispiel, die immer gern Gesellschaft und Publikum haben.

„Danke, dass du heute da warst", sage ich und sehe ihm direkt in die Augen, damit er sieht, wie ernst ich das meine. „Ich find's echt schön, dass du dich auch um Uma kümmerst."

Er errötet, aber er senkt die Augen nicht, sondern erwidert meinen Blick ebenso direkt. „Ich hab sie sehr gern", sagt er. „Du musst dich nicht bedanken."

Ich nicke. „Trotzdem."

Er lacht. „Tschüs, Rosa, bis bald."

Ich schwinge mich aufs Rad. „Bis bald, Daniel." Nach ein paar Metern halte ich noch einmal an und drehe mich um. Er steht da und schaut mir nach.

„Es ist ein tolles Foto!", rufe ich ihm zu. „Wahrscheinlich das beste, das du je gemacht hast."

Er lacht über das ganze Gesicht. „Ein bildhübsches Mädchen und ein superniedliches Pferd", sagt er. „Mit dem Rezept kann man gar nichts falsch machen."

Ich weiß nicht, ob ich zuerst sagen soll, dass Sokrates nicht niedlich ist, oder ihn fragen, ob er mich verschaukeln will, von wegen bildhübsches Mädchen. Oder ob ich ihn vor allem darauf hinweisen soll, dass es zu einem richtig guten Foto viel mehr braucht als dankbare Motive. Dadurch verzögert sich meine Antwort um die eine Sekunde, die ich brauche, um mich zu erinnern, was ich über sein Foto von Ollie und McCartney gesagt habe.

Daniel kennt mich so gut, er merkt an meinem Gesichtsausdruck, dass ich mich eben erst erinnert habe, und lacht noch ein bisschen breiter, bis ich mitlachen muss.

„Es ist ein tolles Foto", wiederhole ich. „Ich hoffe, du gewinnst den Wettbewerb!"

Dann fahre ich ernsthaft los, aber das Lächeln auf meinem Gesicht bleibt noch eine lange, lange Zeit, obwohl es keiner sehen kann. Denn jetzt gerade ist irgendwie alles gut – es ist gut, dass Iris weggezogen ist und dass Gitti ihr „Rosa-Ersatz" wurde, denn sonst hätte ich vielleicht nie meine Großmutter gefunden und den Rest meiner Familie.

Es ist gut, dass Ollie zu meinen Freundinnen gehört und es ist auch gut, dass sie Daniels Freundin ist. Vermutlich hätte ich Finn sonst nicht getroffen, und bestimmt hätte ich ihn nicht geküsst.

Es ist gut, dass es Mathias gibt und auch Ollies Vater, denn durch die beiden hat Mom sich erinnert, dass es im Leben mehr gibt als Arbeit und ein Kind und Verantwortung und Sorgen.

Das Leben ist ein großes buntes Puzzle, das man Stück für Stück findet.

Ich muss lachen. Der Satz ist mir tatsächlich gerade eingefallen, aber er könnte auch von Finn sein.

Ich trete schneller und genieße die kühle Luft – perfektes Radfahrwetter und perfektes Reitwetter, ich freue mich auf später. Aber zuvor habe ich noch Date Nummer eins, und beim Gedanken daran wandern meine Mundwinkel gleich wieder ein Stück nach oben.

„Aber Babette!", sage ich hilflos. „Wenn ich gewusst hätte, dass dich das so fertigmacht, dann hätte ich bestimmt nicht …"

Sie kann nicht sprechen vor lauter Schluchzen, aber sie macht so eine ungeduldige winkende Handbewegung, und ich breche mitten im Satz ab.

Ganz vorsichtig wischt sie mit dem Finger eine Träne von der Karte, die ich ihr geschrieben habe.

„Es sind Lackstifte", sage ich. „Wasserfest. Ich muss wohl so eine Ahnung gehabt haben."

Jetzt lacht und weint sie gleichzeitig, und ich kann nicht anders, ich muss sie einfach umarmen.

Babette ist Mitte dreißig und rundlich und größer als ich, aber in diesem Moment sieht sie aus wie ein kleines Mädchen, das umarmt werden will. Ich passe dabei auf, dass ich den Orden aus buntem Karton nicht zerdrücke, den ich ihr vorhin mittels Sicherheitsnadel an ihre Bluse geheftet habe.

Best Student habe ich mit Gold-Stift daraufgeschrieben. Und in der Karte steht:

Liebe Babette, du bist die beste Reitschülerin, die ich je hatte. Du hast in der kurzen Zeit mehr gelernt als andere in einem ganzen Jahr. Deine Eltern wären sehr stolz auf dich. Und ich BIN sehr stolz auf dich. Wir werden dich vermissen!

Alles Liebe Rosa & Fanny

Babette hat auch ein Geschenk für mich – es ist ein sehr großzügiger Gutschein für einen Online-Pferdebedarf, bei dem es alles gibt, von Futter und Leckerlis über Sättel, Zaumzeug und Reitkleidung bis zu Büchern rund um das Thema Pferd. Ich will das zuerst gar nicht annehmen, aber Babette droht damit, wieder mit dem Weinen anzufangen, und damit ist die Sache gegessen.

Wir umarmen einander, dann verabschiedet sie sich ein allerletztes Mal und läuft zum Auto, das ihr Mann schon vorgefahren und mit den beiden Jungs und dem ganzen Gepäck beladen hat. Ich glaube, sie hat ziemliches Glück mit ihrem Mann, er scheint ein cooler Typ zu sein und sie zu schätzen zu wissen. Ich winke dem Auto nach, bis es nicht mehr zu sehen ist, und muss wieder an Finn denken. Seinetwegen habe ich Babette eine Chance gegeben, und nun habe ich eine neue Freundin, mit der ich nicht gerechnet hatte.

Ollie und Daisy trudeln nacheinander ein, und gemeinsam putzen und satteln wir Chispa, Pippin und Sokrates, während Daisy von ihrem Casting und dem ganzen Drumherum erzählt. „Das andere Mädchen ist älter als ich, aber ich hab nur Fotos von ihr gesehen und sie nicht kennengelernt. Sie ist schon ein Profi, ich eine totale Anfängerin, aber der Fotograf meinte, das spricht in diesem Fall eher für als gegen mich. Sie wollen *jung, süß und unschuldig*, hat er gesagt. Die waren echt alle total nett, ich wurde überallhin gefahren und hatte das tollste Hotelzimmer und das tollste Essen – für Isa und Nini wollte ich gestern beim Frühstück noch kleine Zimtschnecken abstauben, der Kellner hat's bemerkt und mir extra welche eingepackt. Die Kleinen haben sich *so* gefreut, als ich wieder da war, sag ich euch. Bin ich froh, dass alles glattgegangen ist, ich hab mir wirklich Sorgen gemacht, dass meine Eltern das nicht hinkriegen und einfach vergessen, Isa irgendwo abzuholen, oder Nini im Einkaufswagen sitzen lassen oder irgend so etwas."

„Aber sie haben's überlebt", stelle ich fest.

„Haben sie", antwortet Daisy. „Und Mom hat mit mir besprochen, dass wir jedes Wochenende unsere Termine für die nächsten Tage abgleichen und sie mich immer erst fragt, ob ich Zeit habe, auf die Kleinen aufzupassen, und es nicht mehr als selbstverständlich annimmt."

„Offenbar ist ihr aufgefallen, dass du ihr ganz schön viel Arbeit abnimmst, als du jetzt weg warst. Dann hat es sogar etwas Gutes, selbst wenn du den Job nicht kriegst", sagt Ollie.

Daisy wirft ihr einen besorgten, ängstlichen Blick zu, und ich trete Ollie, die gerade in Reichweite steht, unauffällig auf die Spitze eines ihrer Cowboystiefel.

„Natürlich kriegst du ihn", fügt sie daraufhin hastig hinzu. „Du kriegst ihn sowieso, das ist ja klar, aber ich meine, so hat das Ganze noch einen Nebeneffekt ..."

Ich grinse zufrieden vor mich hin. Klar haben Mila und Bernd jetzt mal deutlich gespürt, wie viel Zeit und Energie man für Nini und Isa braucht, wenn man sich rund um die Uhr um sie kümmert, und bestimmt hat das dazu beigetragen, dass sie Daisys Einsatz jetzt mehr zu schätzen wissen und die vielen Dinge, die sie zu Hause tut, nicht mehr für selbstverständlich nehmen.

Vor allem aber war meine Mutter bei Mila Tee trinken und hat mit Sicherheit sehr klare Worte gefunden, und deshalb bin ich echt stolz auf sie, auch wenn wir insgesamt vielleicht noch nicht ganz bei einem Lorelai-und-Rory-Verhältnis angekommen sind. Aber wir kommen der Sache näher: Ich versuche, zu verstehen, was damals und bis heute ihre Entscheidungen beeinflusst hat. Und sie hat versprochen, mich ab jetzt mehr einzubeziehen und in Bezug auf die Vergangenheit völlig offen zu sein und mir alle Fragen zu beantworten. Sie versteht auch, dass ich meine Familie väterlicherseits kennenlernen will, auch wenn das für sie vermutlich nicht ganz einfach wird. Gespenster der Vergangenheit und so.

Ollie ist die Erste, die im Sattel sitzt. „Und? Wohin geht's?", fragt sie unternehmungslustig.

Daisy und ich steigen ebenfalls auf, und McCartney umkreist uns und kläfft ungeduldig, als wollte er dasselbe sagen wie Ollie: „Wohin geht's? Wohin geht's?"

Daisy sieht mich ebenfalls fragend an. „Mit mir warst du auch noch nicht dort, oder?"

Ich schüttle den Kopf.

„Aber wenn es ein so spezieller Ort für dich ist, vielleicht willst du ihn gar nicht teilen?", sagt Daisy tastend. Ich habe ihr nicht erzählt, dass das Ziel unseres Ausrittes etwas mit meiner Kindheit zu tun hat. Das ist einfach Daisy. Sie spürt so etwas. Es ist der eine Punkt, in dem ich Mila recht gebe: Daisy hat eine Gabe. Ihre Antennen sind feinfühliger als die anderer Leute.

Sie will davon nichts hören, obwohl sie „es" schon tausendmal genutzt hat, ohne es richtig zu merken. In Gesprächen, in denen sie erahnt, wie es dem anderen geht, und genau das Richtige sagt oder genau im richtigen Moment schweigt. Sie hat mit dieser Begabung verirrte Tiere gefunden, verschreckte Pferde beruhigt und Tierärzten beim Diagnostizieren geholfen. Es ist tatsächlich ziemlich erstaunlich, was Daisy alles kann, aber sie will nicht darüber reden, also reden wir nicht darüber. Milas Urgroßmutter hat angeblich Tränke gebraut und mit Vögeln gesprochen, also liegt es vielleicht in der Familie.

„Ihr seid meine Freundinnen", antworte ich fest. „Und ich will alles mit euch teilen." Ich überlege kurz, und über Daisys Gesicht huscht ein kleines Lächeln, als ich hinzufüge: „Na ja, zumindest fast alles." Ich hole tief Luft. „Bis vor Kurzem hab ich gedacht, ich brauche einen Platz, an dem ich ganz allein sein kann. Aber immer, wenn ich in letzter Zeit allein sein wollte, war eine von euch da, und hinterher war ich froh darüber. Ich teile diesen Platz also nur mit den zwei Menschen, die mich niemals stören können, wenn sie überraschend auftauchen, und die erfahrungsgemäß meinen Tag nur besser machen können."

„Hört, hört!", ruft Daisy und lacht. „Das muss die längste Rede sein, die du je gehalten hast, Rosa."

Ich werde natürlich rot, denn eigentlich wollte ich keine Rede halten. Das waren nur die Dinge, die ich mir dazu gedacht habe, aber ich hatte nicht damit gerechnet, darauf angesprochen zu werden. Obwohl man bei Daisy natürlich immer mit so etwas rechnen muss. Ich werde also rot, aber gleichzeitig bin ich froh, dass ich es gesagt habe, denn Ollie strahlt. Und natürlich hat sich die „Rede" zu einem guten Teil an Ollie gerichtet.

Aber es ist nicht nur wegen Ollie.

„Es ist wegen Gitti, oder?", fragt Daisy mich leise, als Ollie mit Chispa und McCartney ein wenig Vorsprung hat und außer Hörweite ist.

Ich nicke. „Ein bisschen", stimme ich zu. „Sie wird irgendwann herkommen und mir von ihrer Kindheit erzählen und ich ihr von meiner. Und dieser Platz gehört dazu."

Daisy nickt, als wäre jetzt alles völlig klar und nicht nur mein Versuch, meinen verworrenen Gefühlen Ausdruck zu verleihen.

„Und weil wir die älteren Rechte haben, willst du mit uns zuerst hin", fährt sie fort. „Oder so ähnlich."

„Oder so ähnlich", wiederhole ich und muss lachen. „Vorne rechts!", rufe ich Ollie zu, die im Begriff ist, an der Abzweigung vorbeizureiten. Ich treibe Sokrates voran und setze mich an die Spitze. Eine halbe Stunde enger Trampelpfade und Steige und eine Auseinandersetzung mit dichtem Gebüsch später stehen wir in meiner kleinen Bucht, und sofort erfasst mich wieder dieses Robinson-Gefühl, das ich hier immer habe. Es ist, als wäre der Ort völlig abgetrennt von jeglicher Zivilisation und würde nur mir – oder jetzt: nur uns – gehören.

„Wow", sagt Daisy. „Eine tolle Stimmung hier."

Wir nehmen den Pferden Sättel und Zaumzeug ab, und sie beginnen augenblicklich, an den grünen Blättern der Büsche zu knabbern.

„So einsam", meint Ollie und schüttelt sich. „Es ist fast etwas creepy. Ideale Scary-Movie-Location." Sie hebt die Arme über den Kopf und formt Klauen aus ihren Händen. „Hier wird der Serienkillerclown wieder zuschlagen!", heult sie mit gruseliger Stimme.

Daisy schüttelt den Kopf. „Ollie", sagt sie vorwurfsvoll. „Ich glaube, ich muss dein Netflix zensieren. Warum sollte ein Serienkiller sich an einem Ort auf die Lauer legen, an dem nie jemand vorbeikommt?"

„Das ist ja gerade das Heimtückische! Aber sieh uns an! Wenn er jetzt käme, wären wir ihm schutzlos ausgeliefert!" Ollies Chihuahua hat den toten Baumstamm entdeckt, an dem Finn sein Floß festgemacht hatte, und beschlossen, dass es sich dabei um einen gefährlichen Feind handelt. Er schießt hin und her und kläfft aufgeregt.

Ich muss laut herauslachen. „Keine Spur", sage ich. „Wir haben ja unseren Wach- und Schutzhund."

„Immerhin gibst du zu, dass er ein Hund ist", meint Ollie und grinst.

Ich grinse zurück. „Und dir wird nichts übrig bleiben, als zu akzeptieren, dass ein Isländer ein Pferd ist. Sonst muss ich für meine Cousine in den Ring steigen."

„Was zählt mehr?", gibt Ollie zurück. „Cousine oder Schwester?"

Ich hebe nur fragend die Augenbrauen.

„Mein Dad will deine Mutter um ein Date bitten", erklärt sie mit einem triumphierenden Grinsen. „Er ist ganz nervös deswegen."

„Ich glaube, du zimmerst dir da eine Telenovela zurecht!", antworte ich mit besorgtem Kopfschütteln.

„Alles klar", sagt Daisy. „Wir brauchen jemanden, der ihr Netflix hackt und alles löscht, was mit Horrorclowns und Romantik zusammenhängt."

„Oh, das macht gar nichts", meint Ollie gleichmütig. „Ich habe ja euch. Ihre sorgt ohnehin ständig für Unterhaltung." Sie sieht sich zum ersten Mal richtig um. „Es ist echt schön hier, Rosa. Vielen Dank, dass ich mitkommen durfte." Plötzlich bleiben ihre Augen an etwas hinter mir hängen, und ich sehe mich um. McCartney hat etwas Neues entdeckt, er buddelt wie ein Verrückter und zerrt mit den Zähnen dazwischen an etwas Hellblauem, das aus dem Sand herausragt.

„Was machst du denn da, Mäccie?" Ollie geht an mir vorbei in Richtung Fluss und bückt sich, um den Gegenstand aufzuheben, den ihr Hund so spannend findet.

„Darf ja wohl nicht wahr sein!", schimpft sie einen Augenblick später. „An so einem Ort eine Plastikflasche wegzuwerfen! Idioten!"

Die PET-Flasche in Ollies Hand sieht Finns Floßbausteinen zum Verwechseln ähnlich, und es ist auch ziemlich unwahrscheinlich, dass inzwischen noch jemand anderes hier war. Aber Finn ist ein leidenschaftlicher Umweltaktivist – er würde unter Garantie nirgends Plastikmüll hinterlassen.

„Dass überhaupt jemand hierherfindet", wundert Daisy sich. „Die Bucht kann doch vom Wasser aus auch nicht so leicht zu sehen sein!"

„Vielleicht ist die Flasche angespült worden!", sage ich.

Ollie zuckt mit den Schultern und wirft mir das Plastikding zu. „Auch möglich. Jedenfalls bleibt sie nicht hier. Kannst du sie einstecken?"

„Klar." Ich wische notdürftig den feuchten Sand von der Unterseite der Flasche und verstaue sie in meinem Rucksack. „Eigentlich hatte ich mir ja vorgestellt, dass wir drei hier schwimmen gehen", sage ich zu Daisy und Ollie und gehe zum Wasser. „Aber irgendwie ist es heute nicht warm genug."

Die drei magischen Sommerabende mit Finn ziehen vor meinem inneren Auge vorbei: die laue Luft, die Sterne, die Gespräche, seine Augen, sein Lächeln. Der Kuss.

Ich muss selbst lächeln, weil alles so schön war und ich

trotzdem kein bisschen wehmütig gestimmt bin, dass es schon wieder Vergangenheit ist.

„Es ist definitiv zu kalt", stimmt Daisy zu, und Ollie nickt und meint: „Außerdem sollten wir wahrscheinlich sowieso langsam zurückreiten, sonst schaffen wir es nicht rechtzeitig zu unserem Date."

Ich greife nach meinem Handy, um zu sehen, wie spät es ist, und sehe eine neue WhatsApp-Nachricht von Iris, in unserer *Flower-Power*-Gruppe.

Ich dachte, ich erledige mal die Formalitäten, hat sie geschrieben.

Und darunter scheint ein blaues Feld auf, in dem steht: *Iris Reinhardt hat Gitti König hinzugefügt.*

Plötzlich bin ich verdammt nervös. Und ich will auf keinen Fall zu spät zu unserer Verabredung kommen. Aber eine Sache möchte ich hier in der Bucht noch erledigen.

„Wir haben noch ein bisschen Zeit", erkläre ich den beiden anderen. „Ich muss euch etwas zeigen, und ich wollte es hier tun, wo uns niemand stören kann."

Finn hat die Spuren seines Feuers beinahe vollständig verwischt, aber ich weiß genau, wo es war, und setze mich genau an dieselbe Stelle, an der ich zuletzt mit Finn gesessen habe.

Daisy und Ollie setzen sich neben mich und sehen mich erwartungsvoll an.

„Es wäre irgendwie typisch für mich, wenn es gerade in dem Jahr, in dem ich das Turnier gewinne, keinen tollen Preis für den Sieger gäbe. Aber es gibt einen. Nur hatte ich noch keine Gelegenheit, euch davon zu erzählen, weil so viel anderes passiert ist."

Dann hole ich den Brief von Waldemar Sorens aus der

Tasche meiner Reithose und gebe ihn wortlos weiter an meine beiden Freundinnen.

„Nein!", ruft Daisy, als sie ihn gelesen hat. „Das ist ja ..."

„Kanada!" Ollie starrt mit großen Augen auf den Brief. „Wow!"

„Wann willst du fahren?"

„Weiß ich noch nicht."

„Weiß es deine Mutter schon?"

„Nein."

„Aber du willst doch fahren, oder?"

„Glaubst du, deine Mom lässt dich?"

„Wer kümmert sich dann um Sokrates und Fanny?"

Ich hebe meine Hände und forme aus ihnen ein T, das internationale Zeichen für Time-Out.

„Ich weiß noch gar nichts. Ich wollte euch bloß den Brief zeigen. Aber jetzt genug davon, sonst kommen wir wirklich noch zu spät." Und damit springe ich auf und lasse die beiden mit aufgerissenen Augen und Mündern sitzen.

„Hee!", ruft Ollie empört. „So geht das aber nicht!"

„Aber wirklich nicht!" Daisy springt ebenfalls auf. „Du musst doch schon *irgendwas* wissen!"

„Ich weiß nur, dass ich in den letzten Tagen andere Prioritäten hatte", erkläre ich ruhig. „Wenn man hinter zwei Hasen gleichzeitig herläuft, erwischt man keinen von beiden, wie meine Urgroßmutter immer zu sagen pflegte. Und bei mir waren sogar mehr als zwei Hasen unterwegs."

„Das heißt, wir wissen jetzt genauso viel wie du?", fragt Daisy.

„Ganz genau."

Daisy und Ollie wechseln einen Blick.

„Mehr kann man wohl nicht verlangen!", erklärt Ollie großmütig.

„Ganz deiner Meinung", antworte ich. „Also können wir jetzt zurückreiten?"

„Wir können", meint Daisy. „Aber wehe, du hältst uns nicht auf dem Laufenden."

Auf dem Heimweg hängt jede von uns ihren eigenen Gedanken nach, bis Daisy plötzlich meint: „Das hier ist doch immer noch ein Ausritt, oder?" Pippin trabt an uns vorbei und Daisy ruft uns zu: „Wie wär's dann mit etwas Reiten?"

Ollie und ich traben auch an und haben Daisy bald eingeholt. Direkt neben ihr galoppiere ich an – etwas, das ich bei einem fremden Pferd nicht wagen würde, aber Daisy und Pippin sind so ein eingeschworenes Team, er würde sich nie von uns mitreißen lassen und einfach vorpreschen.

Noch sind wir im Wald, und der Weg verläuft ziemlich eben, aber nur zwanzig Meter weiter geht es leicht bergauf über eine abgemähte Wiese, die ideale Galoppstrecke. Wenn mich im Wald keine der beiden überholt, habe ich genug Vorsprung, um den Sprint zurück zum Stall zu gewinnen. Ich habe den Gedanken kaum zu Ende gedacht, als ich neben mir ein Krachen und Knacksen im Gebüsch wahrnehme – Ollie, diese Verrückte, ist mit Chispa querfeldein unterwegs, und der Stute scheint das Ganze mächtig Spaß zu machen!

„Ihr Europäer und eure Reitwege!", ruft sie. „In Mexiko bahnen wir uns unsere eigenen Wege!"

Ich bin so geschockt, als Ollie mit Chispa zwischen zwei

dicht stehenden Bäumen durchprescht, dass ich mich auch noch von Daisy überholen lasse. Draußen auf der Wiese hole ich wieder auf, und das letzte Stück bis zum Stall wird ein Kopf-an-Kopf-Rennen mit Gejohle und Pfeifen. Zum Glück ist keines unserer Pferde schreckhaft, die haben denselben Spaß an so einem Wettrennen wie wir.

Als wir am unteren Gatter ankommen, ist jede von uns überzeugt, gewonnen zu haben. Die Pferde schnauben aufgeregt, und ich bin wieder beinahe ganz sicher, dass es nirgends einen schöneren Sommer geben kann als hier im Grillental, mit meinen Freundinnen und unseren Pferden.

Wir hätten unser Skype-Date auch wieder bei Ollie stattfinden lassen können, aber diesmal ist es mir wichtig, vorher etwas Zeit für mich zu haben und mich in meinem eigenen Bad zu duschen und fertigzumachen. Die Mädels kommen in einer Stunde zu mir – was bedeutet, dass ich auch eine volle Stunde habe, um so richtig schön nervös zu werden.

Die Idee mit dem Mädelstreffen vorab kam von Iris, und ich fand sie zuerst auch ganz toll. Jetzt bin ich nicht mehr so sicher. Was, wenn sie mir unsympathisch ist? Muss ich sie mögen, weil wir verwandt sind? Was, wenn die anderen sie mögen, nur ich nicht? Plötzlich kommt mir ein noch schrecklicherer Gedanke: Was ist, wenn sie *mich* nicht mag?

Als ich zu Hause ankomme, stelle ich zufrieden fest, dass Mom, obwohl heute ihr freier Tag ist, wie versprochen das Feld geräumt hat: Das Auto ist nicht da. Ich lehne mein Fahrrad an seinen Platz und will gerade die Tür aufschließen, als mir die doofe Plastikflasche aus dem Rucksack fällt. Die muss noch schnell in die Sammeltonne.

„Na toll", murmle ich ärgerlich, als ich merke, dass der nasse Sand, der außen an der Flasche klebte, nun getrocknet ist und sich über den gesamten restlichen Inhalt des Rucksacks verteilt hat.

Dass kein Sand mehr auf der Flasche klebt, hat auch zur Folge, dass sie jetzt wieder transparent ist und man das klein gefaltete Stück Papier sehen kann, das jemand hineingesteckt hat.

Mein Herz beginnt schneller zu schlagen, als ich den Verschluss aufschraube und versuche, den Zettel herauszubekommen. Aber durch das Schütteln entfaltet er sich nur noch mehr, und ich habe keine Chance, ihn durch den engen Flaschenhals zu kriegen.

Schließlich geh ich an den Werkzeugkasten im Schuppen und schneide die Flasche kurzerhand in der Mitte auseinander.

Meine Finger zittern, als ich den Zettel auseinanderfalte. *Wir sehen uns wieder, Flussprinzessin!* steht da, und ich bin so glücklich in diesem Moment, dass ich laut auflache.

Wenn mich vor einem Monat jemand gefragt hätte, wie ich die Wahrscheinlichkeit einschätze, einen fremden Jungen zu küssen, nach Kanada zu reisen oder eine für mich bestimmte Flaschenpost zu finden, hätte ich geantwortet: „Gleich null." Trotzdem ist all das passiert. All das und noch viel mehr Unglaubliches.

Vielleicht sollte ich meinem Leben einfach etwas mehr zutrauen.

Ich nehme den Zettel mit nach oben und verstecke ihn in einer kleinen Kiste, in der ich wichtige Dinge aufbewahre: Der letzte Schatz, der hinzugekommen ist, war das Foto von Rick. Nun liegt Finns Flaschenpost ganz obenauf. Ich erinnere mich an Waldemar Sorens' Brief in meiner Hosentasche, und er landet auch noch in der Kiste. Dann stelle ich die Schatztruhe wieder zurück in mein Bücherregal hinter meine komplette Sammlung von Astrid-Lindgren-Kinderbüchern und will gerade ins Bad gehen, als ich die Post auf meinem Schreibtisch bemerke, die Mom offenbar dahingelegt hat. A4-Format, zu dick für einen Brief, aber etwas zu dünn für eine Zeitschrift. Ich reiße das Kuvert auf und finde darin die Hotelzeitung mit den für den Wettbewerb eingereichten Fotos und noch einige weitere Bilder, die Daniel während des Turniers von mir geschossen hat. Sie sind alle gut, aber keines ist so speziell wie sein Wettbewerbsbild. Von dem hat Daniel eine A4-Vergrößerung beigelegt und ganz klein in der rechten unteren Ecke signiert. Größer ist es noch besser, und Rahmen besorgen kommt ganz oben auf meine To-do-Liste. Ich reiße die Doppelseite vorsichtig aus der Zeitung und hole noch einmal die Schatzkiste hervor, damit auch das Foto noch seinen Platz dort findet.

Die anderen Bilder kommen in eine Mappe, und dann zeigt ein Blick auf mein Handy, dass mir zum Duschen und Fertigmachen gerade noch fünfzehn Minuten bleiben.

In den letzten zwei Wochen muss mehr Adrenalin durch meinen Körper geflossen sein als in den zwei Jahren davor, denke ich und ziehe schon auf dem Weg ins Bad mein T-Shirt über den Kopf.

„Noch eine Minute", sagt Daisy nervös und schaut zum x-ten Mal auf ihr Handy.

„Wieso *Rosa* aufgeregt ist, verstehe ich ja", meint Ollie. „Aber du?"

Ich weiß genau, was es ist. Daisy fängt meine Stimmung auf, obwohl ich versuche, ruhig zu bleiben. Sie spürt die tausend Fragen, die mir ständig durch den Kopf gehen. Das vertraute Klingeln ertönt von meinem Laptop, und wir schrecken alle drei hoch, auch Ollie. Und alle drei stecken wir nun die Köpfe vor dem Laptop zusammen.

Da ist Iris, aber …

„Du hast rote Haare!", rufen wir alle drei im Chor.

Iris lacht so sehr, dass es sie schüttelt.

„Gut beobachtet, und wie findet ihr es?"

„Ehm … na ja … ungewohnt …"

„Passt ganz gut zu deinen Augen … aber …"

„Der Schnitt ist ziemlich … fetzig …"

Iris hört nicht auf zu lachen, bewegt sich kurz vom Bildschirm weg, ich höre eine andere Stimme, ein unterdrücktes Lachen. Das ist sie, denke ich. Das ist meine Cousine.

Im nächsten Moment taucht Iris wieder auf, mit ihrer normalen Frisur und ihrer normalen Haarfarbe!

„Ich dachte, ich nehme ein bisschen die Anspannung raus aus diesem Blind Date!", erklärt sie. „Und jetzt, Mädels, tretet mal ein bisschen zurück, und überlasst Rosa die Bühne. Und ich mache Platz für Gitti."

Ollie und Daisy rücken ein bisschen zurück und ich bleibe sitzen, auf der vordersten Kante meines Schreibtischstuhls, vor Aufregung zitternd. Die Fragen in meinem Kopf kreisen jetzt im Turbotempo: Was, wenn ich sie nicht mag? Was, wenn sie mich nicht mag? Was, wenn …

Und dann sitzt Gitti mir gegenüber.

Und ich merke, wie die Synapsen in meinem Gehirn zu glühen beginnen. Babyfotos von mir tauchen auf, Kinderfotos, das Foto von Rick. Alles vermischt sich.

Ich sehe in ihr Gesicht und nehme mit einem Blick wahr, was wir gemeinsam haben, warum Iris sich an mich erinnert gefühlt hat, obwohl Gittis Haare raspelkurz sind, in einen Pixiecut geschnitten, der wirklich nur sehr wenigen Mädchen steht. Sie hat so ziemlich alles mit mir gemeinsam, was ich nicht mit meiner Mutter gemeinsam habe.

Und dann bin ich nicht mehr bei den Details, sondern sehe in ihre Augen, und mir ist klar, dass sie gerade genau dasselbe macht wie ich, dass sie die Ähnlichkeit sucht und erkennt. Wir sehen einander zwei, drei Sekunden richtig an. Da ist ein ganz kurzer Moment, in dem ich das Gefühl habe, ich könnte zu heulen anfangen.

Aber genau in diesem Moment sagt Gitti: „Hallo, Rosa!"

Und ich sage: „Hallo, Gitti!"

Und dann lachen wir beide gemeinsam los, vor Erleichterung und Freude und aus tausend anderen Gründen, die sie genauso wenig kennt wie ich. Und dann lachen wir alle, Iris, Daisy, Ollie, Gitti und ich.

„Flower Power forever!", brüllt Iris plötzlich.

Und „Flower Power forever!", brüllen Daisy, Ollie, Gitti und ich zurück. Und einfach so sind wir wieder ein Blumenmädchen mehr.

Danksagung

Rosen, Lilien, Gänseblümchen, Veilchen
und Margeriten
streue ich hingebungsvoll
meinen treuen, unersetzlichen,
superflexiblen Testleserinnen
Gaby
Sonja
&
Svenja
(genannt der Leseblitz)

Social-Media-Queen,
Promotion-Guru &
Lieblingstochter Hannah:
Ich würde dir ein Pony schenken,
wenn du nicht schon eins hättest ☺!

Melanie Becker
Instant-Turbo-Super-Pferdebuch-Lektorin
mit Von-null-auf-hundert-Qualitäten!

DANKE euch allen,
ihr seid die Besten!